W0384126

DE LA MÊME AUTRICE

Aux Éditions Gallimard

LE CRÉPUSCULE DES LICORNES, roman, 2023.

LES LARMES DE NARCISSE

JULIE GIRARD

LES LARMES DE NARCISSE

roman

nrf

GALLIMARD

Page 9 : Romain Gary, *Europa* © Éditions Gallimard, 1972.
Page 148 : Cervantès, « Le licencié de verre », dans *Don Quichotte. Nouvelles exemplaires*, traduit par Jean Cassou © Éditions Gallimard, 1949.
Pages 262, 292 et 294 : Anton Tchékhov, *La Mouette*, traduit par Elsa Triolet © Éditions Gallimard, 1967.

© *Éditions Gallimard, 2024.*

« Un très grand amour, ce sont deux rêves qui se rencontrent et, complices, échappent jusqu'au bout à la réalité. »

Romain GARY, *Europa*

I

1

« Laissez passer ! Poussez-vous ! Mettez-vous là ! Ah… Vous ne voyez pas que vous gênez ? Oui, vous là… Voilà ! Là, c'est mieux ! vociférait l'agent de police en direction d'un groupe de serveurs.

— Mais, monsieur l'agent, ce n'est pas possible, clamait la directrice du Beverly Hills Hotel, qui le talonnait. Je ne peux pas accueillir tous ces gens ! Qu'est-ce que je vais dire à ma clientèle ? Hein ? Qu'est-ce que je vais leur dire ? Et la réputation de l'hôtel… la réputation de l'hôtel, vous y avez pensé ?

— Madame, ce n'est pas moi qui décide, répondit l'agent d'un ton calme, devant le regard ahuri du personnel. Je ne fais qu'exécuter les ordres. »

Les commis en tee-shirts de coton blanc et pantalons bleu foncé à pinces se tenaient en ligne devant la piscine. Ils détournaient les yeux pour échapper au regard impuissant de la directrice de l'établissement chancelant devant le cortège de sans-abri, qui s'étirait de la réception aux bungalows situés au fond du jardin. « Vu le nombre, ironisa un jeune serveur râblé, il va falloir ajouter du chlore dans la piscine. » Son collègue pouffa. La directrice le foudroya du regard.

Paniquée, elle n'avait pas repéré le cameraman de Veracity News qui se tenait à quelques mètres, au milieu des massifs verdoyants que des palmiers ombrageaient.

Les clients, venus profiter du soleil couchant, découvraient la scène depuis leurs luxueux transats. Les plus âgés écarquillaient des yeux hébétés, et se recroquevillaient comme de petites larves séchées. On eût dit qu'ils cherchaient à se fondre dans la toile de leur matelas aux rayures vertes et blanches. D'autres semblaient se délecter de l'absurdité de la situation, comme ce groupe d'adolescentes, vêtues de maillots rose pastel assortis à la façade de l'hôtel. « Incroooyable ! » s'écriait l'une d'elles en filmant la scène pour son compte TitTok. « Diiiingue ! » répondait une autre, extatique, consciente de la viralité qu'elle venait de s'assurer. Personne ne prêtait attention au cameraman qui, après avoir filmé la progéniture dorée, fit le point sur un homme blond d'une cinquantaine d'années. Il se tenait près du bar. Il portait un maillot de bain couvert d'étoiles de mer et une chemise en lin blanc qu'il n'avait pas pris la peine de boutonner. Sa barbe de trois jours, mal taillée, lui donnait un air de vieux beau décontracté. Une jeune brune gracile portait une main affectueuse sur son embonpoint naissant. Le bikini en lycra rouge de la jeune femme était si échancré qu'on le distinguait à peine.

« Qu'est-ce qui se passe ? demandait-il à la serveuse. On tourne quelque chose ? Qui sont ces figurants ? » La mine pétrifiée, la serveuse restait coite, cherchant désespérément du regard sa directrice. « Mais enfin, répondez ! C'est quoi ce bordel ? » insistait l'homme, tout en caressant les reins cambrés de sa partenaire.

« *Mesdames et messieurs, bonjour,* annonça la présentatrice de Veracity News. *Les images que vous venez de découvrir ont été prises au Beverly Hills Hotel. La police a autorisé hier, en fin de journée, des sans-abri de Los Angeles à prendre possession de leur hébergement dans le mythique établissement. Selon nos sources, le gouverneur de Californie aurait réquisitionné cet hôtel afin de protéger les SDF, victimes de violences urbaines. En effet, les rues de la Cité des Anges sont, depuis plusieurs semaines, le théâtre de violences sans précédent. Victime de désinvestissements massifs de la part des élus démocrates, la police californienne manque cruellement de moyens et doit faire face à une situation toujours plus chaotique. Ce matin, nous sommes allés à la rencontre des clients du palace qui quittaient les lieux dès l'aube. Écoutez leurs témoignages…* »

Un couple de trentenaires exubérants apparut sur l'écran. Oliver suivait le journal, l'air triomphant. Les chiffres étaient là. Jamais la chaîne, qu'il avait fondée, n'avait battu de tels records d'audience. Son smartphone vibra, il détourna le regard de l'iPad. Un message du gouverneur de Floride : *You rock ! Keep doing the good work !*

Oliver sourit, ravi.

« Pourquoi tant de bruit ? » grommela Théa, en entrant dans la cuisine. Oliver ne réagit pas, absorbé par ses écrans. Théa se dirigea vers la machine à café, l'air ensommeillé. « Baisse le son de ton iPad s'il te plaît, lui intima-t-elle, agacée. J'ai besoin de calme le matin, au moins le week-end.

— Désolé, pas ce matin, rétorqua-t-il, sans détourner le regard. On a un sujet brûlant !

— Quel sujet ? lui demanda-t-elle, en pressant le bouton de la machine.

— Le Beverly Hills Hotel ! brailla-t-il, pour couvrir le bruit de la percolation. Tu n'as pas vu les news hier soir ? » ajouta-t-il, en pointant du doigt son iPad.

Théa approcha de la tablette où la vidéo de l'arrivée des sans-abri était de nouveau diffusée.

« Mais c'est absurde, qu'est-ce qu'ils font là ? s'étonna Théa.

— Le gouverneur de Californie aurait loué des chambres pour les sans-abri de L.A.

— Je n'y crois pas un instant. Pourquoi aurait-il fait ça dans un hôtel aussi luxueux ? Ça n'a pas de sens. Il n'a pas démenti ?

— Si, bien sûr. Il s'est exprimé dans la soirée. Mais bon, le doute subsiste, et puis il ne suffit pas de rétablir la vérité pour dissiper le mensonge. La croyance est, au contraire, renforcée par le démenti. Du pain béni pour les républicains ! C'est tout de même risible de voir tous ces démocrates privilégiés se faire envahir par des sans-abri. Vise un peu leurs mines contrariées ! »

Oliver prit un air goguenard dont Théa s'indigna :

« Mais Oliver, si l'opération est un coup monté des républicains, c'est grave. C'est de la manipulation ! Vous ne pouvez pas diffuser une *fake news* pareille. »

Oliver fit la moue, puis répliqua :

« Laisse-moi faire mon travail ! Moi, je ne m'immisce pas dans tes petits bonhommes articulés.

— Mais ça n'a rien à voir ! Je crée des personnages de dessins animés et toi, tu façonnes l'opinion. Les enjeux ne sont pas les mêmes ! »

Interloquée, Théa scrutait le visage de son mari. D'ordinaire impassible, il était figé dans un rictus de satisfaction déconcertant. Oliver avait hérité du flegme de son père, un comptable suédois dont les sourcils ne fronçaient qu'en de rares occasions. Les démunis, jetés en pâture aux médias, avaient réussi à redonner vie à ses arêtes amorphes.

« Là, vous dépassez les bornes. C'est de la pure manipulation ! persista-t-elle.

— Apporte-m'en la preuve », répliqua-t-il, et désignant son iPad il ajouta : « En attendant, regarde ça. Tu vas te marrer. »

La vidéo montrait de nouveau le quinqua blond et sa naïade au moment où il interpellait la serveuse du bar.

« Sa tête me dit quelque chose, articula Théa, sans parvenir à préciser le fond de sa pensée.

— Tu ne le reconnais pas ? C'est Di Caprio ! s'exclama Oliver sur un ton jubilatoire.

— Di Caprio ? répéta Théa, stupéfaite. Qu'est-ce qu'il dit ? Je n'ai pas compris… Vas-y, reviens en arrière. »

Oliver quitta le direct de Veracity News et chercha la vidéo sur X, puis il l'arrêta sur le passage où Di Caprio prenait la parole.

« Reconnais que cette scène est sensationnelle ! s'écria-t-il. Elle est sacrément bien roulée, sa gonzesse. Il va devenir viral, le Leo ! »

Pendant que Théa scrutait la vidéo, l'œil consterné, Oliver lorgnait le minibikini de la jeune femme. L'événement, relayé sur l'ensemble des réseaux, faisait fureur. Le sourire aux lèvres, les représentants républicains défilaient sur les plateaux, celui de Veracity News en particulier. Ils criaient au scandale tandis que les démocrates démentaient toute implication.

« Quel génie tout de même ! s'extasia Oliver. Ils sont bons ces républicains. Avec Martha's Vineyard, ils avaient tapé fort, mais là, ils se surpassent. »

Quelques mois plus tôt, Martha's Vineyard, petite île huppée du Massachusetts où se pressait la jet-set, était devenue le centre de l'attention des médias. C'était dans ce bastion démocrate, résidence d'été des présidents américains depuis plusieurs décennies, que s'était posé un avion privé en provenance de San Antonio. À son bord se trouvaient quarante-huit demandeurs d'asile vénézuéliens. Instigateur de cette manœuvre clandestine vouée à ridiculiser les démocrates et à saper leur politique d'immigration, le gouverneur de Floride avait créé l'événement le plus viral de l'année. Toutes les plateformes conservatrices s'étaient mises à ironiser sur l'affaire tandis que dans l'île, on tentait de venir à bout sans heurts de cette situation kafkaïenne.

« Je trouve ça plutôt alarmant, glissa Théa. Le combat politique devient un spectacle permanent, un spectacle avilissant.

— Que nenni ! lui objecta Oliver. La politique a toujours été un spectacle. Il n'y a rien de nouveau là-dedans.

— C'est faux ! s'entêta Théa. On n'est plus dans la représentation divertissante d'un fait avéré, mais dans la création de fictions à partir de rien comme si l'actualité était une série télévisée. Au fast-food, on a ajouté la fast-fiction.

— Tant mieux ! répliqua Oliver. C'est bon pour l'audience. En ce moment, notre croissance est exponentielle. »

Il se leva, déposa sa tasse dans l'évier et s'approcha de Théa pour l'embrasser. Contrariée par son cynisme, elle continua à siroter son café sans lui prêter attention. Il déposa un baiser fugace sur sa joue et se dirigea vers la porte.

« Je vais passer au bureau ce matin, mais je vous retrouve au musée en début d'après-midi, lui dit-il.

— Qui est-ce qui me récupère ? demanda Gabriel, en entrant dans la cuisine. J'ai mon entraînement de tennis aujourd'hui. Vous n'avez pas oublié ? »

Oliver jeta un regard appuyé à sa femme, espérant échapper à la corvée.

« Désolée, mais ce ne sera pas moi, répondit Théa, courroucée. Je peux déposer Gabriel au tennis, mais je ne peux pas le récupérer. Je déjeune chez Myriam et il est hors de question que j'annule. Ma vie ne peut pas constamment dépendre de ton actualité, Oliver. Tu vas travailler, d'accord, mais tu récupères ton fils. »

Le smartphone d'Oliver ne cessait de vibrer. Sous la pression des notifications, il obtempéra. Gabriel s'assit pour prendre le petit-déjeuner que sa mère lui servait tandis que son père s'éloignait à la hâte.

Depuis qu'il avait fondé Veracity News, Oliver était un homme pressé. Ancien directeur de l'information chez CNN où il avait passé la plus grande partie de sa carrière, il avait quitté la chaîne cinq ans plus tôt, mû par le désir de créer un organe de médias indépendant, à mi-chemin entre les chaînes d'information et les réseaux sociaux.

Étudiant en droit, il avait autrefois milité activement au sein d'Amnesty International pour la défense de la liberté d'expression. Son désir d'œuvrer à l'intérêt général avait séduit Théa lorsqu'ils s'étaient rencontrés à l'Université de Pennsylvanie où elle suivait un cursus en informatique. Lorsque, après avoir obtenu son diplôme, il avait renoncé à une carrière juridique pour rejoindre CNN, elle avait immédiatement perçu son potentiel dans un groupe d'une telle envergure. Oliver était un homme brillant, qui défendait avec ardeur les principes et règles éthiques essentiels au métier de journaliste. Le temps avait confirmé les prévisions de Théa, qui avait vu avec fierté son mari gravir les échelons du géant de l'information.

Hélas, son ambition avait progressivement épuisé les velléités d'Oliver, devenu entrepreneur. Les premières années à la tête de Veracity News avaient été éprouvantes. Oliver avait eu du mal à développer sa plateforme. La vertu était mauvaise payeuse. Sur les conseils de l'un de ses investisseurs, il s'était adjoint les services d'une statisticienne, qui lui avait suggéré le type de publications à privilégier afin de pérenniser son activité. D'abord réfractaire à tout changement de sa politique éditoriale, l'entrepreneur avait progressivement cédé. Théa avait vivement critiqué le caractère de plus en plus polarisant des contenus promus par la statisticienne, mais Oliver s'était moqué de sa méfiance. Il s'était convaincu que composer avec la réalité économique était le lot de tout entrepreneur, qu'il serait toujours temps de réévaluer ses positions lorsque sa plateforme aurait gagné en stabilité. Dans un monde fragmenté, le mensonge était bien plus profitable que la vérité. Pour ne pas perdre la face, Oliver s'était laissé glisser lentement, très lentement, sur la pente de la fatalité. Mieux valait être pragmatique et vaincre plutôt que chimérique et échouer. Oliver défendait son honneur. Plus Veracity News croissait, plus les valeurs pour lesquelles il s'était battu se dissipaient dans les vapeurs d'un système capitaliste au sein duquel rentabilité et moralité faisaient rarement bon ménage. Théa, qui ne comprenait pas la complaisance dans laquelle il s'était enferré, avait parfois du mal à reconnaître l'homme qu'elle avait épousé. Seules les apparences masquaient l'écart qui s'était installé entre eux. Les transformations silencieuses étaient aussi les plus redoutables.

2

Après avoir déposé Gabriel à son entraînement de tennis, Théa se rendit chez Myriam. Elle déclina son identité au portier, puis se dirigea vers la cage d'ascenseur. La première cabine était libre, elle y entra. Les portes se refermèrent au moment où deux hommes arrivaient. Théa hésita un instant, puis tendit le bras pour stopper l'appareil. Les inconnus entrèrent en la gratifiant d'un sourire artificiel. Celui du plus jeune était de loin le plus factice. Il avait suffi d'une fraction de seconde à ses sens aiguisés pour flairer l'hésitation de Théa. Son regard accusateur la transperça. Il se plaça devant elle, le dos tourné. Blondinet musculeux au visage carré et renfrogné, il portait une chemise blanche cintrée et un nœud papillon strié qui lui donnaient un air de Winston Churchill sans souveraineté. Ses muscles fessiers, singulièrement bombés, accentuaient le caractère loufoque de son apparence. Elle observa le plus âgé, cheveux blancs, coupe courte classique, visage émacié et chemise rentrée; la banalité suintait par tous les pores de son teint cireux. Vingt ans séparaient, à vue d'œil, les deux hommes.

« La chaîne a trouvé un nouveau rédacteur en chef ? » demanda le cireux au petit Winston.

Surprise d'entendre parler français, Théa, qui fixait ses pieds, releva subitement la tête. La prononciation du cireux trahissait sa culture anglophone, mais sa maîtrise de la langue était pour le moins parfaite.

« *Un·e rédacteur·rice* ? reprit le petit Winston, sans accent, en se fendant d'un rictus altier. Non, non, ça patine. Trois *candidat·e·s* sont en lice. On saura d'ici deux semaines qui *iel* sera. »

Cette souplesse grammaticale dérouta Théa. Elle eut une pensée émue pour les Immortels du quai Conti et leurs prédécesseurs. Nul doute que, six pieds sous terre, les putrescents devaient cogner fort contre leurs bières croulantes, tout comme sa mère, qui s'était toujours exprimée dans un français digne des académiciens.

Le petit Winston se remit à articuler du *iel*. Iel comme du miel, songea Théa, et puis fiel, courriel, gratte-ciel, logiciel, Ezéchiel, Gabriel, tutoriel, arc-en-ciel… « Arc-en-ciel ! » répéta-t-elle, spontanément et à voix haute, en fixant les jambes de ses deux acolytes de cabine. Ils pivotèrent légèrement. Gênée, elle sourit avec candeur. À cet instant, l'ascenseur s'immobilisa. On venait d'arriver au trente-septième étage.

Les deux hommes sortirent et se dirigèrent vers l'appartement de Cameron et Myriam. Théa les suivit. Le cireux s'apprêtait à sonner lorsque Cameron, le mari de Myriam, leur ouvrit. Pendant qu'il débarrassait le couple de leurs manteaux, Théa regardait Myriam s'affairer en cuisine. Une paroi vitrée séparait la pièce de la salle à manger. Myriam portait une longue robe noire, couverte d'hibiscus rouges, qui mettait en valeur sa généreuse poitrine. Une douce chaleur émanait de son corps gourmand. Un serre-tête en métal doré magnifiait sa chevelure sombre, tout en mèches ondulées. Ses épaules dénudées accentuaient l'aménité naturelle de son visage. Elle était rayonnante. Théa la rejoignit tandis que Cameron et le couple de l'ascenseur se dirigeaient vers le salon.

Au moment où Théa fit coulisser la porte de la cuisine, une délicieuse odeur de volaille fondit sur elle. Myriam arrosait avec soin une dinde à la peau cuivrée. La bête cuisait depuis quatre heures. Sous la peau croustillante, on devinait la tendresse de la chair, baignée dans son jus.

« Je suis heureuse de te voir ! s'exclama-t-elle, en refermant le four et en s'approchant de Théa pour l'embrasser. Où étais-tu passée ?

— Mon homme de verre m'a donné du fil à retordre ces dernières semaines. Il est difficile de rendre des sentiments sur une surface aussi fragile et réflexive. J'ai déjà eu à traiter de revêtements délicats, mais aucun ne présentait une telle complexité. Imagine qu'on te demande de faire sourire un gratte-ciel. »

Depuis plus de sept ans, Théa était ce que, dans le jargon, on appelait une *rigger*. Marionnettiste digitale pour les studios Wixar, elle façonnait les silhouettes virtuelles des personnages de films animés. Son palmarès était impressionnant. Figurines, jouets, sorcières, végétaux, animaux et autres créations imaginaires prenaient vie grâce à son talent. L'homme de verre de *Tomás*, une adaptation du « Licencié de verre » tiré des *Nouvelles exemplaires* de Cervantès, était sa dernière création.

Pendant que Myriam ajoutait une noisette de beurre à sa purée, Théa jeta un coup d'œil à l'écran de télévision, installé sur le mur derrière elle. Un célèbre journaliste américain interviewait en exclusivité Angela Cortez, la nouvelle maire de New York.

« Je peux mettre le son ? demanda Théa.

— Prends la télécommande sur le comptoir », lui dit Myriam, en tendant ses mains gantées en direction de l'appareil.

Cortez vantait à l'animateur les mérites de son « plan de la Bienveillance ». Ce plan était destiné à assurer la santé mentale des deux millions sept cent mille élèves de l'agglomération new-yorkaise. Plus de huit cent mille d'entre eux ne mangeaient pas à leur faim, mais ils disposeraient désormais d'un suivi psychologique personnalisé. Le cœur de l'opération reposait sur la création de *safe spaces* au sein des établissements scolaires. « Ces cellules de crise, animées par des psychologues, permettront à l'élève de s'isoler afin de se remettre d'un discours ou d'un acte offensant, qu'il soit lié à la race, au genre, à l'orientation sexuelle ou à la religion, que cette offense soit ou non intentionnelle », affirmait Cortez. Dans le milieu éducatif américain, l'heure était aux micro-agressions. Afin d'éviter toute confusion, Cortez en avait établi une liste dans laquelle figuraient des actions que beaucoup auraient trouvées innocentes : demander à son interlocuteur l'origine de son accent, affirmer que chaque Américain pouvait réussir en s'en donnant les moyens, ou encore, que l'Amérique était une terre d'opportunités. Tout cela relevait désormais du délit moral.

Cortez avait décidé de jouer son mandat sur la vulnérabilité. Les *safe spaces* de Madame la Maire étaient remplis d'objets apaisants : pâte à modeler, cahiers de coloriage, bonbons, oreillers et vidéos de chiens gambadant dans la campagne. La sérénité devait être à portée de main dans ces lieux saints, même le ventre vide. Soigner son trauma avant son estomac, là résidait la priorité de Cortez pour qui la violence se nichait d'abord dans le mot. Elle avait tiré à bout portant sur Harper Lee et son oiseau moqueur. L'œuvre de l'Alabamienne avait été retirée des bibliothèques scolaires. Après avoir déboulonné les statues, on dépouillait les lieux éducatifs de leur substance. La génération guimauve pouvait grandir en paix dans le limon new-yorkais des affligés.

« Cortez a médicalisé le discours de manière éhontée ! s'indigna Théa. La censure qu'elle va imposer au sein des écoles est inacceptable, mais personne ne peut rien objecter puisque la censure n'est pas de la censure dès lors qu'elle émane d'un opprimé. Les élèves blancs seront les premiers boucs émissaires de ce système de culpabilité sans pardon. Je vois déjà les effets sur Gabriel qui semble avoir commis le péché originel. Être blanc et de sexe masculin, c'est désormais écoper d'une double tare. L'école envisage de supprimer les matières dans lesquelles les enfants de couleur n'auraient pas obtenu, jusqu'à présent, des moyennes égales ou supérieures aux enfants blancs. Le programme de mathématiques va lui aussi être remanié, car il est désormais admis que les mathématiques sont un savoir imposé par l'homme blanc. Pendant que l'on se fourvoie dans l'ineptie, on laisse aux Chinois l'exclusivité de l'excellence académique, alors même que nos enfants, qui sont les premiers concernés, ne s'intéressent pas à la couleur de peau de leurs camarades. On instille dans leur esprit l'idée d'une différence à laquelle ils n'auraient accordé aucune importance et on supprime des enseignements fondamentaux au lieu de renforcer le soutien scolaire afin de permettre à chaque enfant de réussir, quelle que soit sa couleur de peau. Tout ça n'a aucun sens !

— La radicalité est confortable, rétorqua Myriam. Comme le disait Camus, la mesure est une intransigeance exténuante. J'en parlais cette semaine avec une amie psychanalyste. Elle est très inquiète des répercussions de ces mesures sur les jeunes, surtout sur les adolescents. Pendant que l'aile gauche du Parti démocrate mise tout sur la vulnérabilité, les populistes, eux, bannissent l'avortement à six semaines d'aménorrhée. Tu as vu que la loi vient d'être promulguée en Floride ?

— Il ne manquait plus que ça ! s'indigna Théa. Si Obama n'avait pas laissé Trump mettre la main sur la Cour suprême, nous n'en serions pas là. Il aurait dû remplacer Ruth Bader Ginsburg avant de quitter la Maison-Blanche. C'est incompréhensible qu'il ne l'ait pas fait ! »

Myriam acquiesça, puis ajouta, un peu gênée :

« Aujourd'hui, s'il te plaît, évitons ces sujets à table. Nous avons quelques susceptibilités à ménager… Tu vois le blondinet au nœud papillon, là-bas, à côté de Cameron ? » Myriam désignait du regard le petit Winston. « C'est Justin Parsons, un journaliste du *New York Times*, un pique-assiette de l'extrême gauche. Il faut être vigilant avec lui.

— J'ai cru comprendre, ironisa Théa. Nous avons pris

l'ascenseur ensemble. Mais, dis-moi, il a un nom bien américain pour un francophone.

— Sa famille est originaire de Belgique, mais son père est irlandais. »

Myriam s'empara d'un plateau de canapés et se dirigea vers la porte.

« La bonne nouvelle, poursuivit-elle, c'est que Joachim Troelsen sera là. Je l'ai placé en face de toi. C'est le réalisateur dont je t'ai parlé. Vous devriez bien vous entendre. »

Joachim Troelsen était un réalisateur danois de quarante-huit ans qui, depuis 2007, année où il avait remporté le Grand Prix à Cannes, enchaînait les succès. Il mesurait un mètre quatre-vingt-quinze. Son visage était anguleux et ses joues saillantes. Son élocution savante et ses lunettes rondes lui donnaient l'allure d'un professeur d'université. La tessiture de sa voix était aussi grave que rassurante. Ses cheveux bruns, sa barbe de trois jours et ses golfes frontaux dégarnis mettaient en valeur le magnétisme de son regard. Du gris clair de ses yeux irradiait une noble intelligence qui jamais ne portait ombrage à son interlocuteur. Le réalisateur était un pygmalion, qui savait se mettre à la place d'autrui pour mieux l'amener vers lui. Les acteurs avec lesquels il avait collaboré louaient tous ses méthodes de travail.

Assise face à lui, Théa l'observait qui conversait avec Justin. Elle apprit que le mari de Justin était un brillant avocat en contentieux qui avait rencontré Cameron sur les bancs de Yale. Tous deux avaient fréquenté la faculté de droit avant que Cameron n'embrasse une carrière dans la philanthropie et ne devienne le directeur de la plus importante organisation américaine à but non lucratif dédiée à la lutte contre la pauvreté infantile. Théa tentait de suivre leur conversation, en dépit du bruit produit par sa gutturale voisine qui avait, elle aussi, croisé Cameron à Yale. Elle s'en était éprise avant de s'enticher d'un jockey mexicain qui l'avait quittée sans égards le jour où il avait découvert son infertilité. Depuis, elle consacrait sa vie à son travail et passait la majorité de ses soirées dans la prestigieuse école privée de Manhattan dont elle était la responsable des admissions. Quinqua célibataire, végétalienne et abstinente, elle était devenue une championne de la justice sociale. Cortez n'avait pas hésité à l'intégrer aux délibérations de son comité. Les woke étaient des carriéristes comme les autres, sans doute les plus ambitieux.

L'entrée terminée, Cameron déposa la dinde sur une planche de bois au centre de la table. La bête était volumineuse et charnue. Elle fit saliver l'assemblée qui écoutait, médusée, la logorrhée d'une œnologue pétillante installée à la droite de Justin. La jeune femme était critique vinicole pour le magazine *Food & Wine.* Myriam avait fait sa connaissance à un cours de musique gnaoua. Toutes deux jouaient du guembri.

Cameron chargea Justin de dépecer la volaille pendant qu'il allait chercher les accompagnements. Le journaliste tenta de sectionner les cuisses avec le couteau de table que Cameron lui avait remis, mais la lame n'était pas assez rigide. Myriam, qui s'en aperçut, se leva et se précipita dans la cuisine d'où elle rapporta un couteau de chef japonais à lame damassée. « Ça, c'est du couteau ! s'exclama Justin, impressionné par l'instrument qu'il brandit fièrement. Ils sont forts ces Japonais!» L'œnologue, dont il venait d'interrompre le discours sur la syrah de la vallée du Rhône, fit la moue. C'est elle qui avait sélectionné le vin du déjeuner. Elle était fière de son côte-rôtie riche et soyeux. Justin, qui ne lui prêtait pas attention, plastronna pour impressionner la tablée, puis se reconcentra sur la dinde tandis que les invités entamaient la dégustation du vin français.

D'un coup sec, il sépara les pilons, puis trancha la viande de poitrine. Les filets étaient fermes et généreux. Lorsque chacun eut goûté la syrah, l'œnologue digressa vers un autre pré carré nippon, le rangement. Son timbre se durcit. Elle s'insurgea à brûle-pourpoint contre le comportement de sa reine, Marie Kondo. Que des personnalités comme elle usent de leur popularité à des fins commerciales, tout en prônant un mode de vie ascétique et une consommation responsable, l'exaspérait. «C'est de l'hypocrisie, ni plus ni moins!» clamait-elle. À ces mots, elle imita Marie Kondo. Cramponnée au manche du coutelas, la main de Justin se mit à trembler. Le journaliste était agité, ses coups, de plus en plus saccadés. Des gouttes de jus éclaboussèrent le bas de sa chemise. Il retira brutalement la lame de la chair blanche. Son tremblement s'intensifia. Théa ne distinguait plus le damas de la lame tant elle vibrait. Justin braquait ses yeux sur l'œnologue qui s'enlisait dans la parodie. Elle ne voyait pas la mine effarée du journaliste qui la toisait. La joyeuse tablée gloussait, hilare, ravie de la mimétique kondonienne quand Justin lâcha inopinément son couteau, qui échoua aux pieds de Joachim. Les bavardages cessèrent instantanément.

«Ton propos est raciste! se révolta le journaliste. Raciste

et antiféministe! » Brisant l'omerta, la directrice des admissions soutint Justin. Galvanisée par son intervention, l'assemblée de prélats fit volte-face et se rua sur l'hérétique. L'œnologue était acculée, jetée dans le box des accusés. Elle eut beau clamer que sa critique n'avait rien à voir avec la couleur de peau de Marie Kondo, elle était impardonnable.

« Quand on est une femme blanche et privilégiée comme toi, on n'a pas le droit de tenir de tels propos », la sermonna Justin. Ce dernier était en transe, son visage glabre naturellement bourru était paralysé dans un mélange de colère et de haine. Abasourdie par la violence de sa réaction, Théa soutint l'œnologue. « L'intention n'a-t-elle aucune valeur? » l'interpella-t-elle. Joachim la défendit. Justin fulminait, jetant des regards noirs au réalisateur. « Pardonne-moi, Cameron, dit-il soudain, je ne peux pas cautionner un tel discours. » L'anniversaire de Cameron tournait au pugilat. Le mari de Myriam était sidéré. Il en allait de sa réputation, qu'il forgeait consciencieusement depuis des décennies. Cameron tenta de calmer Justin, déterminé à quitter les lieux. Myriam jeta un regard inquiet à Théa. Malgré les efforts de Cameron, Justin claqua la porte. Son mari le suivit.

Lorsque Cameron revint s'asseoir, Myriam entra avec une tarte aux noix de pécan. Cameron célébrait ses cinquante ans. Deux bougies en forme de chiffres étaient disposées sur le dessert. Myriam avança lentement. Les mèches tremblotaient. Malgré toutes ses précautions, celle du cinq s'éteignit au moment où elle déposait la pâtisserie devant son mari. Ce dernier balaya le zéro d'un souffle résigné. On applaudit.

Entre deux fourchetées, Joachim évoqua son dernier film. Le réalisateur venait de mettre en images la vie du Caravage. « Le Caravage était un homme susceptible et bagarreur, déclara-t-il. Ses scènes sanglantes en clair-obscur illustrent parfaitement sa vie. Le peintre a été mêlé à de nombreuses rixes, poursuivi, jugé et condamné à de multiples reprises. Mon film se concentre sur l'événement le plus marquant de sa vie, le meurtre de Ranuccio Tomassoni. »

Tomassoni était le fils d'une puissante famille liée aux Farnèse de Parme. Le 28 mai 1606, alors que Rome fêtait le couronnement du pape Paul V, une dispute éclata entre le Caravage et le jeune noble. Le conflit dégénéra en un duel au cours duquel le maître tua mortellement son adversaire d'un coup d'épée dans la cuisse. Condamné par contumace à la mort par décapitation, le Caravage s'exila et entama un périple de quatre années à travers l'Italie.

« Ce qui m'intéresse, confia Joachim à Théa, c'est la question de l'ombre, celle de la mort qui plane. Comment peut-on continuer sa vie lorsqu'elle est mise à prix ?

— La vie n'est-elle pas toujours mise à prix ? » lui objecta Théa.

Il sourit et le gris de son regard s'éclaircit.

Fasciné par le cinéma d'animation, le réalisateur s'intéressa aux dernières productions de Théa. « Pour Shérif Woody, il nous a fallu créer sept mille quatre-vingt-dix-huit points de contrôle, lui expliqua-t-elle, ce que l'on appelle des *avars*. Nous utilisons un modèle permettant à chaque animateur de réutiliser et d'adapter les variables de contrôle d'un squelette lambda à différents personnages, mais cela reste un travail d'orfèvre. Chaque silhouette est unique.

Certaines parties du corps requièrent une attention minutieuse. Le visage, par exemple, peut à lui seul contenir une centaine de variables. La complexité dépend de la matière. Les cheveux sont toujours un défi, le mouvement des mains aussi. Pour *Coco*, les vibrations des cordes de la guitare sous les doigts de Miguel ont été une épreuve.

— Comment avez-vous procédé ?

— Nous avons attaché des caméras à une vraie guitare afin d'étudier l'instrument sous tous les angles. Pour recréer le mouvement des cordes, nous avons filmé scrupuleusement les doigts d'un guitariste. »

3

Le déjeuner terminé, Théa prit un taxi afin de rejoindre le Metropolitan Museum of Art où elle devait retrouver son mari et son fils. Son regard balayait distraitement l'horizon bétonné pendant que le véhicule roulait en direction de la Cinquième Avenue. Elle profita du trajet pour écouter le dernier podcast du professeur Yael Rosenberg. L'éminent sociologue, dont la liberté de ton faisait la réputation, s'exprimait sans ménagement.

« *Les moralisateurs du* XXIe *siècle, les woke, prônent un communautarisme régressif au nom de la lutte contre le racisme et les discriminations infligées par l'oppresseur blanc. Ce système est à la fois antilibertaire, antiégalitaire et antifraternel. D'une part, il porte atteinte à la liberté en essentialisant les individus et en les réduisant à des collectifs. D'autre part, il favorise le séparatisme en fragmentant la société en myriade de microsphères identitaires. Il n'est qu'une régression infantile qui place l'individu dans la dépendance du groupe auquel on l'assigne et qui l'oblige à accepter la domination de son chef. Le wokisme est un renoncement à la loi, un blanc-seing à l'asservissement volontaire. Cette religion, parce qu'il est question de religion, ne cesse de s'étendre grâce à une conception du monde simplificatrice, hautement attrayante. Alors que la religion judéo-chrétienne s'étiole, que la vocation sacerdotale se meurt, que l'athéisme croît, le woke devient le nouveau porteur de soutane. Gare aux impies !*»

C'est en ces termes que Rosenberg définissait le mouvement woke qui touchait l'Amérique depuis une décennie. Censuré par les universités, le brillant sociologue diffusait ses idées sur YouTube. Théa l'écoutait lorsque le chauffeur freina brusquement. Un homme traversait la rue sur des échasses. Théa, qui n'était pas attachée, manqua de heurter l'appui-tête du siège passager avant. « Ça s'appelle prendre de la hauteur ! » s'exclama-t-elle, lorsque la voiture fut immobilisée. Le chauffeur éclata de rire et profita de l'occasion pour se présenter.

L'homme avait la vingtaine. Ses cheveux châtains soigneusement peignés, sa chemise bleu ciel en coton piqué et sa veste matelassée sans manches lui donnaient un style bon chic bon genre. Son ton laissait poindre une éducation de qualité. À son accent, Théa comprit qu'il venait du Sud.

« J'ai grandi dans le Connecticut, lui dit-elle. Et vous ?

— À Charleston.

— Vous êtes là pour vos études ?

— Non, j'ai fini mes études il y a deux ans. J'ai étudié l'astronomie à l'Université de Caroline du Nord. Maintenant, je travaille au planétarium du Liberty Science Center dans le New Jersey. »

La voiture redémarra. Le chauffeur se reconcentra sur la route. Le trafic se densifiait. Les feux tricolores dysfonctionnaient, tous clignotaient à l'orange. Théa retrouva le timbre grave de Rosenberg. « *Si nous partageons l'indignation des woke face aux inégalités, si leur diagnostic sur l'aggravation de celles-ci est juste, les woke commettent une erreur fondamentale : celle de considérer l'égalité comme un état et non une aspiration. L'égalité, comme la liberté, doit être l'aspiration de tous. Il ne s'agit pas de nier les différences qui nous singularisent, mais de mettre en avant ce qui nous rassemble. Au prétexte de vouloir construire une société égalitaire, on octroie une valeur supérieure à un groupe en fonction de ses origines, de son genre ou de ses orientations sexuelles. Ceci est inacceptable. Une société juste est une société fondée sur un État de droit qui prône une stricte égalité de tous les citoyens devant la loi. Un homme égale une voix.* »

Alors que Rosenberg entrait dans le vif du sujet, le chauffeur s'adressa à Théa. « Conduire un taxi, ce n'est pas mon métier, lui dit-il, cherchant par ces mots à retrouver de la dignité. Je fais ça le week-end pour arrondir les fins de mois. J'ai étudié l'astronomie, mais… aujourd'hui, c'est un secteur bouché. » Il se tourna vers Théa et lui tendit un flyer. « C'est le spectacle que j'encadre. Si vous avez des enfants, je vous le recommande. Le planétarium propose des ateliers pour les quatre-onze ans. Il suffit de s'inscrire en ligne. Ce n'est pas donné, mais ça vaut le coup. » Théa, dont le fils venait de fêter ses quatorze ans, promit d'en parler autour d'elle.

Le chauffeur devint prolixe. Son expansivité agaçait Théa, qui aurait préféré écouter la suite du discours de Rosenberg. Elle lui prêta néanmoins une oreille attentive. Le marché de l'emploi dans le domaine de l'astronomie avait été bouleversé par l'arrivée de l'intelligence artificielle qui perfectionnait le traitement des images et permettait l'analyse d'une quantité phénoménale de données. Les méthodes manuelles, celles auxquelles il aurait pu contribuer, s'avéraient désormais obsolètes. Il s'était donc arrêté après avoir obtenu sa licence. Les frais de scolarité étaient devenus trop élevés, la rémunération espérée plus modeste qu'il ne l'avait envisagée. Il passait maintenant ses semaines à animer des ateliers pour des morveux qui, l'œil rivé sur un écran, se moquaient ouvertement de ce qu'il leur apprenait. « On ne peut pas leur en vouloir, jugeait-il. Les parents les traînent au centre pour les occuper. Eux-mêmes ne savent pas pourquoi ils sont là. Ils sont dépassés par la nécessité d'être de bons parents. En réalité, ils tuent le temps, mais le temps, tout le monde le tue. »

L'embouteillage se densifiait. Théa remit ses écouteurs pour faire comprendre au chauffeur qu'elle n'avait plus envie de bavarder. Elle réfléchissait aux propos de Rosenberg. La pensée bien-pensante était une régression qui trahissait le ressentiment de ses partisans, mais c'était surtout son pouvoir de fragmentation qui avait retenu l'attention de Théa.

Dans un monde de plus en plus polarisé, l'impératif de sécurité n'avait pas tardé à s'imposer. Plus on se sentait isolé, plus il devenait urgent de se protéger. La moralisation du discours, qui brandissait sans vergogne l'étendard de l'injustice et le fanion de l'inégalité, alimentait l'achat de matériel de combat. Au barillet, on avait assigné le rôle d'égaliseur. Samuel Colt, l'inventeur du revolver, s'était vanté de rendre les hommes égaux. Près de deux siècles plus tard, son adage n'avait pas pris une ride : « *God made man and woman, but Sam Colt made them equal.* »

Le chauffeur interpella Théa : « J'ai l'impression qu'il y a eu un accident. Beaucoup de rues sont fermées. Je vais devoir faire un détour. Cela risque de vous coûter cher. Nous ne sommes qu'à deux cents mètres du musée. Vous êtes sûre de vouloir continuer ? »

Elle jeta un coup d'œil au plan. Toutes les artères étaient rouges, certaines frôlaient l'écarlate, elle descendit. Dehors, elle zippa son manteau et enroula son écharpe autour de son cou. L'impétuosité de Rosenberg, avec laquelle elle pouvait enfin renouer, lui fit oublier le froid.

« *La dérive du mouvement woke est ce qu'en économie on appelle un moment Minsky. Quand la Banque centrale tente, par tous les moyens, de maintenir la stabilité financière, quand elle stimule et surchauffe l'économie, une crise survient. La crise est d'autant plus violente que les moyens mis en œuvre pour l'éviter ont été forts. Le monde, comme l'homme, a besoin de crises. Le paternalisme de la Banque centrale, comme la moralisation de la pensée, a ses limites. À vouloir trop protéger le système, on le détruit. La crise est louable, elle est une soupape. J'irais même jusqu'à dire que la crise du Capitole a été un exutoire et, en ce sens, aussi dramatique qu'elle ait pu être, elle a été nécessaire.* »

4

Oliver et Gabriel étaient en retard. Lorsqu'elle atteignit le musée, Théa s'installa face aux fontaines endormies du parvis. Des enfants tournaient en rond, déployant leurs bras comme les ailes d'un avion. « Pffffft... Pffffft... Pffffft... », s'époumonaient-ils. Une vieille femme à la chevelure brune clairsemée maugréait sur un banc à proximité. Entre ses mèches poisseuses, des amas de pellicules recouvraient les sillons béants de son cuir chevelu aussi grenu que la chair d'une volaille plumée. Enveloppée dans son manteau de vison, la bourgeoise octogénaire jetait des regards haineux aux mômes qui, insouciants, continuaient leur traversée.

L'un d'eux la heurta par inadvertance. Sautant sur l'occasion, la vieille atrabilaire se leva d'un bond et, sur un ton d'une âcreté corrosive, intima au jeune importun de cesser son tumulte. Un voile de stupeur recouvrit le visage de l'enfant. Ses petits bras se refermèrent, l'avion atterrit et le silence se fit. Rien ne semblait plus turbulent que ce silence d'enfant, bruissant du non-sens de l'existence.

Les bambins s'en allèrent au moment où Gabriel arriva. «On est là!» marmonna-t-il à sa mère, la bouche étouffée par le col de sa parka. Son père le suivait à quelques mètres, les yeux rivés sur son smartphone. De Gabriel, on n'apercevait que les petits yeux noisette et la pâleur angélique du front que quelques mèches blondes balayaient. Il portait des lunettes de vue ovales, légèrement aplaties sur le dessus. Leur couleur olive lui donnait l'air d'un intellectuel de West Village. L'adolescent, saisi par le froid, contractait ses épaules et calfeutrait ses mains à l'intérieur de ses manches.

Oliver glissa son téléphone dans sa poche et embrassa Théa du bout des lèvres. Ensemble, ils se dirigèrent vers l'entrée du musée. L'entrepreneur était euphorique. Outre les records d'audience qu'avait battus Veracity News ces derniers mois, la plateforme venait de décrocher une interview exclusive de Joseph Santos dont le film autobiographique serait distribué en salle dans les prochains jours.

Ce membre républicain du Congrès, élu de la troisième circonscription de New York, était sur le point de devenir la tête d'affiche la plus profitable de Netflix. L'homme âgé de trente-cinq ans n'avait pas hésité à tirer profit de sa fumisterie. Le Pinocchio de la Chambre des représentants avait remporté son élection sur une fabulation. Sa carrière, sa famille, ses hobbies, tout ce dont Joseph Santos s'était enorgueilli pour gagner la confiance de son électorat, n'était que le fruit de son imagination. Depuis deux ans, il prenait un malin plaisir à défrayer la chronique, arguant qu'il n'incarnait rien d'autre que le rêve américain. Alors que son mandat touchait à sa fin, Netflix avait flairé la bonne affaire et offert au sulfureux représentant républicain de devenir l'acteur de sa propre fiction. Le montant de la proposition se chiffrait, disait-on, en dizaines de millions.

Oliver avait fait pression sur ses équipes pour sécuriser cette interview. La rumeur avait couru que Santos octroierait l'exclusivité à Fox News, mais cela ne l'avait pas découragé. L'entrepreneur ne renonçait jamais. Il s'était battu avec force pour obtenir de l'élu une entrevue. Il ne lui avait alors fallu qu'une quinzaine de minutes pour gagner sa confiance. Oliver était un homme charismatique. Il manquait de style et d'élégance, mais lorsqu'il surgissait dans une pièce, il captait immédiatement l'attention. Sa voix, richement timbrée, imposait le respect. Son regard perçant conquérait les âmes. Mais c'était bien davantage aux parois glacées qu'il aimait se mesurer. Escaladeur chevronné, il gravissait les paliers avec patience et méticulosité. Piolet en main, crampons aux pieds, il expérimentait les joies de la verticalité. Théa abhorrait cette discipline, surtout depuis que le fidèle compagnon d'escalade d'Oliver était mort. Frappé par une pluie de glace, il avait perdu pied. Oliver n'était pas parvenu à l'assurer. Son corps avait été retrouvé au pied d'un rocher, le crâne éclaté.

En apprenant que Veracity News avait obtenu les faveurs de Santos, Théa grimaça. Elle était consternée de voir son mari faire le jeu d'un imposteur. Elle ne le félicita pas et se dirigea tout droit vers l'exposition temporaire. Gabriel la suivit en silence, talonné par son père, qui recentra aussitôt son attention sur son smartphone.

Deux salles étaient consacrées à l'œuvre du Caravage. Cette coïncidence ébahit Théa. En parcourant les galeries, elle retraça à Gabriel la vie du peintre telle que Joachim la lui avait présentée. L'adolescent, qui d'ordinaire balayait les expositions d'un œil distrait, se montrait attentif. La plupart des œuvres exposées représentaient des personnages égorgés ou poignardés. Gabriel grimaça à la vue de *Judith décapitant Holopherne*. Lorsqu'il aperçut *Narcisse*, il s'arrêta.

« Elle est différente, celle-là, murmura-t-il à Théa.

— Viens, on s'assied », lui suggéra-t-elle, en le tirant par le bras.

La mère et le fils observaient la peinture lorsqu'une petite fille fluette se posta devant eux. Son visage rond lui donnait un air candide qui médusa Gabriel.

« Regarde, maman ! dit-elle avec exaltation à la femme qui l'accompagnait. Dans le cercle noir, là, au milieu, il y a un œil. Il nous regarde ! » Sa mère, une femme d'âge mûr, s'approcha. Elle portait une robe crayon. Ses cheveux blonds étaient lisses et brillants. Son chignon était orné d'un carré de soie. À son bras était accroché un petit sac de voyage à courroie bleu Zanzibar en peau d'autruche.

« Mais non, c'est Narcisse ! dit-elle sèchement à l'enfant, après avoir lu le titre. C'est son visage qu'il regarde, pas nous. Tu ne connais donc rien à la mythologie ! » L'œil de la pédante n'avait effleuré le tableau qu'un centième de seconde. « Mais alors, maman, c'est qui Narcisse ? » demanda la fillette. La mère bégaya. Voyant qu'on l'observait, elle se raidit. Un voile d'aigreur tapissa son visage. Elle intima à l'enfant de la suivre et s'éloigna. Honteuse, la petite obtempéra.

« Elle a raison, dit Théa à son fils. Le Caravage a représenté une version libre du mythe d'Ovide. Regarde ! Son

Narcisse n'éprouve aucune mélancolie. Aucune larme ne coule de ses yeux. On aperçoit à peine le reflet dans l'eau. Le cercle noir au centre représente l'œil. Le genou, c'est la pupille. Ce tableau nous regarde. »

Gabriel examina de nouveau la peinture.

« Il nous regarde et il nous rend présents, ajouta Théa. C'est à cela que sert l'art, Gabriel, à nous rendre présents à notre présence que l'existence opacifie. »

Gabriel semblait perplexe.

« Joliment dit ! la félicita Oliver qui venait de les rejoindre. Tu aurais dû être écrivain. »

5

Fascinée par l'exposition du Caravage qu'elle avait découverte la veille, Théa lisait la critique d'un conservateur d'art pendant qu'Oliver passait l'actualité en revue.

« Intéressant ! s'exclama-t-il, sur un ton sarcastique. Sous l'impulsion de Cortez, le budget alloué au département des affaires culturelles aurait augmenté de plus de dix pour cent, soit neuf millions de dollars. Lequel aurait simultanément financé une nouvelle association dénommée Inclusive Brains, à hauteur du même montant.

— Que fait cette association ? demanda distraitement Théa, absorbée par sa critique.

— Inclusive Brains est un collectif woke. Il est composé à la fois de lecteurs en sensibilité, ce qu'ils appellent des ambassadeurs de l'inclusion, et d'experts, âgé de sept à soixante-dix-sept ans. Ces "experts" tirent leur "expertise" de leur expérience de la minorité : tous appartiennent à des communautés considérées comme marginalisées ou sous-représentées. »

Les savants en herbe avaient capté l'attention de Théa, qui releva aussitôt la tête.

« Les *sensitive readers* d'Inclusive Brains, poursuivit Oliver, se donnent pour objectif de vérifier la qualité de l'ensemble des œuvres littéraires au regard de critères de diversité, d'inclusion et d'équité. Ces critères ne sont évidemment pas listés !

— C'est scandaleux, argua Théa. Et, par ailleurs, dantesque ! Comment comptent-ils s'y prendre ? Tu imagines le temps qu'il faut pour passer au crible ne serait-ce qu'un livre ?

— Détrompe-toi, lui dit Oliver, Inclusive Brains annonce le lancement d'un partenariat avec une solution d'intelligence artificielle, semblable à ChatGPT. Cet outil procédera à l'examen préliminaire des œuvres, puis collaborera à la réécriture du texte. L'association dit "travailler en bonne intelligence avec les éditeurs et les ayants droit".

— Tu parles d'une intelligence, pesta Théa. C'est de la pure censure ! Une censure d'État financée par le contribuable ! »

Théa abandonna l'article sur l'exposition du Caravage et ouvrit le site Internet d'Inclusive Brains.

« Quand je pense que notre pays n'a jamais voulu se doter d'un ministère de la Culture, de peur qu'il ne devienne un outil de propagande, ajouta Oliver. La réécriture des œuvres de Roald Dahl a nourri les esprits chagrins. Mais qui aurait pu imaginer qu'un outil d'intelligence artificielle réécrirait l'histoire ? Quelle ironie !

— Ça alors ! le coupa Théa. Devine qui siège au comité de cette association… Justin Parsons ! Le journaliste qui a fait un esclandre chez Myriam hier midi. Je t'en ai parlé, tu te souviens ? Et évidemment, la directrice des admissions de cette école privée dont j'ai oublié le nom. Rien de surprenant, elle l'a soutenu avec une telle ardeur lorsqu'il s'est jeté sur l'œnologue. »

Tandis que Théa rédigeait un message à Myriam pour l'informer de sa découverte, Oliver s'empara de la baguette posée sur la table. Il la rompit, puis étala une cuillerée de confiture sur la mie fraîche. Ses alvéoles lui donnaient un aspect moelleux. La confiture de myrtilles regorgeait de morceaux de fruits. Quelques billes sucrées et violacées roulèrent entre ses doigts. Il les lécha, puis dévora sa tartine. Des miettes tombèrent sur le sol. Il n'y prêta pas attention. Lorsqu'il fut repu, il se leva et les écrasa. « Elle est délicieuse la confiture de Myriam ! » dit-il, l'air comblé. Le crissement de ses pas irrita Théa qui se retint de lui faire lécher les débris farineux. Elle s'imaginait plaquer sa tête sur le sol et le regarder astiquer le parquet vitrifié avec sa langue. Elle ne put réprimer un rire à cette image. Il la regarda, pantois.

« Pourquoi tu ris, maman ? demanda Gabriel, qui venait de les rejoindre.

— Va savoir ! » rétorqua son père, un brin fâché.

Théa haussa les épaules. Oliver était incapable de comprendre ce qui se tramait dans la tête de sa femme. Pour lui, la vie était carrée, et deux au carré valait toujours quatre.

« Et toi, Gabriel, pourquoi as-tu l'air taciturne ? poursuivit-il, en se tournant vers son fils. Ça fait trois jours que tu fais la tronche !

— Laisse-le tranquille ! » le railla Théa.

Elle se leva et s'éloigna. Lorsqu'elle eut quitté la pièce, Oliver continua à interroger son fils.

« Un chagrin d'amour ? » le défia-t-il, son regard scrutateur rivé sur l'adolescent.

Gabriel ne réagit pas. Il prit la bouteille de lait et arrosa ses céréales. Son indolence agaça Oliver, qui trouvait que son fils manquait de vigueur. Oliver regrettait que Gabriel n'ait hérité ni de sa détermination ni de son audace.

« Tu ne dois pas laisser une fille te mettre dans un état pareil, le sermonna-t-il. Je sais que c'est ce qui te tourmente... mais je suis sûre que cette fille avait des grecs négatifs.

— Des Grecs ? marmonna Gabriel, hébété.

— Les "grecs", c'est ce qui te permet de valoriser une femme, lui dit son père. Une femme est un investissement comme un autre puisqu'elle te prend du temps et, bien souvent, de l'argent. Ma méthode est simple. Elle est fondée sur quatre valeurs : thêta, gamma, vega et delta. Il faut toujours faire ses "grecs", Gabriel. Ça t'évitera bien des déconvenues. Laisse-moi t'expliquer... Grâce à ton thêta, tu détermines si ta relation tend vers quelque chose de positif. Avec ton gamma, tu estimes ta volatilité. Dans une relation stable, ton gamma est faible. À l'inverse, en période de célibat, il est élevé. Ton vega te permet de calculer la vélocité des changements dans ta vie amoureuse. Enfin, ton delta se fonde sur la qualité intrinsèque de ta partenaire. Si tu sors avec une fille incroyable, ton delta est positif ; en d'autres termes, tu as un bon rendement. Ton objectif, c'est d'obtenir un delta et un thêta positifs, mais un gamma... »

Oliver s'apprêtait à continuer lorsque la sonnerie de son téléphone l'interrompit. Il prit l'appel et fit signe à son fils de patienter. La leçon de « grecs » n'était pas terminée !

6

Le siège des studios Wixar était situé à Berkeley en Californie, mais une annexe était installée dans le Queens. Théa s'y rendait en métro, sauf en cas d'intempéries. La vétusté des infrastructures créait des retards considérables les jours de neige ou de pluie abondante. D'ordinaire, elle accompagnait Gabriel jusqu'à Lexington Avenue. Là, elle s'arrêtait chez Birch Coffee, avalait un expresso et ressortait un croissant à la main. Équipée de ses écouteurs, elle s'informait sur les sujets de société en effeuillant sa viennoiserie jusqu'à l'entrée du métro.

Depuis quelque temps, la flambée des prix des minerais et des métaux rares était devenue le principal sujet de conversation des podcasts sur les questions de société. La guerre en Ukraine, la demande croissante de solutions et biens technologiques, l'urgence de la transition énergétique concouraient à une lutte acharnée entre les États. Le nouvel ordre mondial se jouait sur la capacité des puissances à s'approvisionner en denrées rares. Si le pétrole avait été l'or noir du XXe siècle, le lithium devenait l'or blanc du XXIe. Sa forte réactivité électrochimique, sa chaleur massique élevée et son faible coefficient d'expansion thermique en faisaient un élément incontournable dans la production de piles et de batteries, dans la fabrication de verres et de céramiques ainsi que dans le traitement de l'air vicié par le CO_2. La Bolivie, pourvue de vingt et un millions de tonnes du métal alcalin, s'apprêtait à devenir le centre mondial de l'énergie. Elle était talonnée par le Chili et l'Argentine, mais contrairement à celles de ces deux pays, ses réserves étaient intactes. Plus de quatre cents ans après l'exploitation des mines d'argent de Potosí, qui avaient permis à l'Espagne d'entamer son Siècle d'or et à l'Europe de connaître un essor industriel sans précédent, la Bolivie suscitait de nouveau toutes les convoitises, celles de la Chine en particulier.

L'accès à la bouche de métro était entravé par les rénovations en cours. La forte affluence matinale créait une vive agitation dans les escaliers qui menaient à la plateforme. Le quai était comble. Par précaution, Théa se plaça près du mur afin de garder une distance de sécurité raisonnable avec le rail. Depuis plusieurs mois, les accidents d'origine criminelle s'étaient multipliés dans les transports en commun. Dans la plupart des cas, la victime avait été jetée sous les rails à l'arrivée du train.

Un homme et une femme bavardaient à côté de Théa. Ils travaillaient pour le groupe Uber. Leur conversation portait sur les nuisances acoustiques en milieu professionnel. L'homme arguait que la mastication de la pomme était le bruit le plus insoutenable. Sa collègue était formelle, rien n'égalait le craquement de chips. Cette femme n'avait, de toute évidence, jamais enduré le cliquetis du stylo d'Ivan, l'animateur avec lequel Théa partageait son bureau.

Un groupe d'étudiants s'approchaient d'eux en se chamaillant. Théa les esquiva en se rapprochant des deux collègues. Son regard se posa sur l'écran publicitaire placé derrière eux. Il diffusait la bande-annonce du film biographique de Joseph Santos. Sentant la fixité du regard de Théa l'effleurer, l'homme se retourna. En apercevant le républicain sur l'écran, son visage s'anima. « Hey, regarde, c'est Santos ! » dit-il à sa collègue, en tirant de contentement sur les bretelles de son sac à dos rembourré. Sous l'effet du geste, sa veste de costume rayée bon marché remonta, dévoilant une épaisse ceinture lombaire en néoprène. « Quel imposteur ! » vociféra sa collègue, en jetant de discrets coups d'œil à la bande de caoutchouc synthétique. « Arrête, il est trop fort ! » poursuivit-il, le visage béat de satisfaction, puis il ajouta, plein d'envie et d'admiration : « Ce qu'il a dû toucher pour ce film ! » Théa l'observait se tordre de contentement en regardant Santos parader sur un plateau télévisé. Le menteur émérite dénonçait sans vergogne le manque d'intégrité du président américain. Théa repensa à l'énergie avec laquelle Oliver s'était battu pour obtenir l'interview de Santos et son visage s'assombrit. Certes, la liberté d'affabulation avait supplanté la liberté d'expression, les woke comme les populistes étouffaient l'opinion à coups d'artifices, mais dans cette bande-annonce, c'était d'abord l'hypocrisie de son couple que Théa entrevoyait. Depuis qu'Oliver avait recruté la statisticienne, leur relation s'étiolait. Leurs rapports sexuels s'étaient espacés et les gestes tendres avaient perdu de leur expressivité. Même les baisers s'étaient mués en effleurements retenus.

Un coup de vent balaya la plateforme au moment où le train s'immobilisa devant le quai. Théa fendit la foule et monta, juste à temps, dans la rame. Moins de vingt minutes plus tard, elle arriva aux studios. Dans le hall d'entrée, elle aperçut Ivan. Il boitait.

« Tu n'as pas consulté le thérapeute que l'on t'avait recommandé ? lui demanda-t-elle.

— Si, justement ! Mais mes fluides ne sont pas très conducteurs ! » rétorqua-t-il, narquois.

Ivan souffrait régulièrement de douleurs au genou. Afin de les apaiser, une amie lui avait recommandé de s'adresser à un thérapeute français qui pratiquait le reiki. Ivan, que rien ne soulageait, avait accepté de s'en remettre à cette méthode japonaise de soins énergétiques, fondée sur la seule imposition des mains. Il avait été surpris par cette séance qui ressemblait davantage à du spiritisme qu'à de la kinésithérapie. « Tout n'est qu'une question de fluides, lui avait assuré le praticien. Vous devez sentir mon énergie pénétrer votre genou. » Ivan avait surtout senti la vénalité du mage siphonner son portefeuille. Il s'était délesté de quatre cents dollars, non remboursables par son assurance maladie, sans que jamais l'homme n'effleure son articulation.

Lorsqu'il lui narra son aventure, Théa ne put retenir des larmes de rire. Ivan était un personnage de roman, un homme hilarant, passionnant, mais meurtri. Il venait de se séparer de la femme avec laquelle il avait construit sa vie, Lindsey. Ensemble, ils avaient eu deux enfants. Comme Ivan, Lindsey travaillait dans le département d'animation. C'était là qu'elle était tombée amoureuse de Jim, un jeune animateur qu'Ivan avait formé.

La culture française avait rapproché Ivan et Théa, l'humour avait scellé leur amitié. Théa était conquise par les récits désopilants d'Ivan. Depuis son divorce, la rancune nourrissait son imagination. À ses bons mots s'était ajouté un langage plus régressif qu'il ne partageait qu'avec elle et en français. *Fils de pute*, *putain de fils de pute*, *petite bite* étaient devenus des occurrences quotidiennes grâce auxquelles il vengeait son humiliation.

Théa s'installa devant son ordinateur et reprit la confection de l'homme de verre. Sa silhouette était presque terminée. La marionnettiste devait maintenant animer son sourire. Les points de contrôle étaient nombreux, l'entreprise délicate. Il était nécessaire de procéder par tâtonnements. Théa était happée par l'écran, son regard fixé sur un point de contrôle. Sa concentration était telle qu'elle n'entendit pas Ivan l'interpeller. Il se leva et s'approcha d'elle.

« Tu ne voudrais pas que l'on décore notre bureau ? » lui demanda-t-il.

La plupart des animateurs avaient radicalement transformé leurs espaces de travail. Le département ressemblait à s'y méprendre à un plateau de cinéma. Le directeur artistique, que tous appelaient « The Kid », avait été le plus créatif. Au cours des trente-quatre années qu'il avait passées chez Wixar, l'homme avait métamorphosé son bureau en écurie automobile. On y trouvait des objets mythiques dont les gants de Juan Manuel Fangio, le casque d'Alain Prost, ou encore la combinaison de Lewis Hamilton.

« Un site de crash aérien en Amazonie, ça pourrait avoir de la gueule, s'enthousiasma Ivan. Qu'en penses-tu ? »

L'animateur était fasciné par cette terre sauvage que son père lui avait fait découvrir lorsqu'il était encore consul de France à Manaus. C'est dans le muséum de sciences naturelles de la ville qu'était née sa passion pour les fossiles. Son idée séduisit Théa. L'animateur, qui délibérait secrètement sur ce projet depuis plusieurs jours, lui remit aussitôt quelques photos d'inspiration ainsi qu'une liste d'objets à rassembler. Parmi eux, on trouvait des plantes, des cagettes usées, des lianes, des cartes jaunies d'Amérique latine, de vieux outils de navigation, une radio d'avant-guerre, des insectes naturalisés et, bien sûr, des morceaux de carlingue. « Des morceaux de carlingue ! s'exclama Théa. Mais où va-t-on trouver ça ? » Ivan, qui passait son temps à fureter sur les sites d'antiquaires, avait son idée.

« Occupe-toi des plantes, je me charge du reste », lui dit-il, puis, retournant s'asseoir à son bureau, il ajouta : « Mais dis-moi, tu viens à la soirée demain ? Je n'ai pas vu ton nom sur la liste des participants. »

Dream'In, la maison mère de Wixar, était sur le point de lancer son Dream'InVerse, un monde virtuel né de son union avec l'une des plus importantes sociétés de processeurs graphiques. Pour la firme américaine, leader mondial du divertissement et du long-métrage d'animation, il s'agissait de créer un métavers dans lequel les utilisateurs seraient amenés à vivre les expériences de ses parcs d'attractions, mais aussi à assister à des concerts, voir des films ou suivre des cours de chant, le tout dans un espace qu'aucune pandémie ne serait à même d'entraver. L'enjeu était de taille. Dream'In souhaitait faire de son monde virtuel un monde socialement juste, le premier métavers responsable. Le projet avait été soutenu par le gouvernement américain au moyen de crédits d'impôt conséquents. Comme Tesla, Dream'In avait fait du contribuable son principal investisseur. Le Dream'InVerse avait été intégré au plan de Santé mentale fédéral, un programme semblable au plan de la Bienveillance de Cortez, qui offrait à chaque chômeur un équipement complet de réalité virtuelle. Contenir les troubles à l'ordre public d'une population oisive, en proie à des difficultés financières croissantes et tentée par les stupéfiants, était devenu la priorité de l'exécutif. Les plus belles lunettes de réalité virtuelle n'étaient qu'une bagatelle, comparées au coût annuel d'un détenu. Aux États-Unis, ce coût avoisinait quarante-deux mille dollars. Réalité virtuelle ou paradis artificiels, l'alternative des déchus du post-mondialisme se jouait hors de toute réalité. Au même titre que les produits biologiques, le réel était devenu un luxe.

C'est ce projet de monde virtuel qui avait conduit Wixar à ouvrir un site dans l'agglomération new-yorkaise. Pour le président des studios, le métavers constituait une révolution sans précédent. Le groupe était prêt à tout pour dominer ce nouveau marché. Le directeur artistique projetait d'y déployer l'ensemble des films animés. L'immersion était devenue le maître mot du cinéma d'animation. On ne projetait plus un film, on se projetait dans un film.

Voyant Théa hésiter, Ivan insista : « Je sais que tu fuis les mondanités, mais tu ne peux pas manquer le lancement du Dream'InVerse. C'est l'événement le plus important depuis la création des studios ! »

7

Samuel's, le bistrot aux accents de *delicatessen* juif dans lequel Myriam et Théa avaient prévu de dîner, affichait complet. Le sol à carreaux beiges et noirs sertis d'un mince liseré blanc, les murs d'un vert pistache couverts de bibelots et les banquettes en cuir vintage créaient une atmosphère rétro conviviale qui séduisait la clientèle. Une épicerie fine jouxtait la salle de restauration. On y trouvait les bagels, le *lox salmon*, le *cream cheese*, le pastrami et les *rugelach* qui faisaient la réputation du lieu depuis plus d'un siècle. Vêtus de tee-shirts estampillés d'un *Meat with us!* accueillant, les serveurs se pressaient aux abords des tables pour distribuer les présentoirs à bagels. Ces tours appétissantes, qui parsemaient le formica, faisaient saliver les tablées.

Théa patientait dans l'entrée lorsque Myriam apparut, son guembri à la main. Elle sortait de son cours de musique gnaoua. Elle pratiquait l'instrument à cordes depuis son plus jeune âge. Sa mère l'y avait initiée. Après sa mort, cette musique traditionnelle marocaine était devenue sa principale source de consolation.

Myriam était d'humeur joyeuse. Elle venait d'être promue au poste de directrice des opérations d'Orbital Technology, une société d'imagerie par satellite. Fondée en 2016, Orbital Technology avait vu sa croissance bondir lors du déclenchement de la guerre en Ukraine. En dépit des données satellite de haute précision produites par les services gouvernementaux, les États recouraient de plus en plus fréquemment aux services d'entreprises privées. Les images produites, non classifiées, constituaient une aide indispensable aux forces armées en exercice et donnaient de la crédibilité à la communication gouvernementale. Dans le monde de l'après-Irak, il était essentiel de maîtriser le récit de guerre, de gagner la bataille de l'opinion. Depuis 2003, le monde s'était mis à douter de la parole des gouvernements américain et britannique. Le terrain médiatique était miné. Toute action gouvernementale était scrutée à travers le prisme de la morale. L'Amérique devait non seulement affronter l'ennemi sino-soviétique, mais elle devait aussi lutter contre les détracteurs de sa politique étrangère, un numéro d'équilibriste périlleux.

Orbital Technology faisait partie des entreprises américaines à la pointe de l'innovation en matière d'imagerie par satellite. Sa technologie radar à synthèse d'ouverture permettait aux satellites de prendre des clichés par tout temps, y compris en cas de situations climatiques extrêmes. Les données collectées étaient transmises au centre d'analyse en moins de vingt minutes, une prouesse. Depuis deux ans, la société avait pris la tête du secteur grâce aux contrats que Myriam avait négociés avec plusieurs agences gouvernementales d'envergure.

« Trinquons à ta santé ! » la félicita Théa, en hélant le serveur.

Le champagne commandé, Théa interrogea Myriam sur son domaine d'expertise : les enjeux géopolitiques. La situation en Amérique du Sud, en particulier en Antarctique, l'inquiétait. Depuis quelques semaines, Orbital Technology avait repéré des silos suspects sur l'île Inexpressible, dans la mer de Ross, là où se trouvait la base antarctique chinoise la plus récente. Les indices accumulés ne laissaient planer aucun doute : les Chinois n'utilisaient pas cette base à des fins exclusivement scientifiques comme ils le prétendaient.

Depuis qu'elle était devenue partie au traité sur l'Antarctique en 1983, la Chine avait implanté cinq stations sur le Continent blanc. Les lieux étaient stratégiques et quadrillaient le pôle, de la mer de Weddell au Dôme Argus, situé à mille deux cents kilomètres à l'intérieur des terres. Sous couvert de recherches visant à perfectionner ses modèles de prévision météorologique, à étudier la position des icebergs ou à améliorer la performance de son système GPS, la Chine conduisait des activités militaires non déclarées.

« À quoi servent ces silos ? demanda Théa.

— D'après nos analyses, il s'agirait d'une base de missiles nucléaires enterrée, lui expliqua Myriam. Pour l'instant, la Chine prétend qu'ils sont utilisés à des fins de prospection pétrolière. Le sol antarctique regorge de pétrole et de gaz. On estime les ressources de pétrole autour de cinq cents millions de tonnes. Pour le gaz, on approcherait des trois cents. C'est colossal ! Coïncidence ? La zone où se trouve la base chinoise concernée est l'une des plus riches. Les Chinois s'y sont installés sans l'accord préalable des autres États.

— Personne n'a vérifié leurs activités ? Il n'y a pas eu d'inspections ?

— Le traité en prévoit, mais, par laxisme sans doute, les États possessionnés ne les mettent pas en œuvre. Classique !

— Les États possessionnés ?

— Ce sont les États qui ont revendiqué un territoire sur le continent antarctique avant 1959. C'est l'année de la signature du traité. Ils ne sont que sept : la France, l'Argentine, le Chili, la Norvège, la Nouvelle-Zélande, le Royaume-Uni et, bien sûr, l'Australie. L'Australie, justement, possède quarante-deux pour cent du territoire. Tu te doutes que les Chinois ont tout tenté pour amadouer les Australiens… Rien n'a fonctionné, alors ils se sont imposés. Bref, cette base chinoise est probablement une base nucléaire. C'est grave, Théa, c'est très grave… »

Myriam fut interrompue par le serveur. Il déposa sur leur table deux coupes de champagne ainsi qu'un présentoir sur lequel étaient disposées de fines tranches de *lox salmon*.

« Comment se passent tes cours de guembri ? s'enquit Théa, en s'emparant d'un bagel.

— L'instructeur est dynamique, l'ambiance agréable… Aujourd'hui, j'ai recroisé l'œnologue qui était à l'anniversaire de Cameron. Elle était encore choquée de la réaction de Justin Parsons ! »

Théa s'esclaffa en se remémorant son imitation de Marie Kondo.

« Le grand remplacement nous attend, persifla-t-elle. Aux comédiens de stand-up, on substituera bientôt les mimes.

Pas de soubresaut, aucun mot de trop, nous vivrons tels des enfants au paradis.

— Vive la pantomime ! » conclut Myriam, en levant sa coupe.

8

Wixar n'avait pas lésiné sur les moyens pour le lancement de son monde virtuel. Le hall des studios battait des records de décibels. Une jeune femme noire, vêtue d'un minishort de couleur argent aux reflets irisés et d'un haut blanc en dentelle, interprétait *Cold Heart* de Dua Lipa. Ses longues tresses africaines fouettaient vigoureusement l'air. De cette transe émanait une sensualité féline. Une poignée d'ingénieurs aux yeux rougis par le chanvre planaient, conquis, devant la scène. Leurs corps indolents flottaient dans des pantalons baggy trop larges et des pulls à capuche démodés. Les bras levés, ils tanguaient sur le balancier du désir.

Théa s'avança au milieu de la foule qui se pressait entre des cabines blanches en forme de sphères que l'on avait installées pour la soirée. Chacune offrait une immersion dans le Dream'InVerse. Théa entra dans l'une d'elles. Elle donna son nom à l'agent responsable de la cabine qui lui tendit des lunettes et des gants de réalité virtuelle. Quelques secondes plus tard, elle se retrouva face à des montagnes russes impressionnantes, aux wagons multicolores, dont le mouvement semblait former un arc-en-ciel devant elle. Ébahie par la beauté du métavers, elle n'entendait plus les cris des passagers du manège qui filait à toute allure. Les pupilles éberluées, elle se mit à explorer le royaume magique. Alors qu'elle se dirigeait vers les tasses folles, l'avatar d'un lapin blanc bondit devant elle, suivi d'un valet de cœur qui tentait de lui dérober sa montre. L'incongruité de cette scène la fit rire avec tant de spontanéité qu'elle se demanda à quoi ressemblait son visage lorsqu'elle souriait. Elle chercha un miroir, en vain. Le monde virtuel n'admettait aucune réflexion.

À l'approche de la soirée, la directrice des ressources humaines avait invité les participants à créer leurs doubles digitaux. Le design de ces personnages virtuels, que l'on dénommait communément des avatars, était essentiel dans la mesure où l'avatar représentait graphiquement l'utilisateur. Il devait en quelques traits croquer sa personnalité. Théa avait façonné le sien avec le plus grand soin. Contrairement à la plupart de ses collègues qui avaient choisi des personnages imaginaires, elle avait calqué la réalité. Son avatar était pourvu de cheveux blond vénitien. Ses yeux à fleur de tête étaient de couleur noisette et ses joues clairsemées de taches de rousseur. La taille des avatars avait été standardisée. En effet, le monde virtuel n'admettait que des bustes lisses, ou que, par précaution, une double mastectomie digitale avait lissés. Aux corps impunément organiques, on préférait les consciences minérales. Parce qu'il se vantait d'être un environnement *safe*, le Dream'InVerse ne pouvait tolérer aucune déviance : se prémunir de la sexualité et, par ricochet, de la domination masculine assurait un univers désincarné et sans risque. Dans le monde virtuel, chacun avait le privilège d'être trans sans transition, de flotter librement dans la fluidité de son être et de son environnement.

L'avatar de Théa s'installa dans une tasse mauve. Un avatar en forme de voiture fit irruption et s'assit à côté d'elle. Sa carrosserie était rutilante. Son sourire pneumatique laissait entrevoir une dentition à huit cylindres impressionnante. « Hey, Théa ! » lui dit le guignol en tôle. Théa reconnut la voix du directeur artistique des studios, The Kid. Les tasses commencèrent à prendre de la vitesse. La marionnettiste eut subitement la tête qui tourne. Elle chercha désespérément un point d'accroche. Seul subsistait l'ovale vaporeux du mouvement des tasses auquel son regard tentait de se cramponner. Un goût de vomissure s'insinua dans sa gorge. Elle eut un sentiment d'effroi à l'idée de régurgiter devant son supérieur. D'un geste convulsif, elle retira ses lunettes de réalité virtuelle. L'obscurité de la sphère d'immersion l'aida à stabiliser sa vision. Elle rendit ses accessoires à l'agent et sortit.

La foule était dense, le brouhaha assourdissant. Théa saisit un verre d'eau sur le plateau d'un serveur. Elle le but d'un trait, puis se dirigea vers un recoin calme où des bean bags multicolores avaient été installés. Elle s'affala sur le jaune fluo, ferma les yeux et se concentra sur la mélodie de Billie Eilish qui flottait au loin. Elle fredonnait « *Everything I wanted* » lorsqu'une voix masculine troubla sa quiétude. « Sympa, ce tee-shirt ! » s'exclama la voix. Saisie par son timbre, Théa ouvrit les yeux. Un homme, assis sur un pouf vert pomme, la dévisageait.

« Gary ! » s'écria-t-elle, en se redressant d'un bond. Elle joignit presque instinctivement ses mains qu'elle porta aussitôt à son visage. Le bout de ses doigts effleurait ses lèvres sur lesquelles se dessinait un sourire ému. Elle le regardait, interdite. Elle mit quelques secondes à recouvrer ses esprits.

« Ça alors ! Que fais-tu là ? lui dit-elle.

— J'admire ton tee-shirt ! » répondit-il.

Son sourire taquin la faucha presque à son insu. Théa rougit et baissa les yeux pour inspecter le tissu. Sous le dessin d'une capsule spatiale était imprimé en gros caractères : FUNKY CHICKEN !

« Tu connais la référence, j'imagine », ajouta-t-il, un peu comme s'il l'invitait à exhumer leur ancienne complicité en un clin d'œil. Théa s'affola, elle prit presque malgré elle un ton suave dont elle se morigéna intérieurement.

« Absolument pas ! » lui dit-elle.

Théa n'avait jamais prêté attention à ce vieux tee-shirt, qu'elle avait porté un nombre considérable de fois depuis qu'une salle de cinéma le lui avait offert pour l'achat de deux grands pots de pop-corn. Peu enthousiaste à l'idée d'assister au lancement du Dream'InVerse, elle s'était habillée promptement, sans prendre garde à ce qu'elle enfilait.

« C'est une danse ? » demanda-t-elle.

Théa jouait facétieusement aux devinettes de la séduction. Gary se délectait de l'excitation que son jeu faisait naître entre eux.

« Non ! affirma-t-il.

— Le titre d'une chanson, alors ?

— Non plus, mais c'est bien tenté. Le dessin de la capsule devrait te mettre sur la voie. »

Théa s'échina à trouver le sens de l'expression, mais après une nouvelle tentative infructueuse, elle abandonna.

« Je donne ma langue au chat ! » déclara-t-elle.

Elle couvait Gary du regard. Le chat avait gagné la partie.

« *Funky chicken*, c'est le terme couramment utilisé pour parler des convulsions myocloniques, lui expliqua Gary. Ces convulsions sont un symptôme de récupération après une perte de conscience induite par la force G que les astronautes peuvent ressentir pendant l'entraînement à la centrifugeuse.

— Intéressant ! rétorqua Théa. Tu bosses pour la Nasa ?

— Hélas non… Je travaille chez RAM, à Londres, dans le département d'intelligence artificielle. Je produis l'architecture des cartes graphiques que Dream'In utilise pour le métavers. »

Après avoir obtenu sa licence en mathématiques à Stanford, Gary avait poursuivi en master informatique au Massachusetts Institute of Technology dont il était sorti major. Microsoft lui avait alors fait un pont d'or, avant que la société britannique RAM ne lui offre la direction du département d'intelligence artificielle. RAM, spécialiste de l'architecture de processeurs, était la seule société anglaise réellement innovante, la plus belle réussite technologique de la perfide Albion. Après la disparition de la reine d'Angleterre et l'arrivée sur le trône d'un homme dont le plus grand succès avait été la conclusion de son divorce, RAM cristallisait tous les espoirs des Britanniques. Gary était fier de participer à l'essor du fleuron anglais. Il admirait la qualité des produits développés par l'entreprise ainsi que la culture d'excellence instaurée par son P-DG.

« Et toi, ma chère Théa ? Que deviens-tu ? s'enquit-il. Ça fait si longtemps…

— Je dessine les silhouettes des personnages animés de Wixar. »

Théa et Gary échangeaient des banalités, mais en réalité ils se dévoraient du regard, pliant et dépliant les arrière-mondes d'une passion qui affleurait à chaque remémoration. Lentement, ils se réapprivoisaient, fouillant dans leur pantomime les vestiges de leur complicité. Les anciens amants s'étaient rencontrés vingt-deux ans plus tôt lorsqu'ils étaient étudiants au lycée de Greenwich, elle en première, lui en terminale.

L'ingénieur n'avait pas changé. Théa reconnut d'emblée cette prestance qui, déjà à l'époque, l'avait impressionnée. En dépit de son mètre quatre-vingts, la jeune Théa faisait preuve d'une timidité maladive. Ce manque d'aisance la rendait parfois maladroite, mais c'était cette maladresse touchante qui avait conquis Gary. Sa candeur innocente, qui, en l'espace d'un instant, se transformait en une mélancolie farouche, l'avait séduit. Entre eux, l'amour était né au premier regard. Théa se souvenait de chaque trait du jeune homme dont elle s'était éprise. Elle les cherchait méticuleusement dans ceux de cet ingénieur d'une élégance presque anachronique. Son style soigné détonnait dans l'atmosphère décontractée de la soirée. Ses cheveux bruns impeccablement coiffés et sa barbe parfaitement taillée avaient un je-ne-sais-quoi trop classique qui le rendait charmant. Gary portait une chemise blanche légèrement entrouverte sur un pantalon bleu marine. Ses sneakers en daim étaient du même bleu turquin que ses yeux, rieurs et pénétrants.

« Tu rentres voir tes parents à Greenwich de temps en temps ? » lui demanda-t-elle.

Gary était le fils du propriétaire du Greenwich Hill Club, un club de golf huppé du Connecticut où les ménopausées millionnaires de la région venaient assouvir leur passion pour l'œnologie. S'enivrer après un dix-huit trous en golfette restait le passe-temps favori des retraitées nanties, jusqu'à ce qu'un fémur friable ou une ostéoporose invalidante mette fin aux frivolités.

« Une fois par an, répondit Gary. C'est là où on se retrouve avec mes parents. Ils ont toujours le club, mais ils l'ont mis en gérance. Ils ont voulu retourner vivre à Marfa, il y a deux ans. La région a bien changé avec le développement des espaces artistiques. La fréquentation du site texan de la fondation Judd a connu une croissance sans précédent. Et puis, les touristes viennent toujours admirer les lumières ! »

Théa se souvenait du jour où Gary lui avait parlé des mystérieuses lumières de Marfa dont personne ne semblait pouvoir expliquer l'origine, et qui, la nuit venue, dansaient à l'horizon. Elle n'avait pas voulu le croire tant il était hâbleur, un vrai séducteur. Gary était né au Texas, mais il avait emménagé dans le Connecticut à l'âge de sept ans. Quand Théa, qui venait de le rencontrer, lui avait demandé pourquoi il avait quitté Marfa et si le Texas lui manquait, il s'était montré réservé.

Gary était fils unique. Théa avait appris, peu de temps après leur rencontre, la raison qui avait poussé ses parents à s'installer dans le Connecticut. Gary n'avait pas toujours été le seul enfant du couple. Sa sœur jumelle, Isabella, était morte à l'âge de six ans dans un accident qui avait eu lieu chez ses grands-parents au Texas. Gary et Isabella jouaient à cache-cache, lors d'une réunion de famille. Isabella se cachait, Gary la cherchait. Il terminait de fouiller la maison, sans succès, lorsque leur cousin Wallace était arrivé. Il avait quatorze ans et il tenait avec fierté une arme dans ses mains. Ses parents venaient de la lui offrir. Gary, fasciné, avait délaissé immédiatement son jeu devenu puéril. « Je peux l'essayer ? l'avait-il supplié. — Dehors », lui avait indiqué son cousin d'un mouvement de tête. Profitant de l'inattention de leurs parents, ils étaient sortis. Gary, qui n'avait jamais manié une arme, l'avait empoignée malhabilement. Nerveux, il ne bougeait plus et osait à peine respirer. « Relax, cousin, relax ! avait crâné Wallace. J'vais t'montrer comment on manipule ce genre de matos ! » Wallace s'était rapproché de Gary. L'arme était pointée vers un vieux baril dans lequel son grand-père stockait du bois. Au moment où Wallace avait enveloppé les mains de son cousin, son pied avait écrasé celui de Gary. Sous l'effet du choc, leurs doigts avaient glissé par inadvertance sur la détente et les coups étaient partis. *Bang ! Bang ! Bang !* L'arme était chargée. Un grognement sourd avait émané du baril. C'était Isabella. Elle était morte.

De ce drame familial, Gary n'avait jamais reparlé à Théa, mais, à plusieurs reprises, il l'avait appelée par le prénom de sa sœur. Chaque fois, une douleur ineffable transperçait son regard. Théa avait la sensation d'y être projetée, malgré elle, comme à travers un miroir. Plus aucune distance n'existait entre eux. Cette réfraction, qui les avait emportés, avait scellé leur relation. Gary avait perçu dans le regard de Théa la même souffrance, la trace indélébile du deuil.

La mère de Théa avait en effet succombé à la folie quelques mois avant leur rencontre. Elle s'était suicidée le jour des seize ans de sa fille. Comme Œdipe, qui pour échapper au réel s'était crevé les yeux, sa mère s'était brisé la nuque. Ce jour-là, la famille de Théa devait célébrer son anniversaire dans un restaurant étoilé du Connecticut. Prise d'un accès de spleen dans la matinée, la mère de Théa était restée prostrée dans son lit. Atteinte de schizophrénie dysthymique, elle était obsédée par Frédéric Chopin. Le compositeur hantait son quotidien. Lorsqu'elle prenait conscience qu'il n'existait plus, son impuissance à le faire revivre symboliquement la plongeait dans un état dépressif désespéré. Compte tenu des circonstances, Théa avait suggéré d'annuler leur déjeuner. Sa mère s'y était opposée. Théa, son père et son frère s'étaient résolus à sortir seuls. À leur retour, sa mère avait quitté sa chambre. Le *Prélude n° 4* de Chopin tournait en boucle dans le salon. Théa et son frère avaient fouillé le rez-de-chaussée pendant que leur père inspectait la cave et le jardin. Ils l'avaient finalement retrouvée pendue dans la salle de bains de Théa. Ses vertèbres cervicales avaient été rompues par le cordon de son sèche-cheveux. Son père venait de le lui offrir. Le modèle était en céramique. La marque vantait, à juste titre, sa robustesse.

« Et ton père, comment va-t-il ? s'enquit Gary. Est-ce qu'il exerce encore ? Je me souviens qu'il travaillait beaucoup. »

Le père de Théa était gastro-entérologue dans un hôpital de Greenwich.

« Il va bien, répondit Théa. Il s'est installé dans un lotissement près de l'hôpital et ne vit que pour son métier. C'est lui qu'on appelle pour les gardes que personne ne veut faire à la période des fêtes. »

Théa lui conta quelques cas pathétiques récents que son

père avait eu à traiter et qui confinaient au grotesque, comme cette trentenaire qui avait avalé par mégarde une fourchette en plastique. Les enfants restaient toutefois les victimes privilégiées des accidents domestiques et les récits circonstanciés du père de Théa regorgeaient d'ingestion de piles qui nécrosaient les muqueuses ou de solvants ménagers qui perforaient l'estomac. Gary riait aux éclats, des éclats qui les emportaient tous deux sur les rives d'un passé qu'ils n'avaient jamais oublié.

9

Un poing amical martela l'épaule de Théa.

« Ah, te voilà ! Où étais-tu passée ? Je te cherche depuis une heure ! » la gronda Ivan.

Théa rougit comme si elle avait été prise en flagrant délit. Gary, embarrassé, se leva aussitôt et tendit une main contrariée à Ivan.

« Je vais devoir y aller, Théa, dit-il sous l'œil vigilant d'Ivan. J'espère que l'on aura l'occasion de se revoir. Donne-moi ton numéro, je te contacterai », ajouta-t-il, en lui tendant son téléphone.

Lorsque Gary se fut éloigné, Ivan ne put s'empêcher d'ironiser sur son raffinement.

« Il est sympa Lucien de Rubempré ?

— C'est une vieille connaissance de Greenwich, rétorqua-t-elle afin d'abréger les explications. Et toi ? Tu as aimé ta visite du métavers ? En ce qui me concerne, j'ai trouvé l'expérience plutôt nauséeuse.

— J'ai passé un excellent moment, mais en sortant, je suis tombé sur l'autre enculé, dit-il en parlant de Jim. Ah tiens, il est derrière toi ! »

Jim et Lindsey, qui n'avaient pas remarqué la présence d'Ivan, discutaient avec la responsable des ressources humaines. « Je m'intéresse beaucoup à la biodiversité, arguait Jim. Je suis particulièrement fan des loups. Le loup est un animal que l'on comprend mal. L'homme n'a pas réellement appris à cohabiter avec lui. C'est aux collectivités publiques de s'emparer de cette question. Il faut mettre en place une diplomatie du loup. » Atterré, Ivan ne put réprimer un puissant « Aouuuuh » qu'il répéta jusqu'à ce que Théa l'entraîne vers la sortie.

« Regarde-le parler des loups avec son air de cocker, vociféra-t-il.

— Ça suffit ! Tiens-toi ! Tu vas t'attirer des ennuis. » Ivan baissa la tête, honteux. « Ça va aller, poursuivit-elle, en passant affectueusement sa main derrière son épaule. Viens, allons dîner ! »

Théa et Ivan jetèrent leur dévolu sur un restaurant français du quartier de Soho qu'Ivan fréquentait régulièrement. Sa lumière tamisée et sa tapisserie représentant un paysage du XVIIIe siècle créaient une atmosphère bucolique. Le lyrisme européen des lieux était accentué par la présence de mobilier d'époque. De gigantesques miroirs en bois sculpté et doré couraient au-dessus des banquettes en velours ocre.

Les deux collègues venaient de s'installer lorsqu'un ami d'enfance d'Ivan s'assit à la table voisine. Il s'appelait Manuel et habitait Vancouver. Manuel et Ivan avaient grandi ensemble à Madrid où le père d'Ivan, ambassadeur, avait été en poste quelques années après son retour de Manaus. « Manuel, ça alors ! Que fais-tu là ? » s'exclama

Ivan, en se levant promptement pour le saluer. Ce nouveau coup du hasard amusa Théa.

Manuel était le fils d'un célèbre artiste. Son père vendait au monde entier les sculptures de marbre et de bronze les plus chères du marché. Cela lui avait permis d'amasser une petite fortune que Manuel, as de la finance, plaçait avec précaution. Son esprit industrieux lui avait valu de beaux succès. Il était de passage à New York pour assister au vernissage de son père et rentrait tout juste de Bolivie où il avait visité un terrain riche en lithium. L'investissement semblait opportun.

« Ma plus grande crainte, reconnut-il, ce sont les ONG environnementales. Si elles nous tombent dessus, nous sommes foutus. En Serbie, le projet de mine de Rio Tinto a échoué sous leur pression. »

La plus grande mine de lithium d'Europe n'avait pu voir le jour, après que les organisations non gouvernementales et le groupe politique d'opposition s'étaient érigés contre le désastre écologique que représentait le projet. Se mettre à dos les écolos, aucun dirigeant n'y était favorable. On était prêt à dépendre du gaz russe et du pétrole saoudien pour éviter une levée de boucliers verts.

« En Bolivie, la présence des Chinois accroît le risque du projet, ajouta Manuel. Ils sont prêts à manipuler les populations comme les organisations de protection de l'environnement pour prendre l'ascendant. C'est ça la force des autocrates, eux n'ont pas besoin de lutter contre les moralisateurs. Le monde occidental s'est amolli, car il doit répondre à des problématiques éthiques qui paralysent toute action politique. Comme le disait Malraux, il y a des guerres justes, mais il n'y a pas d'armée juste. À rechercher radicalement la vertu, on a écopé de la paralysie.

— Admets, tout de même, protesta Ivan, que ces mines de lithium ont un impact dramatique sur l'environnement et les populations limitrophes.

— Et le forage pétrolier ? lui objecta Manuel. Tu penses que c'est mieux ? On accepte la pollution des puits de pétrole uniquement parce qu'ils ne sont pas localisés en Occident. Il faut bien que l'énergie provienne de quelque part. De toute façon, si nous ne le faisons pas, les Chinois le feront. La Bolivie est la nouvelle cible de Pékin. Les Chinois l'encerclent déjà par leur présence au Chili, en Argentine et au Brésil. »

Manuel avait à peine terminé sa phrase qu'une rumeur envahit le restaurant. Elle fut suivie de cris d'épouvante. L'un des miroirs s'était décroché. Un homme le retenait à bout de bras. Le gaillard était américain. Il portait une chemise noire, mal taillée, qui l'étriquait. Entre les boutons qui menaçaient d'éclater, on apercevait un ventre épais et poilu. Son visage rougissait sous l'effort cyclopéen qu'il fournissait. Une batterie de serveurs se précipita pour lui prêter main-forte. Lorsque le miroir fut déposé, les clients applaudirent chaudement. Galvanisé par l'effort surhumain qu'il venait de produire, le héros du soir posa un genou à terre et, prenant l'assistance à témoin, demanda sa compagne en mariage. Les applaudissements redoublèrent. Après avoir fait vibrer la salle, les jeunes fiancés se rassirent. Le chef vint les féliciter et leur offrit une bouteille de champagne millésimé.

« *Only in America !* » s'exclama Manuel, de son accent castillan.

10

Au retour de Théa, Oliver était allongé dans le canapé, absorbé par la lecture d'un livre à peine plus épais qu'un *Télérama*. Il était seul, Gabriel dormait chez un ami. Théa déposa son sac dans l'entrée et vint s'installer dans le fauteuil face à son mari. Le couple occupait l'étage le plus élevé d'un immeuble de standing à l'est de Central Park. Face à eux s'étendait l'immensité verte du poumon new-yorkais, ses terrains de base-ball, sa patinoire et son réservoir. La vue panoramique allait de l'Hudson River au Queens, et bien au-delà. En ligne de mire, on devinait Brooklyn, loin, très loin, derrière une infinité de gratte-ciel qui, le soir venu, ressemblaient à des colonnes de Buren.

« Que lis-tu ? lui demanda-t-elle.

— Un essai politique sur le décentralisme.

— Le décentralisme ? Qu'est-ce que c'est ?

— Un système de gouvernement décentralisé, géré par un algorithme. Un gouvernement sans humains.

— Tu veux dire un gouvernement pour un monde virtuel ?

— Certainement. »

Le décentralisme reposait sur le constat que les gouvernements composés d'humains ne pouvaient qu'échouer à mener une action politique, compte tenu de la haine que les élites cristallisaient. Face à l'expansion rapide de la virtualité, l'auteur de l'essai suggérait de créer des nations virtuelles dans lesquelles le pouvoir serait confié à un algorithme.

« On met le doigt, là, sur le cœur du problème politique : la légitimité du pouvoir ! affirma Oliver. C'est une question essentielle, car, sans légitimité, il n'y a pas de confiance. C'est de cela que souffre le plus notre société. L'auteur considère que les règles organisationnelles de la virtualité assureraient au pouvoir algorithmique sa légitimité parce qu'il évincerait des élites qui incarnent l'étrangeté. Il critique, à ce titre, la tendance des dirigeants à faire fi de la volonté du peuple et à s'arroger le monopole de la perspicacité. Sa thèse extrapole les structures actuelles : nous avons déjà une architecture digitale décentralisée, la blockchain, une monnaie décentralisée, le bitcoin, pourquoi n'aurions-nous pas un gouvernement décentralisé, incarné par un algorithme ? Bon, lui estime que cette décentralisation redonnerait confiance aux citoyens-utilisateurs du monde virtuel et que, par conséquent, un nouvel espace démocratique, dématérialisé, pourrait voir le jour. Soit, mais moi je pense que cette thèse échoue sur un point cardinal : le concept même de démocratie. Qu'est-ce que la démocratie ? Certainement pas une addition de principes organisationnels. D'ailleurs, on le voit bien avec les réseaux sociaux. Toutes les plateformes sont régies par des algorithmes.

— Quelle solution proposes-tu ? rétorqua Théa. Qu'est-ce

qui serait capable de redonner au pouvoir de la légitimité ? Comment retrouver la confiance du peuple ?

— Je pense que dans un monde où l'antihéros est devenu un modèle, la désobéissance civile, le modus operandi, et l'émotion, le vecteur principal d'attention, seul le rebelle est susceptible d'avoir un pouvoir d'attraction, surtout s'il s'adjoint les services d'une armée de bots. Celui qui, par son charisme, domine les plateformes domine le système. C'est ça la règle aujourd'hui et la seule à suivre si l'on veut prendre le pouvoir ou s'enrichir. Pour les autres, il ne reste que la résignation.

— Ta conception cynique du monde me désole, répliqua Théa. L'homme que j'ai rencontré à l'université était bien plus idéaliste. Parfois, il me manque.

— C'est vrai, comme toi, j'étais idéaliste, mais j'ai finalement pris conscience de la réalité. Toi, Théa, tu vis dans ta bulle, dans un monde qui n'existe plus, tu rêves. La réalité à laquelle tu aspires n'est qu'un fantasme. La meilleure preuve de ce que j'avance, c'est Greta Thunberg, c'est Joseph Santos, ce sont toutes ces figures galvanisantes, qui savent fédérer les foules.

— Je cours peut-être après des chimères, Oliver, mais je crois qu'il est urgent de recréer des espaces de délibération démocratiques, dotés de plateformes d'information de qualité dont le contenu s'affranchirait de la censure des moralisateurs tout en limitant le risque de désinformation. Je suis convaincue qu'on peut le faire, et pourquoi pas dans des mondes virtuels. Nous avons besoin de renouveler l'espace public, de créer un nouveau sens du commun, et s'il le faut, sur une formule algorithmique. La thèse de cet essai n'est peut-être pas aussi absurde que tu l'insinues. L'algorithme n'aurait pas l'agenda dévoyé de l'homme politique. Il ferait passer l'intérêt général en premier.

— Le sens du commun… le sens du commun…, se moqua Oliver. Mais le commun, Théa, c'est fini. Les communautaristes ont tué les individus et toute possibilité de les rassembler. On aura beau régler les algorithmes de quelque manière que ce soit, les mondes virtuels finiront pas répliquer l'écueil du monde réel. L'algorithme n'est pas une formule magique. Les mondes virtuels sont, par essence, des espaces clivants et des mondes de fascinateurs. Dans ces mondes-là, seules des figures polarisantes sont susceptibles de rassembler. Que tu le veuilles ou non, on s'oriente vers un individualisme radical.

— Alimenté par des plateformes qui, comme Veracity News, sapent tout effort démocratique ? »

Oliver ne répondit pas à l'insinuation fielleuse de Théa.

« Comment s'appelle ce livre ? poursuivit-elle.

— *The Blockchain Government.*

— C'est pas mal comme titre. Et l'auteur ?

— Un collectif, Spurius.

— Qui sait, cet essai deviendra peut-être un classique. »

En dépit de leurs divergences, Oliver éprouvait une grande satisfaction à confronter ses idées à celles de sa femme. Observer Théa défendre ses opinions le réjouissait, sa résistance l'émoustillait. Oliver était un oiseau de proie qui abhorrait les chasses trop rapides.

Il se leva et vint s'asseoir sur l'accoudoir du fauteuil de Théa. Il glissa sa main gauche le long de son entrejambe et caressa la couture de son jean. Elle abrégea ses caresses, prit sa main et guida ses doigts pour qu'il déboutonne son pantalon. Oliver et Théa ne faisaient plus l'amour, ils baisaient. Alors qu'il s'insinuait au creux de son corps, elle sentit que c'était le corps d'une autre qu'il pénétrait, sans doute celui de la statisticienne, une femme métisse aux seins volumineux et aux fesses pleines, pleines du désir d'Oliver. Ses fesses étaient aussi pleines que le corps de Théa était plat. Théa était une belle femme, grande et svelte, mais, au goût d'Oliver, elle manquait de rondeurs. Plus l'étreinte d'Oliver s'intensifiait, plus Théa pensait à Gary. Au moment où elle sentit un frisson de plaisir envahir son corps, elle replongea dans le bleu turquin de ses yeux.

Des gouttes roulèrent entre ses cuisses. Elle passa le doigt sur sa peau et le porta malicieusement à sa bouche. Oliver la regarda, circonspect. La dernière fois que sa femme s'était délectée de ses fluides, Barack Obama entamait son premier mandat.

« Est-ce qu'elle suce bien, ta statisticienne ? » lui demanda-t-elle, le regard plein de défi, avant de lécher lascivement la pointe de son index.

Oliver la fusilla du regard.

« Tu devrais lui proposer de se joindre à nous la prochaine fois. Je me demande si elle est plutôt du genre à gémir ou à jouir silencieusement.

— Arrête tes conneries ! s'énerva-t-il. Il ne se passe rien avec cette fille. Tu te fais des films.

— C'est mon métier ! »

11

Chaque matin, Oliver assistait à la conférence de rédaction. Tandis que Théa se prélassait dans son lit en prenant connaissance de ses messages, l'entrepreneur s'agitait en tous sens afin d'être à l'heure.

« Alors, qu'en penses-tu ? s'exclama-t-il, en surgissant torse nu de la salle de bains. C'est une bonne idée, non ? »

Le corps d'Oliver ruisselait. L'entrepreneur, pressé, se sécha négligemment, jeta sa serviette de bain au sol et enfila aussitôt son costume. Absorbée par un message de Gary, Théa n'avait pas écouté la question de son mari.

« Qu'est-ce que j'en pense ? Qu'est-ce que j'en pense ? répéta-t-elle comme un écho.

— Théa ! Ça fait cinq minutes que je te parle, s'énerva Oliver, qui perdait patience. Je réfléchis au cadeau que nous pourrions offrir à Josh pour son départ à la retraite. C'est ton beau-frère, merde ! Fais un effort !

— C'est surtout ton principal investisseur, le railla-t-elle en reprenant ses esprits.

— Peu importe ! Le voyage à Saint-Barth approche. Il faut qu'on s'en occupe. Qu'est-ce que tu penses d'une montre ?

— Une montre ! Encore une montre ? s'exclama-t-elle en sautant du lit. Pour quelqu'un qui est perpétuellement en retard, ça me paraît absurde ! »

Oliver soupira d'exaspération. Théa l'ignora, elle n'avait que faire de ses attentions à but lucratif. Elle s'enferma dans la salle de bains. Les miroirs étaient mouchetés tant ils étaient couverts de buée. Son image était si floue qu'elle percevait à peine les contours de son visage. Nerveuse, elle relisait la réponse qu'elle s'apprêtait à adresser à Gary pour lui confirmer sa disponibilité au déjeuner. Le SMS envoyé, elle se glissa sous la douche.

Ivan était déjà au bureau lorsque Théa arriva. L'animateur était d'humeur maussade. Sa soirée s'était mal terminée. Depuis deux semaines, il fréquentait une jeune femme de vingt-cinq ans. La blondinette était, d'après son profil digital, une *#actrice/influenceuse/auteure/professeuredeyoga/défenseusedelacauseanimale*, en d'autres termes, et selon les propres mots d'Ivan qui avait toujours eu un sens aigu de la synthèse, une *slash girl*.

« Hier soir, après notre dîner dans un restaurant vietnamien, elle m'a proposé de prendre un verre chez elle, lui confia-t-il. Tout se passait bien jusqu'à ce que l'on se retrouve sur son lit. Elle était en sous-vêtements, un satin bleu très séduisant. Je me suis approché d'elle, j'ai glissé ma main le long de sa cuisse, effleuré son genou, et là, elle s'est mise à miauler.

— À pousser des miaulements ? demanda Théa, interloquée.

— Des miaulements, des miaulements de chat, précisa

Ivan. Plus je la caressais, plus elle miaulait. Lorsque j'ai voulu lui retirer ses sous-vêtements, elle a roulé sur le ventre et s'est mise à se lécher. Je me suis levé, rhabillé et je suis parti. »

Théa éclata de rire.

« Mais voilà ta mission ! ironisa-t-elle. Sauver les hommes victimes de miaulements ! Avec le bon accoutrement, tu aurais un succès fou. Un costume de chat comme celui de Jared Leto au gala du MET et le tour est joué. Imagine les gros titres : "L'homme #meowtoo défend la cause masculine !" » Théa étendit les bras comme si elle déployait une affiche de cinéma. « Même Cortez se damnerait pour un selfie avec toi ! »

Ivan esquissa un sourire gêné. Il avait du mal à dissimuler la profondeur de son dépit. Sa vie sentimentale périclitait. Il n'eut pas le temps de s'appesantir, l'équipe d'animation l'attendait dans la salle de projection.

« On déjeune ensemble ? demanda-t-il à Théa sur le pas de la porte.

— Aujourd'hui ? rougit-elle. Impossible ! J'ai un déjeuner.

— C'est vrai que tu es sacrément apprêtée pour une journée de travail. Avec qui me fais-tu des infidélités ? »

Théa déjeunait rarement en dehors du bureau. La plupart du temps, elle achetait un sandwich à la cafétéria. Certains jours, elle se contentait même d'un en-cas, qu'elle croquait du bout des doigts devant son ordinateur.

« Myriam », bredouilla-t-elle.

Ivan n'avait jamais rencontré Myriam, mais Théa lui en avait souvent parlé.

« Un jour, il faudra que tu me la présentes ! lui dit-il. Bon, allez, j'y vais. »

Théa n'aimait pas mentir à Ivan. L'animateur était son meilleur confident, mais rien ne devait entacher ses retrouvailles avec Gary.

12

Gary avait donné rendez-vous à Théa au Café Sabarsky de la Neue Galerie, un musée de l'Upper East Side dont la collection comptait des chefs-d'œuvre de l'art autrichien et de l'art allemand du début du XXe siècle. Ses doubles portes en fer forgé, son sol en pierre naturelle et son escalier tournant ajoutaient à la majesté du bâtiment Louis XIII. Installé au rez-de-chaussée, le café offrait une vue dégagée sur Central Park à l'angle de la 86e Rue et de la Cinquième Avenue. Théa pénétra dans la pièce aux accents viennois d'un pas fiévreux. Gary était installé à une table près de la cheminée. Le regard plongé dans un roman, il ne remarqua pas sa présence.

« Je peux vous aider, madame ? lui demanda un serveur.

— Je rejoins un ami. Il est là », précisa-t-elle, en désignant Gary.

Tandis qu'elle s'approchait de lui, ses joues s'empourprèrent. N'avait-elle pas l'air ridicule dans cette robe en crêpe de soie gris-vert et ces escarpins vernis ? Théa, qui avait toujours été embarrassée par sa taille, ne portait jamais de talons ni de robes. Oliver le lui reprochait constamment, mais elle ne se sentait bien que dans des denims trop larges et des pulls exagérément grands, les mêmes que ceux qu'elle portait lorsque au lycée elle fréquentait Gary. Elle se souvenait de la manière dont il l'enveloppait pour respirer son parfum aux notes fleuries.

En l'apercevant, Gary se leva d'un bond et s'avança vers elle. Elle lui donna une accolade amicale, puis s'assit, près de lui, sur la banquette en arrondi.

« Qu'est-ce que tu lis ? lui demanda-t-elle.

— *Don Quichotte* ! »

Théa saisit le livre, jeta un œil à la quatrième de couverture, puis s'amusa à faire glisser son pouce sur la tranche.

« Je ne me souvenais pas que tu aimais la littérature, poursuivit-elle en le lui rendant.

— On peut même dire que c'est devenu une passion !

— C'est amusant, le film sur lequel je travaille porte sur une nouvelle de Cervantès, "Le licencié de verre". Mais *Don Quichotte*… *Don Quichotte*, c'est la fiction par excellence ! D'ailleurs, que serions-nous sans fiction ? » Alors qu'ils venaient tout juste de se retrouver, que Théa aurait dû se prêter à un bavardage sans prétention, elle se laissa emporter par ses idées. Gary esquissa un sourire attendri devant sa maladresse. « C'est la fiction qui nous rend intelligents, clama Théa, c'est elle qui nous met en mouvement. Quel dommage qu'elle soit si malmenée ces derniers temps.

— Malmenée ? » reprit Gary, interloqué, au moment où le serveur se présentait devant eux.

Théa n'eut pas le temps de développer sa pensée, l'homme à l'accent indien lui tendait une carte. Ses cheveux mi-longs et sa barbe en pointe grisonnante lui donnaient l'allure d'un guide spirituel. Gary commanda un café allongé, Théa un chocolat viennois, puis ils consultèrent le menu.

« Ça te gêne si je ne prends qu'un dessert ? lui demanda-t-elle, en scrutant la tablette de la cheminée sur laquelle étaient exposés une ribambelle d'entremets. Leur forêt-noire me donne très envie !

— Soyons fous ! répondit Gary. Je lorgne cet apfelstrudel, depuis mon arrivée.

— Tu aimais déjà ça à l'époque, tu te souviens ? On les achetait à la boulangerie près de la gare. »

Ils se regardèrent avec une tendresse qui les confondit.

Les pâtisseries commandées, Gary et Théa reprirent leur conversation. Théa s'indigna de la réécriture d'œuvres de littérature, celles de Roald Dahl notamment. Elle évoqua la mission d'Inclusive Brains et son financement par la principale agence culturelle de l'État de New York. Elle s'attendait à ce qu'aucun genre ne soit épargné. Des contes pour enfants à l'intégrale des romans de Bret Easton Ellis, la protection des âmes pures n'aurait aucune limite. Le marketing de l'édition accomplissait sa mission : s'adapter à l'électorat pour faire croître son chiffre d'affaires. Les ayants droit, eux, capitalisaient sur un stupéfiant bon marché : l'anxiété. Dans l'esprit de Théa, les choses étaient claires : la fiction participait à la construction de l'humanité. Elle permettait de faire l'expérience de l'absurde, de l'inattendu, de l'insupportable ou du menaçant, et donnait ainsi au lecteur les moyens de saisir le réel dans toute sa complexité.

« La fiction est le combustible de l'humanité, allégua Théa. La réécriture des œuvres n'est pas seulement un affront au génie de l'auteur et à la capacité du lecteur à contextualiser une œuvre, elle est aussi et surtout un attentat contre notre intelligence ! »

Pour Gary, plus encore que l'intelligence, c'était la mémoire qui était en danger, la mémoire collective, celle qui faisait de l'homme un citoyen plutôt qu'un pantin. Sur ce ton orwellien, il sonda les préférences littéraires de Théa. Elle aimait beaucoup Tom Wolfe, Philip Roth et William Faulkner, mais son favori restait Dostoïevski.

« Je me souviens de ce petit livre de Dostoïevski que tu emportais partout, lui dit Gary. Le titre était *Carnet* ou *Notes*...

— *Carnets du sous-sol*, glissa Théa.

— Oui, c'est ça ! L'histoire atroce d'un ermite et sa rencontre avec une prostituée, n'est-ce pas ? »

Théa se pâma de rire. Gary la caressa du regard. Il loua aussitôt la plume du Slave : il avait dévoré *Les Démons* et s'était délecté de *Crime et Châtiment*, mais il regrettait de ne pas avoir lu d'autres œuvres de l'auteur. Il lui confia son goût pour le réalisme magique de García Márquez et sa passion pour Borges. « Tu as toujours été attiré par l'Argentine », lui souffla-t-elle. Sa connaissance encyclopédique l'étonnait autant qu'elle la séduisait, mais ce fut dans les lacets de son ironie qu'ils flirtèrent tandis que Gary se délectait du crêpe de soie minimaliste qu'elle portait. Son imagination débordait à l'idée de laisser sa main glisser sous l'étoffe. Il se rapprocha d'elle de manière que son genou frôlât délicatement sa cuisse. Ce mouvement chargé d'érotisme la fit frissonner, ses joues rosirent dans l'instant.

Après avoir dégusté leurs douceurs sucrées, ils se dirigèrent vers le premier étage du musée. Dans la pièce principale se trouvait la « Dame en or » de Klimt, un portrait d'Adele Bloch-Bauer commandé par son mari, un banquier viennois. Ils lisaient l'histoire du chef-d'œuvre, confisqué par les nazis, lorsque le smartphone de Gary vibra. Il ne réagit pas et poursuivit sa lecture. La vibration persista sans que Gary rejetât l'appel.

« Tu ne veux pas répondre ? lui demanda Théa.

— Non, dit-il, c'est Tatiana.

— Tatiana ?

— Ma compagne. »

La réponse de Gary décontenança Théa. Comme si de rien n'était, il poursuivit la visite. Dans la pièce adjacente se trouvaient des dessins de Schiele. Théa tentait de se concentrer sur les œuvres, mais elle ne cessait de s'interroger sur cette femme qui partageait la vie de Gary. Discrètement, elle l'épiait. Elle aurait voulu pouvoir effacer l'écart qui s'était subitement insinué entre eux. Leur visite terminée, ils regagnèrent l'entrée. L'horloge indiquait quinze heures.

« Mon Dieu ! s'exclama Théa. Je vais être en retard. J'ai une réunion dans vingt minutes.

— Pareil, renchérit Gary. Mon vol pour Londres part à dix-huit heures. Merci d'avoir pris le temps de déjeuner avec moi », lui glissa-t-il, à mi-voix. Il la prit tendrement dans ses bras. Son souffle effleura la nuque de Théa, elle frissonna. « Revoyons-nous très vite », ajouta-t-il, en déposant un baiser sur sa joue.

La pluie tombait à verse. Théa héla un taxi et disparut dans le flot de la 86ᵉ Rue. Gary fixa le halo jaune qui, lentement, se fondait dans l'horizon.

13

Théa manqua de heurter Ivan en pénétrant dans leur bureau dont l'animateur sortait.

« Mais où diable étais-tu passée ? s'écria-t-il. J'étais inquiet ! La réunion va commencer. Dépêche-toi, prends tes affaires ! » Théa posa son sac à main sur son fauteuil et saisit son ordinateur portable. Elle suivit Ivan qui pressait le pas. Ses chaussures couinaient sur le linoléum du couloir. « Rappelle-moi de ne jamais tenter un vol en bande organisée avec toi, la taquina l'animateur. On risquerait, à coup sûr, le flagrant délit ! »

Lorsqu'ils arrivèrent dans la salle de réunion, l'ensemble des animateurs de *Tomás* étaient présents, quelques *riggers* également. Le directeur artistique fit un point sur l'évolution du film. Les squelettes des personnages étaient prêts. Les *shading artists* leur avaient donné de la texture, les acteurs avaient commencé les enregistrements en studio et les *layout artists* venaient de dessiner une première version du décor. Les animateurs travaillaient maintenant à rendre chaque seconde du film plus expressive. Le moindre mouvement était mimé puis décortiqué afin de s'assurer qu'aucun détail n'avait été oublié. On visionnait également les mimiques faciales des comédiens au moment de l'enregistrement des voix. Bien que les silhouettes fussent terminées, la présence des *riggers* était requise, car il arrivait, à cette étape de la production, que l'on ajuste ou ajoute quelques points de contrôle.

Jim et Lindsey étaient assis en face de Théa et Ivan.

« Il porte un étui de ceinture ! s'esclaffa discrètement Ivan, en se penchant vers Théa. On dirait un type du BTP. Il paraît qu'hier soir ils distribuaient des kits dentaires devant la mairie. Cette garce n'aimait pas le fossile, mais elle est prête à tout pour l'hygiène bucco-dentaire des défavorisés. »

Jim était un citoyen engagé. Chacun de ses engagements était relayé en images sur les réseaux sociaux. Ivan conspuait cette charité médiatisée. Il était surtout jaloux que Lindsey soutînt les combats de son remplaçant alors qu'elle n'avait jamais prêté attention à ses passions.

Ivan était un collectionneur compulsif. Sa collection, conservée dans plusieurs bibliothèques dépareillées, comprenait des améthystes, des quartz, des pyrites et des agates. L'animateur avait également amassé une quantité considérable de fossiles. Lindsey s'était toujours insurgée contre ses addictions. « C'est notre relation qui est en train de se fossiliser », le raillait-elle, pleine de colère lorsqu'il passait ses dimanches à dépoussiérer ses trésors. Mais pouvait-on reprocher à Ivan son passe-temps ? Lindsey avait fini par le quitter, les fossiles étaient restés. On pouvait même dire qu'ils lui avaient rapporté gros. Ivan avait acquis un fossile de cœlacanthe, vieux de deux cents millions d'années. Ce fossile de poisson de l'ère jurassique avait été repéré par une prestigieuse maison de vente qui l'avait convaincu de le mettre aux enchères. La pièce avait été adjugée à un collectionneur chinois pour la somme de deux cent cinquante mille dollars.

Pendant que le directeur artistique interrogeait les animateurs, Théa pensait à Gary. L'ingénieur ne lui avait rien dévoilé de son quotidien londonien. Tout juste avait-il prononcé le nom de la femme qui partageait sa vie. « Tatiana, ma compagne », avait-il dit. Théa se répétait ces mots comme si cette répétition eût été capable d'étouffer le désir qu'elle avait éprouvé pour lui, dans l'arrondi du Café Sabarsky, ce désir qui, sans crier gare, la ramenait sur les rives de Long Island, là où Gary et elle avaient passé leur dernier week-end avant qu'il ne parte pour l'université.

Un gringalet de leur lycée, au timbre aigu qui lui valait le surnom de « la Crécelle », les avait hébergés dans la résidence secondaire que sa famille possédait depuis trois générations au cœur du village huppé d'East Hampton. Admis à Stanford, Gary s'apprêtait à s'installer en Californie. Pour les jeunes amoureux, le compte à rebours avait commencé. Les deux lycéens, qui s'étaient épris l'un de l'autre quelques mois plus tôt, ne se quittaient plus. Un matin, pendant que leurs amis dormaient avachis sur les canapés du salon, le corps imbibé de THC, Gary avait entraîné Théa sur la plage.

Le soleil brillait, l'heure du déjeuner approchait. Gary et Théa marchaient depuis vingt minutes sur Wiborg Beach lorsque Gary avait aperçu l'entrée du Maidstone, le club de golf le plus élitaire de la côte est. « Tous les étés, les Clinton, les Kennedy et les Bush viennent y parfaire leur swing », leur avait dit la Crécelle, en leur montrant fièrement une photo de son père et de son grand-père posant devant l'établissement. Un panneau sur la plage indiquait que seuls les membres étaient autorisés à accéder au club. À sa lecture, Théa s'était arrêtée, prête à rebrousser chemin. Mais Gary l'avait saisie par le bras : « Viens, on essaie ! » Elle l'avait suivi à contrecœur, persuadée que le garde à l'entrée les repousserait. Face à lui, Gary avait décliné son identité sans ciller. Il avait prétendu s'appeler Wilson. « Howard ? » lui avait demandé le garde, en consultant la liste des membres. Gary avait opiné et répété « Howard Wilson » avec un aplomb qui avait déconcerté Théa, avant d'ajouter : « J'ai une invitée aujourd'hui. » La Crécelle portait le nom de Wilson. Ce qui avait sauvé Gary, c'était l'âge du garde. L'homme au visage imberbe ne connaissait ni Howard Wilson ni aucun autre membre du club. Il s'était empressé de leur ouvrir. Devant sa diligence, Théa avait rougi. Une fois à l'intérieur, elle avait tancé Gary aussi sèchement que sa voix basse le lui permettait. « Détends-toi un peu et suis-moi », lui avait-il chuchoté, en se dirigeant d'un pas décidé vers le restaurant. Cette situation l'amusait. Théa, honteuse, n'avait picoré que quelques feuilles de salade. Gary avait commandé une côte de bœuf et avait longuement saucé son pain dans son jus goûteux. Lorsqu'il avait fallu régler l'addition, il avait demandé au maître d'hôtel de la mettre sur son compte, le compte de Howard Wilson. Effarée, Théa avait quitté les lieux à la hâte. Mais une fois dehors, il l'avait entraînée à l'abri des regards. Émoustillé par leur incursion romanesque, Gary avait fait l'amour à Théa avec une fougue que jamais elle n'avait oubliée.

Au souvenir des lèvres de Gary sur sa nuque se mêlait désormais le prénom de Tatiana. Cette femme, qu'elle ne connaissait pas, s'insinuait dans les méandres de sa mémoire. L'effraction qu'elle provoquait attisait son désir pour Gary. L'amour était peut-être mimétique. Certains intellectuels en étaient convaincus, mais Théa doutait de ces balivernes philosophiques. L'amour, une question de géométrie ? Foutaises !

Elle sursauta en entendant le directeur artistique prononcer son prénom.

« Tout va bien ? lui demanda Ivan.

— J'étais perdue dans mes pensées, se justifia-t-elle à mi-voix.

— Je te trouve bien distraite en ce moment », lui chuchota-t-il.

Confuse, elle haussa les épaules et se reconcentra sur la présentation.

Leur réunion terminée, les deux collègues rejoignirent la cafétéria. Ivan grignotait un brownie lorsque Théa, qui buvait son café à petites gorgées, aperçut une mosaïque colorée sur le mur derrière lui.

« Tiens, j'ai déjà vu ça quelque part », déclara-t-elle.

Ivan pivota pour voir l'artefact que Théa pointait du doigt.

« Tu dois confondre avec les *Space Invaders*, mâchonna-t-il, la bouche pleine.

— Les *Space Invaders* ?

— Les mosaïques qui ont envahi les façades de Paris, poursuivit-il lorsqu'il eut dégluti. Ça ne date pas d'hier, ils ont commencé à les coller il y a une vingtaine d'années. Ça ne te dit rien ? »

Théa se revit arpenter les rues de Paris avec Gabriel. Le garçonnet, âgé de neuf ans, avait épié chaque coin de rue afin d'y débusquer une mosaïque. À la fin des années 1990, le street artist Invader avait apposé sur les murs de la capitale française des assemblages de tesselles colorées dont la structure rappelait le pixel. Celui qui se présentait comme un acupuncteur urbain avait pour mission de dénoncer l'institutionnalisation de l'art. Depuis, les *Space Invaders* avaient proliféré bien au-delà des frontières de l'Hexagone.

Théa se leva pour s'approcher du mur. « C'est un QR code en couleur », précisa Ivan. En effet, le label indiquait qu'il s'agissait d'un code à réponse rapide créé par l'artiste urbain JR. Les Français avaient décidément un penchant pour l'invasion urbaine. JR produisait ces codes par impression 3D. En les scannant à l'aide de son smartphone, on accédait à une œuvre digitale, un NFT, dont on pouvait devenir l'acquéreur selon un système d'enchères. Dix pour cent de l'argent récolté étaient reversés à la lutte contre le réchauffement climatique. L'usage du plastique était une provocation de l'artiste, qui souhaitait attirer l'attention des citoyens sur les trois cents millions de tonnes de déchets produits chaque année dans le monde. JR avait donc créé trois cents codes que des collectionneurs s'étaient disputés en quelques jours. Valoriser son patrimoine, tout en prétextant soutenir une cause écologique sous une forme esthétique, enthousiasmait toujours les élites. S'offrir des croyances de luxe était désormais une banalité pour les plus aisés.

« C'est marrant qu'il y en ait un là ! s'exclama Théa.

— Tu ne savais pas que Wixar et JR avaient conclu un partenariat à l'occasion de la sortie de *Tomás* ? répondit Ivan, surpris. Ton homme de verre traînera bientôt sous forme de dossier numérique dans le disque dur d'un riche collectionneur. » Théa pouffa. « D'ailleurs, en parlant d'artiste, continua Ivan, est-ce que demain tu m'accompagnerais au vernissage du père de Manuel ?

— Avec joie ! » s'exclama-t-elle.

14

L'exposition avait attiré toute la presse. Les représentants des publications d'art les plus prestigieuses cancanaient au milieu des artistes, des collectionneurs et des curieux. Manuel était accaparé par le directeur de la galerie. Ivan et Théa le saluèrent de loin.

Abritée dans une ancienne manufacture du quartier de Chelsea, cette galerie offrait trois niveaux d'exposition. Les espaces étaient vastes, les plafonds hauts, ce qui convenait parfaitement aux sculptures monumentales du père de Manuel. La plupart étaient faites de marbre blanc et représentaient des visages. Théa contempla avec ravissement celle d'une femme aux yeux fermés.

« Elle représente la tendresse et le silence, lui souffla Manuel qui venait de les rejoindre. Mon père l'a conçue comme le miroir d'une société en manque de sérénité. C'est un visage qui s'extrait du temps, de la précipitation, de la course effrénée qui se joue dehors. Les paupières closes sont l'émanation poétique d'une subjectivité en quête d'apaisement. »

Manuel n'eut pas le temps de poursuivre ses explications,

son père l'appelait. Le vernissage était un tel succès qu'il devenait difficile de se mouvoir. Théa, que sa famille attendait pour dîner, préféra s'en aller. Ivan la raccompagna.

Dehors, une rumeur bourdonnait. Une myriade de visiteurs se pressait devant la galerie qui jouxtait celle dont les deux collègues sortaient. À travers la baie vitrée, Théa discerna des sacs d'emballage usagés, estampillés de luxueux logos, ainsi que les coques moulées que l'on utilisait désormais pour protéger les bouteilles des meilleurs champagnes, autant dire de simples étuis en papier. Chaque objet était exposé sur un piédestal, après avoir reçu l'onction de l'un des artistes contemporains les plus en vogue. Les marchands d'art étaient des boutiquiers futés. Lorsqu'il s'agissait de faire du blé, on trouvait toujours une manière de rendre le rien unique. La preuve! La coque de Ruinart blanc de blancs, placée au centre de l'exposition, captait tous les objectifs. Le visiteur avait laissé place au serial flasheur. On mitraillait, filtrait, zoomait, mais on ne prenait plus le temps de regarder. Théa sourit tristement à la pensée de la sculpture aux paupières closes. Que les déchets déclenchent une hystérie collective alors que l'on jouait avec les ordures depuis des décennies ne l'étonnait pas, mais ce qui la troublait, c'était le déni du présent. Grâce à son smartphone, chacun mettait le réel à distance. On sacrifiait sans remords l'expérience pour prouver que l'on avait vu plutôt que de voir.

Deux femmes d'une vingtaine d'années, fardées à l'excès, s'approchèrent d'Ivan et Théa. L'une portait un jean troué, assorti d'un bandeau blanc en lycra dont une poitrine insolente débordait. Un jack russell blanc et feu la suivait. L'autre arborait un minishort rose à franges qui laissait entrevoir la courbe de ses fesses. Incapables de tenir en place, elles sautillaient. « *Holy shit! That's awesome!* » s'écria la première en montrant son écran à l'autre. Sa grimace ridicule lui donnait un air monstrueux. « *You're such a bitch!* » lui répondit l'autre, puis, se tournant vers Théa et Ivan, elle ajouta : « *Can you believe that this bitch got a numbered Ruinart second skin case!*... Est-ce que vous vous rendez-compte ? répéta-t-elle. Une coque numérotée ! Une Ruinart ! Si ça claque pas, ça ! » Devant leur impassibilité, le regard des jeunes femmes devint fielleux. Quelques secondes plus tard, elles s'éloignaient, gloussant de nouveau.

« Maintenant, ils numérotent les emballages des bouteilles ! dit Théa, consternée.

— Au risque de devenir obsolète, il va falloir que j'abandonne le fossile », répliqua Ivan.

Un homme à la peau noire comme l'ébène et au costume cintré les aborda poliment. Il leur demanda de bien vouloir se décaler de quelques mètres afin qu'il photographie la foule en liesse. Sympathique et plein d'entrain, il leur tendit sa carte. « Moi, c'est Victor, Victor Hugo ! leur dit-il en souriant. En chair et en os ! Si vous avez besoin de mes services, n'hésitez pas ! » Victor Hugo prit son cliché et disparut.

Théa et Ivan s'apprêtaient à traverser la rue lorsqu'une émeute éclata. Un groupe de jeunes aux tenues excentriques poussait avec violence un homme hors de la galerie. Cette effervescence repoussa les influenceuses vers les deux collègues. La jeune femme au jean troué filmait la scène et la commentait en direct sur les réseaux sociaux. Théa fut surprise par le ton, soudain pédagogue, qu'elle avait adopté.

C'est ainsi qu'ils apprirent que l'homme que l'on chassait s'appelait Kevin Thompson. Il avait été le présentateur vedette de l'une des émissions de télévision les plus suivies aux États-Unis, jusqu'à ce qu'une altercation avec HealMan, un sulfureux rappeur, provoque son licenciement, deux mois plus tôt. Noir américain né dans l'Ohio, HealMan était un ténor de l'industrie musicale américaine. L'émission avait dégénéré lorsque Kevin, un homme blanc d'une trentaine d'années, avait demandé à HealMan s'il ne trouvait pas contradictoire de défendre la lutte contre le racisme que subissaient les Noirs et d'appeler, par ailleurs, à la violence contre les Blancs. En effet, le dernier single de HealMan contenait un refrain non équivoque : « N'oubliez pas de pendre les Blancs ! » À cette question, HealMan s'était emballé. Il avait intimé à Kevin de lui montrer plus de « *respek* » avant de quitter précipitamment le plateau. L'incident avait été relayé sur le compte du chanteur aux cinquante-six millions d'abonnés. Les menaces de mort avaient plu sur l'animateur. Dans les heures qui avaient suivi, la chaîne l'avait mis à pied. Grâce à cet événement, HealMan était devenu le porte-parole de la lutte contre le racisme systémique, un symbole pour la communauté woke. Le nombre de ses abonnés avait flambé. Douze millions supplémentaires en trois jours, du jamais-vu. Kevin, lui, n'avait jamais été revu, jusqu'à ce vernissage.

C'est à la suite de cet événement que le groupe Respek s'était formé. Sa mission consistait, selon la déclaration de son porte-parole, à « refonder les valeurs morales ». Les respekers prônaient un changement radical de « dénominateur ». Le « dénominateur commun » ne pouvait plus être un « dénominateur blanc », arguaient-ils, car le blanc n'était pas une couleur. Le noir non plus. Comme un psylle ferait danser un serpent sourd au son de sa flûte, les respekers voulaient faire marcher l'homme en cadence. Il n'y avait rien de magique là-dedans, seulement le pouvoir du ressentiment. Les respekers étaient les vrais adversaires de la démocratie et de l'égalité, car vouloir la démocratie à sens unique n'avait jamais rien eu de démocratique. Qu'y avait-il de plus réactionnaire que des citoyens qui se prenaient pour les accoucheurs de l'Histoire ?

« Toxique » fut le terme que l'influenceuse utilisa pour décrire Kevin auquel, en tant que visiteur d'une exposition, personne n'avait rien à reprocher. Elle rappela à ses abonnés de consulter régulièrement la liste officielle des « annulés » que Respek venait de publier. Il était vital, selon ses propres termes, que tous s'engagent à participer au bannissement des individus comme Kevin, car ces mécréants portaient atteinte aux valeurs de la société. La mort sociale des annulés était le seul moyen d'œuvrer pour le bien de la communauté, alléguait-elle.

Pris pour cible par la tyrannie des minorités, les censurés écopaient d'une seule peine : la perpétuité. Personne n'osait les réhabiliter. Décrocher un emploi après une annulation était une gageure. Les citoyens qui n'adhéraient pas à cette idéologie n'avaient d'autre choix que de s'y conformer. Les courageux n'étaient plus légion. Par leurs actions toujours plus violentes, les « éveillés » avaient fait naître des bataillons d'englués que les populistes tentaient d'amadouer en se faisant passer pour les véritables défenseurs de la démocratie.

Lorsque l'influenceuse eut terminé son acte de prosélytisme, elle se remit à babiller avec son amie comme si de rien n'était. Théa la fixa avec contemption. Son œil se posa sur le pull à capuche que la jeune femme avait enroulé autour de sa taille. À en croire le logo, cette jeune activiste sortait tout droit de Harvard.

Kevin Thompson avait disparu, la rue avait retrouvé son calme et le trottoir ses rôdeurs insouciants. Théa embrassa Ivan, puis elle rentra.

Lorsqu'elle arriva chez elle, Oliver se délectait des vidéos de l'incident sur X.

« Une fois de plus, les respekers ont sorti le grand jeu ! s'exclama-t-il, l'air satisfait.

— Cela devrait t'indigner et non te faire jubiler, le railla Théa. Mais je suppose que c'est à Veracity News que profite le crime.

— On préférerait que cela ne nous profite pas, Théa.

— Permets-moi d'en douter… Les ultraconservateurs et les médias qui les relaient ne font pas mieux que les woke. Il n'y a qu'une chose qui compte pour eux, comme pour vous, c'est la viralité.

— Tu ne penses pas que tu y vas un peu fort ? Ma mission, c'est évidemment de défendre la liberté d'expression.

— *C'était*, Oliver ! *C'était* ! Aujourd'hui, ta mission, c'est de faire du chiffre. Aie, au moins, le courage de le reconnaître, s'emporta-t-elle. En attendant, Respek comme Veracity News continuent de heurter le cœur de la pensée, la nuance. Chaque mot est vidé de son sens, de ses connotations, de sa valeur, et cela met en péril la démocratie. Il faudrait que des gens comme moi se mobilisent, des idéalistes qui croient encore que les mots ont un sens.

— Que de belles paroles ! Mais qu'as-tu fait jusqu'à présent ? rétorqua Oliver. Rien ! C'est facile de deviser d'idées nobles, c'en est une autre d'agir. Ça requiert de l'audace. Encore faut-il en avoir ! »

Piquée au vif, Théa claqua la porte et s'installa dans le salon. Elle ruminait leur conversation, aussi consciente que coupable de son inaction. Lasse de sa procrastination, elle saisit *The Blockchain Government*, posé sur la table basse, et le lut dans son intégralité. Elle terminait sa lecture lorsqu'elle reçut un message de Gary. L'ingénieur était arrivé à Londres. Son message ne contenait qu'une vieille photographie, celle de leurs corps enlacés, au petit matin, sur Wiborg Beach.

15

Lorsque Théa se réveilla, Oliver était parti. L'entrepreneur et sa statisticienne étaient attendus par un éminent client à Tallahassee. Théa subodorait qu'il s'agissait du gouverneur de Floride, avec lequel Oliver avait tissé de solides attaches. Ses ambitions présidentielles étaient de notoriété publique. Nul doute que le patron de Veracity News jouerait un rôle discret, mais essentiel, dans la campagne de l'élu républicain le mieux positionné pour le Bureau ovale.

Profitant de ce réveil en solitaire, Théa prit son café au lit et relut la nouvelle du « Licencié de verre » de Cervantès, qui retraçait la vie de Tomás Rodaja, un licencié en droit. Le jeune diplômé, victime du charme d'une femme qu'il avait éconduite, se croyait tout de verre. Loué pour son érudition, il allait par monts et par vaux répondre aux questions de chacun, jusqu'au moment où, délivré de son sort, il perdait son esprit. En discutant de *Don Quichotte* avec Gary au Café Sabarsky, Théa avait repensé à la destinée de l'homme de verre. Ni lui ni Don Quichotte n'étaient fous, mais aucun ne pouvait exister sans le pouvoir déréalisant de la fiction. La liberté était l'obligée de l'imagination.

Gabriel fit irruption dans la chambre de Théa et interrompit sa réflexion. « Je pars, maman, je vais être en retard », lui dit l'adolescent. Théa se leva et embrassa son fils. Lorsqu'il fut parti, elle songea à appeler Gary, mais une réunion l'attendait. Préférant passer l'appel de chez elle, elle adressa un message à la directrice adjointe du département d'animation pour l'informer qu'elle travaillerait exceptionnellement de son domicile, puis elle prévint Ivan.

La première réunion de la journée avait lieu en ligne, car le directeur artistique était en déplacement à San Francisco. Lorsque Théa se joignit à la réunion digitale, il n'était pas encore connecté. Les animateurs et les *riggers* patientaient en discutant de la dernière attraction du Dream'InVerse, que Wixar devait rendre publique au moment de la distribution en salle de *Tomás*. Les studios avaient créé une expérience immersive, permettant à l'utilisateur de se glisser dans la peau de l'homme de verre. Voyant que le directeur ne se manifestait pas, la directrice ajointe prit la parole et proposa à l'équipe un divertissement. « Action ou vérité ! lança-t-elle, provoquant un silence de stupéfaction. Je vous livre trois faits. Vous me dites lequel des trois est véridique. » Chacun fixait son écran avec curiosité. La directrice adjointe s'éclaircit la gorge. « Première proposition : j'ai rencontré le président chinois. » Personne n'émit la moindre réaction. « Deuxième proposition : j'ai perdu connaissance lors d'un *date* avec un homme rencontré sur une application. La police l'a arrêté et emmené au commissariat. » Quelques animateurs pouffèrent. « Troisième proposition : on m'a offert un *happy ending* à la fin d'un massage. » Choqué par cette assertion, plus personne n'osait montrer la moindre émotion. Que la directrice adjointe, une quadra grisonnante, qui enseignait le catéchisme chaque samedi, se livre à un acte d'une telle désinhibition ne pouvait que provoquer une totale désorientation. « Personne ne veut tenter de répondre ? poursuivit-elle, après une minute de silence. Tiens, Ivan, essayez ! » Ivan, embarrassé, articula un timide « le troisième ». « Eh bien, non, détrompez-vous ! rétorqua-t-elle. Je n'ai jamais rencontré le président chinois ni envoyé de *date* au commissariat ! » À cet instant, le directeur artistique apparut sur l'écran. Les employés, estomaqués, s'épanchèrent sur les plateformes de conversation privées.

« Cette femme est hilarante, écrivit Ivan à Théa. Je t'avais dit qu'elle finirait par se dévoiler. Elle a une bouche sensuelle et un beau décolleté. Je vais peut-être m'inscrire au catéchisme. »

Théa enchaîna les réunions jusqu'au début de l'après-midi. Voyant qu'il était presque vingt heures à Londres, elle s'enferma dans sa chambre, s'installa sur son lit et composa le numéro de Gary. L'ingénieur ne répondit pas. Déçue, elle se remit au travail, mais une heure plus tard, il la rappelait.

« J'espère que je ne te dérange pas, lui dit-il. Je n'ai pas pu répondre tout à l'heure, je dînais avec mon équipe. Les effectifs ont doublé en quelques mois. Il fallait que j'organise un événement pour célébrer l'arrivée des nouveaux ingénieurs. Enfin, tout cela est secondaire, parle-moi plutôt de toi.

— Je travaille toujours sur mon homme de verre », lui dit-elle, et sans plus attendre, elle lui narra l'histoire du « Licencié de verre », puis elle lui cita quelques passages, comme cette phrase qu'elle avait soulignée : « J'aime mieux être libre qu'obligé. » Mais pouvait-on être libre sans être obligé ? L'homme de verre, comme Don Quichotte, ne pouvait exister qu'à travers l'imaginaire. Il ne pouvait vivre le réel que comme un rêve.

« Peut-on vivre le réel autrement ? argumenta Gary. On en revient à Borges. Qui peut savoir si le monde est fantastique ou s'il est réel, s'il existe une différence entre rêver et vivre ? Que nous rêvions, que nous vivions, que nous arpentions une simulation, nous ne connaîtrons jamais les causes qui nous déterminent. Mais peu importe, tant que subsiste l'aléa. Et le plaisir !

— D'une plage d'East Hampton ? lui souffla-t-elle. Merci pour la photo…

— Nous étions si bien, tu étais si belle, un peu farouche tout de même. »

Théa gloussa, Gary recentra la conversation sur le Dream'InVerse et les chiffres records qu'il affichait deux jours seulement après son lancement. L'ingénieur était très optimiste sur les mondes virtuels. « La virtualité fait déjà partie de nos vies. Nous pouvons nous immerger dans des métavers, mais même dans le réel, le virtuel s'impose à nous. ChatGPT en est le meilleur exemple. Il est difficile de discerner ce qui est produit par une solution d'intelligence artificielle de ce qui a réellement existé. Les mondes immersifs ne sont qu'une modalité de cette virtualité, mais une modalité importante, car trop de gens n'éprouvent plus aucun plaisir à vivre une vie sans artifices. Et la peur d'avoir fait le mauvais choix, la conscience d'avoir renoncé à d'autres vies que celle que l'on s'est choisie, favorise l'émergence de bulles divertissantes où, justement, ces modalités que l'on a abandonnées trouvent un second souffle. Le métavers est aussi l'expression d'une névrose contemporaine, *the fear of missing out.* »

Théa, qui partageait l'analyse de Gary, évoqua *The Blockchain Government* et sa thèse sur la pertinence d'un gouvernement sans humains, qui redonnerait confiance aux citoyens et serait capable de les fédérer autour d'un programme commun. Comme devant Oliver, elle soutint l'importance de la création d'espaces démocratiques immersifs face à l'effilochage du tissu social. « Ce n'est pas une fantaisie de réactionnaires, soutint-elle, mais une urgence démocratique. » Gary était du même avis. La démocratie devait trouver un nouveau souffle dans la virtualité, seul moyen, selon lui, de contrecarrer la « médiocrisation » des médias comme la volonté de réécrire l'histoire d'activistes woke ou populistes de plus en plus puissants. « Certains médias résistent, reconnaissait l'ingénieur, mais d'autres, comme Veracity News, sont destructeurs, car en véhiculant des informations fausses ou truquées, en répétant le mensonge, ils lui donnent une légitimité. Voilà de quoi se nourrit la désynchronisation du pays. Aux États-Unis, rien ne l'arrêtera. On est dorénavant le citoyen d'un parti avant d'être le membre d'un pays. »

Gary et Théa avaient beau garder leur sérieux, ils sentaient l'un comme l'autre que derrière ces connivences intellectuelles se jouait la redéfinition de leur relation. Un nouveau pas de deux renaissait entre eux.

16

« Devine qui j'ai croisé le soir du lancement du Dream'InVerse ! dit Théa à Myriam, qui venait de la rejoindre pour le dîner. Je te donne un indice : c'est une vieille connaissance de Greenwich. »

Myriam proféra quelques noms au hasard.

« Gary Nolan ! s'exclama soudain Théa.

— Gary Nolan ! reprit Myriam, stupéfaite. Mais qu'est-ce qu'il faisait là ?

— Il travaille pour le groupe RAM. Ce sont eux qui conçoivent l'architecture des cartes graphiques utilisées par Wixar pour le Dream'InVerse.

— Ça alors ! Et il est marié ? Il a des enfants ?

— Non, je ne crois pas. En tout cas, il ne m'en a rien dit.

— Je me souviens très bien du jour où on l'a rencontré, lui dit Myriam. C'était au Greenwich Hill Club. On fêtait Thanksgiving. Tu te souviens ? Nous avions aidé mon père à organiser une dégustation.

— Exact ! répondit Théa. Gary et moi sommes sortis ensemble quelques semaines plus tard. »

Le Greenwich Hill Club avait chargé le père de Myriam,

négociant en vin, d'organiser une dégustation de chardonnay. Théa et Myriam étaient venues le seconder. Myriam remplissait les verres et Théa les distribuait. Leur mission accomplie, le père de Myriam leur avait discrètement tendu un ballon. « Une lichette pour éduquer votre palais ! » leur avait-il soufflé. Peu accoutumées aux breuvages alcoolisés, les deux jeunes filles s'étaient senties grisées dès la première gorgée. Gary était arrivé alors que la dégustation battait son plein. Il avait saisi un verre sur le comptoir, balayé l'assistance d'un œil et s'était dirigé tout droit vers Myriam et Théa. Son aplomb les avait déconcertées.

« Mais que diable célèbre-t-on ici ? » leur avait-il demandé, avec une gaieté qui confinait à la désinvolture.

Vaincue par la timidité, Théa était restée de marbre. Cette réserve avait séduit Gary.

« Une association caritative collecte des fonds pour soutenir l'éducation des enfants afro-américains, lui avait répondu Myriam.

— C'est épatant de voir ces femmes blanches se mobiliser, avait-il dit en scrutant l'assemblée.

— Comment ça, épatant ? avait rétorqué Myriam, choquée.

— Toutes ces républicaines qui se réunissent pour soutenir les enfants noirs, c'est absurde ! »

Myriam avait roulé des yeux effarés. Gary s'était délecté de son effroi.

« La cause est noble, bien sûr, avait-il poursuivi la voix à nouveau pleine de rondeur, mais ces femmes votent systématiquement pour des politiques de réduction des budgets éducatifs alloués aux minorités et leurs enfants n'ont jamais fréquenté un enfant de couleur dans leurs écoles privées monochromes. Vous êtes au lycée de Greenwich, n'est-ce pas ? » Théa et Myriam avaient acquiescé. « Très bien. Avez-vous déjà croisé un étudiant noir ? » Ni l'une ni l'autre n'en connaissait. « Ces femmes sont pourtant inexorablement attirées par la symbolique de l'enfant noir, avait poursuivi Gary, et uniquement de l'enfant noir. Demandez-leur de mettre la main au portefeuille pour un Asiatique ou un Hispanique. Là, croyez-moi, elles renonceront illico au chardonnay. »

Théa n'avait pu se retenir de pouffer. Myriam, offusquée par l'impertinence de Gary, avait affiché une mine scandalisée.

Théa, qui ne voulait pas s'épancher davantage sur ses retrouvailles avec Gary, interrogea Myriam sur l'évolution de la situation en Antarctique.

« Comment se portent les Chinois et leur nouvelle base ? demanda-t-elle à son amie.

— Du côté de la base, rien de nouveau. En revanche, Pékin vient de rejeter un nouvel avenant au traité sur l'Antarctique. Ce document propose la création de zones de protection maritime dans l'océan Austral.

— Est-ce que c'est grave ? s'enquit Théa.

— Les Chinois et les Russes s'adonnent à une pêche au krill massive dans les eaux du Sud, lui expliqua Myriam. L'Antarctique est un enjeu de sécurité alimentaire majeur pour les Chinois, notamment parce que les zones océaniques mortes gagnent du terrain. Une partie significative de l'océan Indien, de la baie du Bengale et de la mer d'Arabie comportent des zones anormalement anoxiques.

— Anoxiques ?

— Ce sont des zones mortes en raison d'un déficit en oxygène qui entraîne l'asphyxie des poissons.

— Mais les poissons ne peuvent pas fuir ?

— Non, car ils perdent connaissance. C'est un problème sérieux dans le contexte actuel. La crise bioclimatique et la tension qu'elle fait peser sur la sécurité alimentaire, comme la situation géopolitique post-ukrainienne, engendrent une compétition mondiale pour l'accès aux ressources. Le phénomène n'est pas nouveau, mais il prend de l'ampleur. Le krill n'est que la partie émergée de l'iceberg. L'Antarctique est l'un des territoires les plus riches de la planète, qu'il s'agisse de ressources pétrolières, gazières ou minières. C'est là que va se jouer le prochain conflit entre les États-Unis et la Chine. Les enjeux militaires sont colossaux. Celui qui dominera l'espace aérien de la région contrôlera l'accès à l'Océanie, à l'Amérique du Sud et à l'Afrique. Pékin joue un jeu de go mondial. Le krill n'est qu'une pierre placée judicieusement dans une partie engagée depuis longtemps. Pour la gagner, les États-Unis vont devoir anticiper le prochain *atari*. Pendant ce temps-là, la Chine augmente drastiquement son effort militaire. Son budget annuel a crû de plus de sept pour cent. En ligne de mire, il y a bien sûr Taïwan. »

Myriam et Théa furent interrompues par Oliver. L'entrepreneur rentrait de son voyage en Floride. Il embrassa sa femme et s'attabla face à Myriam. Il s'empressa de l'assaillir de questions sur la situation géopolitique. Pendant qu'Oliver sondait la position de Pékin, Théa l'imaginait déambuler avec sa statisticienne dans un hôtel de Floride au mobilier suranné, orné d'épaisses tentures, retenues par des passementeries en macramé. Le patron et sa subordonnée flirtaient comme des adolescents, faisant fi des caméras placées ici et là.

Théa avait vu juste. À peine installé dans sa chambre d'hôtel floridienne, Oliver avait entendu la statisticienne frapper à la porte. D'un geste, il s'était emparé du fatras dont il avait recouvert son lit et avait tout jeté sans égards dans le placard. En voyant la boîte Durex glisser entre son iPad fissuré et les journaux, il avait hésité. Fallait-il la récupérer ? La dernière fois que la statisticienne et lui avaient fait l'amour, il avait fini par retirer son préservatif et elle ne s'en était pas offusquée. Son plaisir en avait été décuplé. Depuis, ils n'avaient pas jugé bon d'en discuter ni d'évoquer la question de sa contraception. Le placard de sa chambre refermé, il s'était précipité vers la porte. Le regard sans équivoque de sa subordonnée l'avait saisi tout entier.

« La tension avec la Chine va être déterminante dans le sort de l'élection présidentielle », affirma Oliver, pensif, lorsque Myriam eut terminé son exposé.

Il saisit son smartphone. L'écran était couvert de notifications.

« Ah, tiens ! Justin Parsons vient de publier une interview exclusive de HealMan dans le *New York Times*. Le rappeur commente le vernissage dont Kevin Thompson a été chassé », dit Oliver en regardant Myriam. Son visage se couvrit d'une expression sardonique. « Ce Parsons, c'est ton copain, n'est-ce pas ? »

Myriam grimaça en se remémorant le fiasco qu'avait été l'anniversaire de son mari.

« Venant de lui, plus rien ne m'étonne, rétorqua-t-elle. Théa m'a dit qu'il faisait partie du comité de direction d'Inclusive Brains. Que des journalistes de ce calibre cautionnent l'idéologie de Respek me sidère ! »

Cherchant à redonner de la légèreté à la conversation, Théa leur relata le numéro de la directrice adjointe.

« C'est bien ce que je pensais, ironisa Oliver. On occulte trop souvent la dimension spirituelle du *happy ending* ! »

17

Gary et Théa passaient de plus en plus de temps à s'écrire et, lorsque la situation le permettait, à se parler. Ils flirtaient avec l'érotisme, caressant le désir de se revoir dès que la situation le permettrait. Au fil de leurs échanges, Théa avait appris que Tatiana, la compagne de Gary, était colombienne. Émigrée de Barbosa, petite ville pauvre située à trente-neuf kilomètres au nord de Medellín, Tatiana était titulaire d'une licence en comptabilité de l'université Fordham. Lorsque Gary l'avait rencontrée, la jeune femme travaillait au sein d'une association américaine de lutte contre l'obésité infantile. Elle l'avait quittée lorsque Gary et elle s'étaient installés à Londres, quatre ans plus tôt. Depuis, elle occupait un poste de comptable au sein d'une chaîne de pharmacies londonienne. Gary restait évasif sur leur relation. Théa ne savait rien de plus de la jeune Hispanique, elle ne connaissait pas son aversion pour la littérature ni sa passion pour le design d'intérieur. Tatiana avait le goût du concret et un sens aigu de la discrétion. Elle ne fréquentait aucune plateforme en ligne. Malgré des recherches appliquées, Théa n'avait trouvé aucune information la concernant, pas une photographie. La Colombienne s'était installée tout aussi discrètement dans la vie de Gary, après que son divorce avec Sama eut été prononcé.

Avant de rencontrer Tatiana, Gary avait été marié. Son ex-épouse était une consultante malgache, la fille adoptive de l'un des barons de la finance new-yorkaise. Née sous X, Sama avait passé les premières années de leur union à noyer son mal-être dans un alcoolisme mondain. Leur couple reposait sur la sexualité. L'érotisme de Sama électrisait Gary. Sa chatte malgache l'hypnotisait, mais sa dépendance à l'alcool avait abîmé leur couple. Quelques années plus tard, la découverte de la relation que Gary entretenait avec l'une de ses anciennes conquêtes avait sonné le glas de leur histoire. Un soir, Sama avait attendu Gary, preuve à l'appui. Elle avait brandi trois semaines de conversation clandestine que les archives d'une session mal verrouillée sur l'ordinateur conjugal lui avaient fournies. Ivre, elle avait saccagé leur appartement, ouvert les placards et, d'un geste de fureur sauvage, balayé la verrerie. Ses pieds, nus, avaient foulé les éclats de verre, le sang s'était répandu partout et avait tout sali. Gary avait composé le numéro d'appel d'urgence. Le service de secours était arrivé dix minutes plus tard et l'avait hospitalisée. Les parents adoptifs de Sama avaient tenté d'apaiser la situation, en vain. Gary avait demandé le divorce deux semaines plus tard. Pendant des mois, il avait accumulé les relations sans lendemain, jusqu'à ce que Tatiana redonne à son quotidien un semblant d'équilibre.

Tromperies, mélancolie, railleries, Tatiana avait tout accepté de lui. La sécurité n'avait pas de prix. Gary n'était pas amoureux de Tatiana, mais de la liberté qu'elle lui conférait et du confort qu'elle lui apportait. La Colombienne prenait soin de son homme, comme jamais aucune femme ne l'avait fait auparavant. Elle avait la douceur et l'intégrité qui manquaient à la consultante malgache. Sa disponibilité sexuelle le ravissait.

Quelques mois seulement après leur rencontre, Tatiana et Gary avaient emménagé ensemble. Tatiana souhaitait plus que tout fonder une famille. La situation financière de Gary lui offrait le luxe d'une existence bourgeoise à laquelle elle avait toujours aspiré. Les ambitions de Tatiana étaient d'abord matérielles et cette matérialité rassurait Gary.

Un soir, alors qu'Oliver annonçait devoir s'absenter quelques jours pour un voyage d'équipe à Houston, sur le site de la Nasa, Théa profita de l'occasion pour proposer à Gary de venir le retrouver à Londres. L'ingénieur semblait ravi de cette nouvelle. « Je serai très heureux de te voir, mais ne m'en veux pas si mon emploi du temps est chaotique pendant ton séjour, la prévint-il. J'ai beaucoup de travail en ce moment. » Théa ne se formalisa pas de cette réserve et acheta aussitôt son billet, prétextant un voyage professionnel.

« Un voyage professionnel à Londres ? s'étonna Oliver.

— Tout à fait, confirma Théa. Pour le Dream'InVerse, nous collaborons avec une entreprise britannique. Elle s'occupe de l'architecture de nos cartes graphiques.

— Et depuis quand es-tu chargée des cartes graphiques ?

— Depuis que tu es responsable des statistiques. Cela dit, le Johnson Space Center est un lieu idéal pour s'envoyer en l'air ! »

Oliver la foudroya du regard, mais il ne poursuivit pas son interrogatoire.

Impuissante devant le délitement de son couple, Théa se raccrochait aux branches de l'ironie. Oliver et elle jouaient aux chaises musicales du mensonge conjugal. Leur agilité était remarquable. Lorsqu'ils se croisaient, leurs corps se repoussaient comme les aimants d'un même pôle. Prise dans la durée, la vie de couple était une parabole. Au point culminant, celui de la naissance de l'enfant, succédait inéluctablement l'affaissement qui, comme une fonction mathématique, tendait asymptotiquement vers l'infini.

18

L'hôtel que Théa avait réservé bordait la Tamise, bien loin du quartier branché de Marylebone dans lequel Gary et Tatiana vivaient. Le site de l'hôtel lui avait plu. En arrivant à la réception, elle fut satisfaite de son choix. L'établissement haut de gamme présentait tous les critères de la gâterie contemporaine. L'espace était climatisé, un parfum d'ambiance aux agrumes embaumait le hall tandis qu'une nuée de fleurs coupées donnait un soupçon d'authenticité au synthétique. Le réceptionniste qui l'accueillit était japonais. Il la gratifia d'un *early check-in*, puis le bagagiste l'accompagna jusqu'à sa chambre. Gary lui avait promis de la rejoindre en début de soirée et de dîner avec elle au restaurant de l'hôtel.

La chambre qu'on lui attribua était cossue, le lit haut et les tissus damassés. Un cordon rouge pendait au-dessus de la table de nuit. Théa le regarda, perplexe, puis se dirigea vers la salle de bains pour se rafraîchir. Une barre d'appui était installée dans la douche, une autre près des toilettes. Agacée, elle contacta la réception. « Je crois qu'il y a erreur, dit-elle au réceptionniste dont elle reconnut l'accent. Vous m'avez attribué une chambre médicalisée. » Le dévoué se confondit en excuses. Elle insista courtoisement sur l'inadmissibilité de la bévue, espérant bénéficier d'un surclassement. Elle l'obtint sur-le-champ. La suite qu'on lui proposa était située au cinquième étage. Du lit, on apercevait le London Eye. Le crachin matinal s'était dissipé, la grande roue miroitait au soleil. Après avoir défait sa valise, Théa prit une douche et se glissa dans les draps, mais elle ne trouva pas le sommeil. Plutôt que de l'attendre, elle se leva, enfila un jean et sortit.

À dix-neuf heures, elle se présenta au bar. Lorsqu'elle arriva devant l'entrée, elle aperçut Gary, accoudé au comptoir. Il discutait avec un homme vêtu d'un costume gris soigné. Gary tendit son smartphone au serveur qui les prit en photo. La présence de l'inconnu troubla Théa, qui hésitait à rebrousser chemin, mais Gary l'aperçut et lui fit signe de les rejoindre. L'ingénieur la salua et lui présenta le banquier parisien avec lequel il trinquait. Le Français avait un regard vif et la faconde d'un animal politique. Il la dévisagea d'une manière licencieuse. Après quelques plaisanteries convenues, il les quitta.

« Tu as l'air étonnée de me voir, Théa ! lui dit Gary.

— Je ne m'attendais pas à te trouver en compagnie de ce Français, rétorqua-t-elle.

— Cela t'a gênée ? » Et sans attendre de réponse de sa part, il ajouta fièrement : « C'est mon alibi pour la soirée. J'ai ma photo donc maintenant nous pouvons dîner tranquillement. »

Ce coup monté mit Théa mal à l'aise. Percevant sa frilosité, Gary redoubla d'attentions et la couvrit de compliments tandis qu'elle noyait sa déception dans la vodka. Théa ne réalisait pas les efforts que Gary avait fournis pour la voir, la réunion qu'il avait dû ajourner prétextant une urgence familiale et celle qu'il avait dû inventer avec son ami banquier pour se soustraire au dîner de Tatiana. L'alcool dissipa néanmoins l'embarras et les rendit badins. Ils quittèrent le bar sans rien avaler.

À peine eut-elle refermé la porte de sa suite qu'il glissa deux doigts sous sa jupe écossaise et dégrafa son body en lycra. Ses mains agrippées à ses hanches, il la lécha comme un bonbon suave. Adossée au mur, elle s'abandonna au plaisir de sa langue pendant que ses doigts nageaient dans sa chevelure. La lumière du soleil couchant colorait la pièce d'un ambre incandescent. Leurs corps dansaient comme des ombres chinoises sur le crème du mur.

Après qu'ils eurent fait l'amour, Théa se blottit contre Gary. Le monde entier pouvait se rétracter jusqu'à n'épouser que ses bras, rien n'existait au-delà. Dans la chaleur de son corps, elle s'endormit. Lorsqu'elle se réveilla, il faisait nuit. Gary était assis au bord du lit. « Je dois y aller », lui dit-il, le dos tourné. Elle le regarda se rhabiller, l'air dépité. Il s'approcha d'elle, se pencha pour l'embrasser et sortit. Au moment où la porte se referma, la mélancolie l'empoigna. Elle se redressa et fixa la grande roue qui tournait au loin. Parée de mille feux, la sempiternelle la toisait avec orgueil. Théa se sentit seule. Des larmes roulèrent sur ses joues. Elle avait froid, elle se recroquevilla. Recrue de fatigue, elle s'assoupit.

Lorsque son réveil sonna, elle s'extirpa difficilement de la torpeur dans laquelle la vodka et le décalage horaire l'avaient jetée. Sa tête la faisait souffrir. Elle saisit la bouteille d'eau posée sur la table de nuit et la but d'un trait. Gary et elle étaient convenus de se retrouver en fin de matinée. Elle se précipita sous la douche. Au moment où elle sortait de la salle de bains, elle reçut un message : *Théa, pardonne-moi, je ne pourrai pas être là ce matin. Une urgence à régler au travail. Je pense à toi. Ne m'en veux pas…* Une colère incontrôlable l'envahit.

La culpabilité rongeait Gary. Pour se donner bonne conscience, il avait éteint son téléphone portable et préparait un petit-déjeuner copieux à Tatiana. Il entra dans leur chambre, le plateau à la main et le sourire aux lèvres. La Colombienne s'émerveilla de l'attention de son homme. Après avoir grignoté un croissant et quelques myrtilles, elle s'allongea sur le côté, glissa un oreiller sous son ventre légèrement arrondi et s'offrit à lui. Au moment où elle jouit, il éprouva le sentiment du devoir accompli.

19

Son déjeuner terminé, Théa se rendit à la cathédrale Saint-Paul dont Gary lui avait parlé la veille. Elle visita longuement la crypte qui abritait la sépulture du duc de Wellington. Vainqueur de Napoléon à Waterloo, Wellington fascinait Gary. « C'est la ponctualité des Prussiens qui a sauvé les Anglais, lui avait dit l'ingénieur. La précision, il n'y a que ça qui vaille. Ces bons vieux Prussiens ont commis des erreurs, mais ils étaient toujours à l'heure. Ils savaient donner rendez-vous à l'Histoire ! »

À la sortie de Saint-Paul, elle traversa le Millennium Bridge, obliqua devant la Tate Modern et longea la Tamise. Arrivée à son hôtel, elle s'installa dans le hall où l'heure du thé avait sonné. Elle commanda un darjeeling et quelques mignardises. Hypnotisée par la rumeur lénifiante de la clientèle autour d'elle, elle s'assoupit. La voix grave du maître d'hôtel, qui répondait aux sollicitations pressantes d'influenceuses coréennes placées à la table voisine, la réveilla. En fin d'après-midi, sans nouvelles de Gary, elle ressortit. Les conditions étaient idéales, le temps particulièrement doux pour la saison. Elle marcha vers le nord-ouest, en direction de Notting Hill, se perdant parfois dans les ruelles de cette capitale qu'elle connaissait mal.

Elle traversait Hyde Park lorsque son téléphone sonna. En voyant le nom de Gary apparaître sur l'écran, elle refusa l'appel. Il insista tant qu'à la troisième tentative, elle décrocha. Il lui présenta d'interminables excuses. Percevant son courroux, il tenta de l'amadouer par ses bons mots, mais Théa ne fléchissait pas. « Où es-tu exactement ? » finit-il par lui demander. Théa approchait de Notting Hill. « Ne bouge pas, lui dit-il, je te rejoins dans vingt minutes. Attends-moi à l'angle de Pembridge Road et de Notting Hill Gate. » Sans lui laisser le temps de répondre, il raccrocha.

Lorsque Gary arriva, il voulut la prendre dans ses bras, mais Théa le repoussa froidement.

« Je n'avais pas le choix, lui jura Gary. C'est avec toi que j'avais envie d'être ce matin... Théa, comprends-moi... j'ai du travail, des responsabilités importantes... » Mais Théa ne cédait pas. « Ce que tu peux être obtuse parfois, s'irrita-t-il devant son indifférence. Tu te comportes comme une enfant ! »

À ces mots, Théa lui jeta un regard noir et s'éloigna. Gary la rattrapa, lui saisit le bras et, sur un ton indigné, lui souffla :

« Ça suffit maintenant ! Nous n'allons pas nous quitter comme ça !

— Tu as raison, nous allons simplement nous quitter, s'énerva-t-elle, son regard planté dans le sien.

— On ne peut pas faire ça, Théa ! On s'est déjà quittés trop longtemps. J'ai besoin de toi... »

Décontenancée, elle s'adoucit. Gary l'embrassa, et dans l'instant ils s'étreignaient comme deux adolescents turbulents.

Main dans la main, ils flânèrent sur Pembridge Road, puis obliquèrent sur Portobello Road. Arrivé au numéro vingt-deux, Gary s'arrêta. « Orwell a vécu dans une mansarde de cette maison, dit-il à Théa. C'est la poétesse Ruth Pitter qui la lui avait dégottée. La pièce était si froide que, pour pouvoir écrire, il devait réchauffer ses doigts à la bougie. Mais il n'est pas resté longtemps. Il a quitté cette maison pour aller vivre avec les clochards, ceux qui dormaient le long des quais. L'un de ses récits autobiographiques en parle. Si ma mémoire est bonne, le titre est *Dans la dèche à Paris et à Londres*. Ils doivent l'avoir à la librairie du coin. » Théa prit la maison en photo, puis ils se dirigèrent vers la librairie. Elle ne trouva pas le récit d'Orwell, mais elle ressortit *The Blockchain Government* à la main et le tendit à Gary. Son regard se braqua soudain sur une affiche, scotchée sur la devanture. Elle s'approcha pour en déchiffrer le contenu.

« Quelque chose ne va pas ? lui demanda Gary.

— Regarde ! » lui répondit-elle en désignant le poster.

La librairie faisait la promotion d'un événement digital organisé en partenariat avec l'équipe d'Inclusive Brains. Le thème abordé était « l'écriture positive ».

« Ils n'ont pas perdu de temps ! s'écria Théa, outrée. La rapidité avec laquelle ils s'installent m'effraie. On dépasse largement le périmètre new-yorkais.

— C'est inquiétant, en effet, lui dit Gary en prenant sa main. Mais viens, profitons du temps qu'il nous reste. »

Ils marchèrent en direction de Holland Park. Vingt minutes plus tard, ils pénétraient dans le Fukushima Garden. Quand son emploi du temps le lui permettait, Gary venait s'y ressourcer. Jamais il n'y avait emmené Tatiana. Courbaturée,

Théa s'assit sur un banc. Gary s'y allongea et posa sa tête sur ses cuisses. Son corps fleurait bon le néroli. L'ivresse du désir reprit, des fragments de Wiborg Beach refirent surface. D'une main, Théa caressait ses cheveux. De l'autre, elle tâtait le coin du banc légèrement entaillé. Gary regardait ses doigts effleurer la rainure avec une méticulosité chargée d'érotisme. Théa aimait les concavités. Gary se souvenait de la manière dont, au réveil, elle auscultait son corps, scrutant comme une archéologue les empreintes éphémères laissées par les draps.

Un paon bleu à l'œil vaniteux passa devant eux. Gary le fixa, l'oiseau contourna le banc et, comme pour narguer son observateur, fit la roue derrière Théa. L'ingénieur brandit son smartphone et l'immortalisa.

« Le meilleur omakase de la ville nous attend, si tu en as envie, susurra-t-il à Théa.

— C'est vrai ? s'étonna-t-elle, pleine de joie. Tu es libre pour dîner ? »

Gary était fier de son effet.

« La réservation est à dix-neuf heures, confirma-t-il. Le restaurant est à Mayfair. Si nous partons maintenant, nous serons à l'heure. »

Alors qu'ils traversaient le parc, Théa réfléchissait à voix haute :

« Qu'est-ce qui lie culturellement les gens aujourd'hui ? Je veux dire qu'est-ce qui est universellement partagé ?

— Netflix ! » répondit Gary.

Le regard de Théa s'illumina.

« Mais oui, s'exclama-t-elle, les séries ! Tout le monde regarde une série. Qui n'a pas vu *Game of Thrones*, *Les*

Soprano ou *Mad Men* ? C'est l'avantage de la série, elle transcende la race, le genre et le sexe… D'ailleurs, quelle est ta série préférée en ce moment ? »

Gary aimait beaucoup *Succession*. Théa préférait *White Lotus*. La causticité de Mike White, sa manière de croquer les personnages et sa photographie léchée l'avaient conquise. Gary écoutait Théa encenser le jeu de Jennifer Coolidge, la Tanya de *White Lotus*, avec une vivacité qui l'émoustillait. Cet allant, dont elle débordait, le séduisait. La passion avec laquelle Théa s'épanchait sur les œuvres qui nourrissaient son esprit le revitalisait. La complicité spirituelle qu'elle lui offrait révélait un manque que Gary avait étouffé. Les discours de Tatiana sur la décoration feng shui, son obsession pour le rangement comme sa passion pour les bibelots en céramique, qui s'amoncelaient sur les étagères de leur salon, l'asséchaient. Avec Théa, il éprouvait une osmose qui le revivifiait.

20

La nuit était tombée lorsqu'ils arrivèrent à l'angle de Saville Row et de New Burlington Street. Sugita, le restaurant japonais dans lequel ils s'apprêtaient à dîner, possédait toutes les caractéristiques de l'esthétique japonaise : meubles en bois clair, portes coulissantes, dépouillement de l'espace. Le comptoir épuré ne comptait que huit places. Deux couples étaient déjà assis sur les quatre sièges les plus proches de l'entrée. Gary et Théa s'installèrent sur les deux suivants. Le grand chef nippon attendait les derniers clients pour commencer son omakase. Tous l'observaient religieusement. Les mouvements étaient contenus, les rires aussi. Voyant que les retardataires ne se manifestaient pas, le chef commença par découper de fines tranches de thon. Sa précision était admirable. Les bavardages des clients, conquis, créaient une rumeur enveloppante. Plusieurs langues folâtraient. Le riche était une bécasse cosmopolite.

La porte s'ouvrit au moment où le chef déposait les premiers sushis sur le comptoir. Accaparée par Gary, Théa ne prêta pas attention aux deux hommes qui entraient. « Ça alors ! » s'exclama une voix familière. Théa pivota et, sous l'effet de la stupeur, éclata de rire. « Ce genre de rencontre n'arrive que dans les films ! » dit-elle, en se levant pour saluer Joachim. Gary fronça les sourcils. Le réalisateur présenta à Théa l'homme qui l'accompagnait. « Henning Sören », dit simplement ce dernier, avant de s'absenter pour récupérer le téléphone qu'il avait laissé dans sa veste. Joachim confia à Théa que Sören était l'ancien rédacteur en chef des pages culture du *Jyllands-Posten*. C'était lui qui avait autorisé la publication des caricatures de Mahomet au Danemark en 2005. Théa écarquilla des yeux ébahis. « Nous travaillons sur son biopic », lui dit-il. Absorbée par Joachim, elle omit de lui présenter Gary. Le réalisateur le lui rappela avec tact. « Gary est un vieil ami du Connecticut où j'ai grandi », improvisa-t-elle. L'ingénieur, gêné, tant par cette rencontre fortuite que par la manière dont Théa l'avait réduit à son passé, salua Joachim d'un hochement de tête forcé. Lorsque tout le monde fut installé, le chef reprit la confection de l'omakase.

Accaparée par Joachim et Sören, Théa délaissait Gary, qui perdait le contrôle de la soirée. Leur tête-à-tête se transformait en un conclave cinématographique auquel il avait du mal à prendre part. L'aisance déconcertante dont il faisait preuve d'ordinaire s'était transformée en une pudeur révoltée. Placé entre Théa et une sexagénaire russe qui tentait de communiquer avec lui à travers des signes indéchiffrables, l'ingénieur se crispait. Il avait chaud, de plus en plus chaud. Seules quelques bribes de mots, proférés à mi-voix par Théa et ses voisins, parvenaient jusqu'à lui.

« C'est Lars von Trier qui m'a appris mon métier, leur avoua Joachim. J'étais son assistant sur *Les Idiots*. » Dans ce film, le célèbre réalisateur peignait l'expérience d'intellectuels qui, pour se soustraire à l'absurdité de la vie, décidaient de jouer les idiots. Hélas, même le jeu de l'idiotie ne permet pas d'échapper à l'absence de sens de la réalité. « Ce film est l'un des plus beaux miroirs de la société, argua Joachim. Rien ne révèle plus clairement notre difficulté à vivre que cette expérience sociologique. Sur le plan technique, toutes les prises de vues ont été faites caméra à l'épaule, en son direct et à la lumière naturelle. On a tourné en caméra numérique. Il voulait éviter tout artifice de dramatisation. Les prises étaient parfois longues, jusqu'à quarante-cinq minutes. Le résultat est épatant. »

Théa buvait les paroles de Joachim, ne s'interrompant que pour faire honneur au chef. Gary fulminait silencieusement de cette connivence.

« Lars est un génie du cinéma, poursuivit Sören. Sur *Melancholia*, il s'est dépassé. Je suis attristé de voir que certaines écoles de cinéma l'ont déprogrammé.

— Comme Godard et bien d'autres, il est victime de la *cancel culture*, se désola Joachim. Vous vous souvenez, Théa, de la réaction de Justin Parsons chez Myriam ? C'est ce que j'appelle de l'obscurantisme. La vulnérabilité s'est malheureusement imposée comme l'abscisse et l'ordonnée de cette ère des Narcisses dans laquelle nous sommes entrés. Le risque, c'est le repli sur soi et la mise à mal du principe cardinal de toute vie en société, l'altérité. L'autocensure que ce système encourage porte gravement atteinte à la démocratie.

— Et à la science ! ajouta Sören. Certains osent aller jusqu'à dire que la biologie est patriarcale et que les mathématiques sont racistes ! »

La moralisation de la pensée avait pris racine au sein des universités américaines qui se vantaient des listes de micro-agressions qu'elles établissaient, des *safe spaces* qu'elles créaient, des conférences qu'elles annulaient de professeurs qu'elles désinvitaient pour des motifs tout sauf scientifiques. Certaines se félicitaient des systèmes de délation anonyme entre étudiants qu'elles encourageaient comme des listes de vocabulaire qu'elles dispensaient. Fini l'*été indien*, murmuré par Joe Dassin. Cette saison, que l'on ne connaissait que dans le nord de l'Amérique, s'appelait désormais un *été tardif*. Les *blind studies* avaient été remplacées par les *masked studies*, *American* – et sa connotation hégémonique – par *US citizen*, *stupid* par *boring* ou *uncool*. Les exemples abondaient.

L'ineptie que constituait l'épistémologie située, défendue par les woke, restait aux yeux de Théa l'un des éléments les plus critiquables :

« Ne pouvoir parler que d'un point de vue situé, c'est par essence la faillite de la pensée. N'avoir le droit d'analyser que ce qui nous ressemble, c'est nous infantiliser. En ce qui concerne Godard, est-ce qu'il présente une vision misogyne de la femme ? Oui. Est-ce qu'on peut le regretter ? Bien sûr. Est-ce que pour autant il faut cesser de voir son œuvre ? Certainement pas. Ses œuvres doivent, au contraire, nourrir notre réflexion. Le cinéma, comme la littérature, doit déranger, remuer, piquer, pour donner à penser. On ne peut pas projeter sur des écrans ou enfermer sur du papier qu'une vision édulcorée du monde. Travestir le réel, le saupoudrer de conformisme sucré, c'est ça le véritable danger !

— Le problème, déclara Joachim, c'est que c'est tout

le système qui encourage cet amollissement de la pensée. Et, bien souvent, pour des raisons financières. Les valeurs morales sont un outil marketing puissant. Dans l'industrie du luxe, c'est même devenu un prérequis. On ne vend plus une paire de baskets sans parler de racisme, on ne commercialise plus un bijou sans évoquer la justice sociale. Mais quels signes de justice sociale existe-t-il derrière un bracelet vendu des milliers de dollars ? Comment peut-on parler d'inclusion à ce prix-là ? »

Gary s'irritait du comportement de Théa qui, prise dans le feu de sa conversation, ne lui témoignait aucune attention. L'ingénieur avait rarement subi une telle humiliation. Avec Tatiana, il brillait continuellement. Chez RAM, il était universellement admiré ou craint, selon. Gary ne tutoyait que les sommets de la considération. Cette considération était vitale, car, dès qu'il relâchait la garde, la culpabilité l'assaillait. La vieille sournoise se logeait dans la moindre faille. Un drame familial de la nature de celui que Gary avait subi laissait indéniablement des traces. Certains jumeaux absorbaient leur alter ego placentaire, lui l'avait éliminé, malgré lui. Isabella, le baril, trois *bang*, et puis s'en va... Que Théa, par son indifférence, réveille ce sentiment, qu'elle le projette dans un esseulement qui soudain l'engloutissait était insoutenable, d'autant plus insoutenable que jamais, depuis la mort d'Isabella, il n'avait éprouvé une telle harmonie avec autrui. Seule Théa pouvait saisir ce qu'il avait éprouvé, seule Théa pouvait l'aimer au-delà du drame qu'il avait porté, seule Théa pouvait clamer l'avoir véritablement rencontré. Toutes les femmes que Gary avait conquises, Tatiana en tête, n'avaient chéri qu'une représentation de lui. Aucune n'avait sondé son âme comme Théa l'avait sondée, car, pour cela, il aurait fallu que, comme elle, elles connaissent le deuil, plus encore, l'effroi du deuil, la culpabilité de l'effroi, la solitude. Alors la voir papillonner avec Joachim, cet homme qu'il jugeait spécieux, le rendait irritable. Théa semait la zizanie dans l'esprit de Gary. L'ingénieur scrutait le mouvement de ses lèvres qu'il n'aurait voulu voir se mouvoir que pour lui. Il caressait du regard cette main qu'il aurait voulu saisir et emmener loin, très loin. Filer, filer à l'anglaise, pour être le seul à jouir d'elle, de son esprit, de sa chair. Mais le dîner touchait à sa fin, il se contint.

« Henning va rentrer à son hôtel, dit Joachim lorsqu'ils furent dehors. Je rejoins Christopher Nolan et quelques amis au Chiltern Firehouse. C'est à Marylebone. Chris a privatisé leur bar à cognac pour une dégustation. Ça vous dit ? »

Gary remercia Joachim, mais déclina d'emblée l'invitation. Théa, qui avait très envie d'y aller, n'osa pas le contrarier.

« Je vais rentrer aussi, dit-elle à Joachim. Je repars tôt demain. On se verra à New York.

— Je te raccompagne », lui dit Gary.

Gary et Théa s'éloignèrent du restaurant à pied. Marri d'avoir perdu de sa superbe face à Joachim, l'ingénieur était taiseux. Cherchant à raviver leur complicité, Théa lui conta son déjeuner chez Myriam et la réaction de Justin Parsons, que Joachim avait évoquée. Elle l'entretint de l'exposition du Caravage et lui décrivit *Narcisse*, l'œuvre qui l'avait le plus touchée. « Il n'y avait aucune once de tristesse sur son visage, lui dit-elle. J'aurais aimé que tu le voies. Cette représentation de Narcisse est atypique, tout à fait étonnante. » En dépit des efforts qu'elle déployait, Gary ne soufflait mot. Théa sentit qu'elle l'avait froissé bien plus qu'elle ne l'avait estimé. Elle tenta de nouveau de détendre l'atmosphère, mais Gary n'en démordait pas, alors dans une ruelle moins fréquentée qu'ils venaient d'emprunter, elle l'attira sous la voûte d'un porche. Là, elle l'embrassa, puis elle s'accroupit. Gary se repaissait de son regard qui respirait la concupiscence. Sa bouche luisait dans la pénombre du porche. Comme il aimait voir ses lèvres jouer avec sa verge, la sentir de nouveau lui appartenir.

21

Dans le taxi qui la conduisait à l'aéroport de Heathrow, Théa cogitait. Elle réfléchissait aux difficultés croissantes des démocraties occidentales et à la polarisation du discours politique. S'exprimer n'avait jamais été aussi aisé, et pourtant, la censure de fait ne cessait de gagner du terrain sous l'impulsion des extrêmes de droite comme de gauche. Les réseaux sociaux amplifiaient le phénomène. Leur format favorisait l'invective au mépris du dialogue. Gary avait vu juste : les séries télévisées restaient un des seuls contenus capables de transcender les antagonismes. Preuve, si besoin était, du pouvoir unificateur de la fiction. L'histoire des civilisations était d'abord une histoire de l'imagination. Quoi de plus fédérateur que les mythes et les religions ? Seul variait le format de leur représentation. Au théâtre, au cinéma et à l'opéra se substituaient désormais le streaming, les jeux vidéo et les mondes immersifs. La thèse de *The Blockchain Government* était peut-être plus pertinente que ne l'avait considéré Oliver. La démocratie digitale n'attendait que sa réalisation. Mais comment faire l'expérience de l'altérité dans des espaces dématérialisés ? Où retrouver de la sociabilité dans un monde éclaté en une infinité de flocons d'écume qui ne cessaient de dériver ? Les woke n'avaient rien inventé, ils n'étaient qu'une émanation de ce morcellement, mais une émanation destructrice. La *cancel culture* en était la meilleure preuve. Lorsque l'on dénonçait publiquement un individu en raison de propos jugés inadmissibles, ce n'était pas cet individu que l'on annulait, mais le concept même d'altérité, que par sa différence, il incarnait. La *cancel culture* n'était pas la culture de l'annulation, mais celle de l'annihilation, annihilation du fondement même de l'humanité : l'autre. L'uniformité, plutôt que la diversité, voilà ce que vociféraient les moralisateurs, ces prétendus champions de la tolérance. Dans ce contexte, les mondes virtuels ne permettraient-ils pas de renouveler le débat démocratique, de créer un nouvel espace public, un lieu délibératif et rassembleur fondé sur la tolérance et garant de la liberté d'expression ?

Plus elle y pensait, plus Théa sentait qu'elle effleurait là une idée pertinente, une idée à ne pas lâcher. Comme la chance, l'ingéniosité était une denrée rare. On avait beau avoir une myriade de projets, de perspectives, d'idées, l'existence en laissait peu se concrétiser. Alors que Théa mûrissait sa réflexion, un sourire se dessina sur ses lèvres… D'abord créer un espace immersif commun, se dit-elle, un espace populaire capable de drainer le public le plus large. Ensuite, proposer tout ce que la *cancel culture* aurait annulé. Mais comment créer un espace populaire ? Dans un monde où l'image avait supplanté le mot, le postulat ne pouvait être que le cinéma. Théa se figura un espace où tous les films, y compris les films censurés, pourraient être discutés, analysés, contestés. Elle s'imagina un monde virtuel où le spectateur pourrait vivre le prolongement d'une série, d'un film, d'un dessin animé, en échangeant avec d'autres, et pourquoi pas, avec les acteurs eux-mêmes ? Oui, bien sûr, les acteurs pourraient être accessibles dans un espace fait d'avatars. « *Hang out with the stars !* » murmura-t-elle. Tout laissait présager l'appétence du spectateur pour un tel format. Au cours des derniers mois, la fréquentation des mondes immersifs comme le Dream'InVerse avait considérablement crû.

Théa affinait son projet lorsque son taxi s'immobilisa devant l'aéroport.

Le comptoir d'enregistrement était vide. Elle se retrouva en quelques minutes devant la porte d'embarquement. Elle s'assit sur un canapé face à la vitrine d'un magasin de luxe. Les meubles qui y étaient disposés étaient ornés de caméléons en résine noire. Sur la crête dorsale des sauriens étaient exposées des lunettes multicolores vendues à des prix prohibitifs. Les voyageurs se bousculaient pour un cliché devant l'enseigne. Cette vitrine incarnait l'échec du XXIe siècle, celle d'une humanité polluée par la consommation et condamnée à l'uniformité. Le globe-trotteur contemporain, horrifié par l'empreinte carbone de ses voisins, voyageait pour explorer des espaces toujours plus homogènes. Il n'était plus un caméléon flamboyant, mais un lamantin indolent, incapable de flotter dans autre chose que le familier. Dans le hall de Heathrow, le comptoir Starbucks côtoyait la boulangerie Paul qui regardait de haut le McDo, intimidé par la roulotte Ladurée. Les terminaux de Los Angeles ou de Berlin ne différaient en rien. On y buvait les mêmes cafés refroidis, on s'y goinfrait des mêmes chocolats pasteurisés et on s'y encanaillait de cette même fantasmagorie, vouée à mettre l'homme à l'abri. De quoi ? De la vie, pardi ! Le vrai voyage était devenu un luxe, bien plus coûteux que des accessoires onéreux. Le vrai voyage se passait de hub, il commençait dans un soubresaut, quelque part entre des mots à vous retourner le cerveau. Devant ce spectacle, Théa repensa à Inclusive Brains et à l'homogénéité dont cette organisation menaçait la pensée.

Elle sortit son carnet et commençait à coucher ses idées sur le papier lorsqu'un bouledogue lui lécha la main. Cette lécherie baveuse la répugna. Son maître était un Américain svelte et soigné dont l'apparence révélait un goût immodéré pour les caméléons. Il s'excusa exagérément, mais sans aucune sincérité.

« Tu es un fripon ! dit-il à son chien en le saisissant par l'abdomen et en collant son nez à son museau. Qu'est-ce qu'a déjà dit papa ? On ne lèche jamais les inconnues. »

L'homme se tourna vers elle et força un rictus sardonique. Elle scruta le chien. L'animal était aussi apprêté que son propriétaire. Il portait un manteau aux couleurs du drapeau bolivien sur lequel était dessiné un œil.

« Original ce manteau ! dit Théa, s'excusant par ces mots d'avoir fixé trop longtemps le cabot.

— N'est-ce pas ! rétorqua l'homme, flatté. Il est en alpaga, une vraie merveille. Vous pouvez en trouver sur le site de Respek. Dix pour cent sont reversés à Inclusive Brains pour la défense de la culture. »

« La défense de la culture… », répéta Théa à mi-voix alors que l'homme s'éloignait. L'image de la Tanya de Mike White refit surface. Théa l'imaginait se pavanant dans le décor virtuel de *White Lotus*, un caméléon sur l'épaule.

Elle saisit son smartphone et appela Gary.

« Je viens d'avoir une idée ! lui souffla-t-elle, euphorique. Tu te souviens de notre conversation dans le parc ? Netflix, les séries télévisées, le commun, ce qui rassemble les citoyens… Eh bien, je pense que nous pourrions créer, dans un monde virtuel, un espace démocratique qui valoriserait la liberté d'expression, la diversité des opinions et qui permettrait ainsi de lutter contre la polarisation de la société, la censure, les excès des populistes d'extrême droite comme la dérive des woke, et pour cela, il faut tout miser sur les séries, car ce sont elles qui nous permettront de faire venir un public large et divers. Comme tu l'as très justement dit, rien ne rassemble davantage aujourd'hui.

— Ton idéalisme m'a toujours séduit, lui répondit Gary avec tendresse. Ce n'est cependant pas si simple à organiser. L'idée, en tout cas, est à creuser. »

L'ingénieur percevait d'emblée le potentiel politique et financier d'un tel espace, mais il avait conscience de la complexité de sa réalisation.

« Il faut que je réfléchisse plus précisément aux enjeux techniques, lui dit-il, mais c'est ingénieux. Je dois y aller, reparlons-en… Tu me manques déjà. »

Théa raccrocha, l'embarquement avait commencé. Elle s'engouffra sur la passerelle, l'esprit échauffé, mais le cœur léger.

II

22

Théa avait vu juste, les sociétés occidentales s'étaient muées en démocraties sans contact. Recréer du lien était nécessaire. Aussi avancées fussent-elles, toutes les sociétés avaient besoin de fictions fédératrices. Pour Gary, les idées les plus novatrices étaient souvent les plus simples. Les projets les plus porteurs résultaient de la rencontre entre deux domaines qui habituellement ne se rencontraient pas. L'idée de Théa reposait sur l'alliance des séries télévisées et de la virtualité, autrement dit, sur l'union de l'immersion et de la fiction. D'Homère à Joseph Santos, les récits prouvaient encore et toujours qu'ils étaient une denrée de première nécessité. L'épidémie de défiance qui touchait le monde avait besoin du masque de la fiction. Bien que conscient de l'enjeu politique, Gary était davantage attiré par le défi technique que la création d'un monde immersif représentait. Il doutait toutefois de sa faisabilité sans les ressources d'une équipe chevronnée.

« Le projet me semble démesuré pour un seul ingénieur, expliqua-t-il à Théa. Le développement du métavers de Dream'In a nécessité le travail à temps plein d'une équipe de cent vingt personnes pendant quatre ans. C'est une gageure, même pour un codeur aguerri.

— Dans ce cas, pourquoi ne partirions-nous pas d'un code existant ? Lorsque je crée une nouvelle silhouette, j'utilise toujours une base préétablie.

— Cela risque d'être compliqué, Théa. En dehors des mondes de *Roblox* et de *Minecraft*, il n'y a que le monde de Dream'In qui propose un métavers comme celui que tu envisages. Je ne vois pas comment nous allons y avoir accès sauf si…

— Sauf si ?

— Sauf si tu arrives à te procurer une copie du Dream'InVerse. Après tout, ce n'est pas si difficile… Mais oui, bien sûr ! C'est *la* solution, l'unique en réalité. Tu pourrais…

— Tu veux que je vole le code de Dream'In, tu es sérieux ? s'indigna-t-elle. Tu te rends compte de ce que tu me proposes ?

— Ce n'est pas vraiment du vol !

— Mais Gary… c'est proprement impossible ! Et c'est un crime !

— Laisse-moi terminer, veux-tu, avant de pousser des cris d'orfraie. Ce serait juste une base de travail, un point de départ… Une fois le code aménagé, il sera difficile, voire impossible, d'en déceler l'origine… sauf pour un codeur exceptionnel. »

Un silence tapageur envahit l'appareil. Sentant son malaise, Gary lui enjoignit d'y réfléchir, sous-entendant par là qu'elle n'en était peut-être pas capable. L'ingénieur faisait fi de toute dimension éthique. Cette inclination à agir comme un hors-la-loi l'irrita. Le Maidstone, la côte de bœuf et son jus goûteux entrèrent par effraction dans l'esprit de Théa. Gary sauçait son assiette, elle, essuyait sa déconvenue.

« Ce métavers est un beau projet, réitéra-t-il, un projet plein de promesses. Après les séries, nous pourrions envisager d'étendre l'offre aux livres. Vu la proactivité d'Inclusive Brains et de ses émules, la censure risque de scléroser rapidement la littérature. On pourrait même venir discuter avec des acteurs décédés. Pourquoi s'en tenir aux vivants ? L'intelligence artificielle fait des prouesses. Qui ne se damnerait pas pour échanger avec Steve McQueen, Elizabeth Taylor ou James Dean ? Les possibilités offertes par ce code sont infinies. Enfin, c'est toi qui vois... »

Théa voyait surtout l'esprit augmenté de sa mère forcer Chopin à l'écouter jouer son prélude préféré. Cette idée lui parut aussi ubuesque que rassurante. La folie avait peut-être une place au paradis. Mais dans les jours qui suivirent, c'est elle que la folie gagna. Gary ne lui avait donné aucun signe de vie. Théa était accablée par le doute, déchirée entre le désir de bâtir quelque chose d'extraordinaire avec l'homme de sa vie et la peur d'enfreindre la loi. La marionnettiste avait grandi sous l'égide d'un père qui s'aventurait rarement au-delà du bien et du mal. Voler était contre nature, mais comment renoncer à un projet aussi exaltant ? À force de rationaliser, Théa s'était convaincue de sa légitimité. Encore fallait-il se procurer le code du Dream'InVerse sans que Wixar en soit informé. Pour cela, elle misait tout sur la providence. Comme dans un roman, celle-ci se manifesta quelques jours plus tard.

Théa sortait du studio où Ryan Gosling enregistrait la voix de l'homme de verre lorsqu'elle tomba nez à nez avec Tao, un codeur boutonneux. Malgré les refus successifs de Théa, le programmeur ne cessait de lui proposer des tête-à-tête. Né à Pékin, il avait effectué ses études supérieures aux États-Unis. Fraîchement diplômé de Berkeley, il avait été repéré par Wixar. Il était l'un des meilleurs codeurs des studios et un élément central de l'équipe d'animation, pour laquelle il mettait au point des simulateurs capables de venir à bout des problèmes les plus épineux.

Tao photographiait le mur sur lequel les comédiens qui avaient prêté leur voix à un film apposaient leur signature. Le mur original, celui du campus de Berkeley en Californie, en était couvert. Celui du Queens, qui sentait encore la peinture fraîche, n'en comptait que quelques-unes. Tao faisait le point sur celle de Gosling dont sa nièce était une fervente admiratrice.

« Je ne te vois plus beaucoup dans le département d'animation ces derniers temps, lui dit Théa qui cherchait à masquer l'embarras provoqué par cette rencontre.

— On m'a affecté au Dream'InVerse à plein temps, répondit Tao en se relevant et en réajustant sa casquette. J'ai contribué à une grande partie du code. Ils m'ont demandé de leur donner un coup de main pour le lancement. »

À l'évocation du Dream'InVerse, un éclair de convoitise traversa l'œil de Théa. Elle le félicita, esquissa un sourire forcé, puis se dirigea vers son bureau. Le document qu'elle tenait entre ses mains tomba par mégarde. Elle se baissa pour le ramasser. Lorsqu'elle se releva, elle vit le codeur s'éloigner dans la direction opposée. Son regard fut attiré par la poche arrière de son jean. *La Mouette* de Tchekhov y était négligemment enfoui.

Cette nuit-là, elle passa des heures à échafauder un plan. Tao avait accès à l'intégralité du code du Dream'InVerse, il fallait faire en sorte de l'obtenir sans se compromettre. Rien ne devait être laissé au hasard. Sa stratégie peaufinée, elle tenta de s'assoupir, mais l'anxiété la rongeait. Elle oscillait entre une vague somnolence et d'affreux égarements que l'angoisse nourrissait.

Elle se leva tôt et arriva aux studios, les traits tirés. « Ça n'a pas l'air d'aller fort ce matin », lui dit Ivan. Elle changea d'emblée de sujet et réorienta la conversation vers *Tomás.* Elle attendit qu'Ivan quitte les studios en fin d'après-midi pour mettre son plan à exécution. Au moment où il refermait la porte, elle mit en veille son ordinateur, saisit deux clés USB qu'elle avait glissées dans son sac à main et se dirigea vers le bureau de Tao. Plus elle en approchait, plus elle se sentait fébrile. Si Tao n'était pas là, elle renoncerait, se promit-elle pour se donner du courage. Ses tergiversations cessèrent au moment où elle l'aperçut.

Équipé de son casque, Tao était assis à son bureau. Sa main gauche pianotait sur le clavier pendant que la droite fouillait dans une boîte de Cheerios multicolores. Sa tête remuait sporadiquement au rythme du metal qu'il écoutait à un niveau de décibels que même un cacochyme malentendant eût été capable de percevoir. Tao portait un tee-shirt *Toy Story 4* qui ne couvrait que partiellement la flaccidité de son bas-ventre. Un éclat de céréale égaré couronnait la chevelure de Duke Caboom qui posait fièrement entre sa moto et Buzz l'Éclair. La barbe clairsemée de Tao lui donnait un air d'adolescent attardé. Ses cheveux étaient aussi gras qu'un cornet de churros. Théa frémit de dégoût en l'apercevant. Elle inspira profondément, entra et referma la porte derrière elle.

Sentant sa présence, il se retourna.

« Euh… Je peux t'aider ? » lui demanda-t-il, en retirant ses écouteurs. Malgré sa surprise, il ne put s'empêcher de lui jeter un regard d'une lubricité qui la mit mal à l'aise.

« Oui… voilà… je voudrais me procurer le code d'un projet, balbutia-t-elle.

— Il n'est pas disponible sur le Cloud ? C'est pour quel film ?

— Ce n'est pas pour un film. J'ai besoin du code du métavers de Dream'In… tout le code, précisa-t-elle, en retrouvant de l'aplomb.

— Le code du métavers ? Mais, bon sang, pourquoi as-tu besoin de ce code ? Ça doit faire plus de cent gigas, c'est colossal. On t'a mis dessus en extra pour les avatars ? Tu ne peux pas accéder au Cloud ? »

Théa ne voulut rien dévoiler de ses intentions. Elle le somma simplement de s'exécuter, lui laissant entendre que le cas échéant, elle n'hésiterait pas à tout balancer : le mail ambigu qu'il lui avait adressé quelques mois plus tôt pour lui proposer une randonnée à Bear Mountain, celui de relance, bien plus explicite, qu'il lui avait fait parvenir deux semaines plus tard, ainsi que la carte suggestive qu'il lui avait écrite à l'occasion de son anniversaire. Dans un monde professionnel américain, nul doute que ces contenus étaient de nature à détruire la réputation d'un homme. Théa déposa les clés

USB sur le bureau du codeur, à côté de la figurine articulée de Duke Caboom.

« Demain, avant midi », lui dit-elle, en s'acheminant vers la porte.

Elle rentra immédiatement chez elle. L'angoisse la gagna, de nouveau, au moment où elle refermait la porte de son appartement. Tao pouvait la dénoncer. Ses avances amoureuses constituaient un moindre crime en comparaison du vol du Dream'InVerse. Le codeur avait toutes les raisons de se muer en lanceur d'alerte, de devenir un grand Tao, un Tao glorifié. Le management lui saurait gré de dénoncer la pire voleuse de l'histoire de Wixar. Mais elle repensa subitement à Gary, à la fierté qu'il éprouverait devant son exploit, aux mois qu'ils passeraient à construire ce projet ensemble, à ce qu'un espace démocratique de cette nature représenterait dans un monde métastasé par les prédicateurs de la bien-pensance ou les missionnaires des *fake news*, et elle recouvra son calme.

23

Après une seconde nuit blanche, Théa se leva à l'aube. Espérant croiser Tao avant l'affluence matinale, elle arriva tôt au bureau, mais le codeur ne se manifesta pas. Las, elle replongea dans la confection de son personnage.

La silhouette de l'homme de verre était presque parfaite, mais Théa butait encore sur la fixation d'un point de contrôle. Frustrée, elle ferma la porte du bureau, saisit le coussin de son siège et mima une action du personnage dans une scène centrale du film dont le directeur artistique n'était toujours pas satisfait. Théa se souvenait des mots de Cervantès qui avaient inspiré cette scène. Elle connaissait ce passage par cœur, tant elle l'avait lu :

Le malheureux s'imagina qu'il était tout de verre, et lorsque quelqu'un s'approchait de lui, il poussait des cris effroyables, suppliant avec mille paroles et raisons appropriées qu'on ne l'approchât point pour ne pas le briser, jurant que réellement il n'était pas comme les autres hommes, qu'il était tout de verre, des pieds à la tête.

Agrippant le coussin tel un bouclier, Théa faisait mine d'implorer la foule de reculer. Prête à tout pour protéger ses tissus de verre, son visage grimaçait tandis que ses bras se crispaient. Elle fouetta l'air d'un vif coup de pied. Ivan entra à ce moment-là et l'esquiva de justesse.

« Tu t'es mise au kung-fu ? s'enquit-il.

— Excuse-moi, Ivan. Je n'arrive pas à placer le dernier *avar*, lui confia-t-elle, sur un ton dépité.

— Je vais t'aider, mais d'abord, prends ça, lui dit-il en lui tendant une enveloppe. Elle traînait devant la porte. Il y a ton nom dessus. »

Théa décacheta l'enveloppe au fond de laquelle se trouvaient les deux clés USB, puis elle la glissa dans son sac à main.

« J'ai trouvé des morceaux de carlingue sur un site Internet, s'enthousiasma Ivan. J'ai également récupéré des insectes naturalisés et de vieilles cartes chez un antiquaire. On devrait tout me livrer dans la matinée. On commence l'installation ce soir ?

— Ce soir ? s'écria Théa. Mais je ne peux pas ! C'est le jour de mon atelier ! »

Depuis plusieurs semaines, Théa suivait un atelier d'écriture de scénario. Les séances avaient lieu à la New York University à l'initiative de James Gray, un réalisateur new-yorkais dont les films étaient régulièrement retenus dans les sélections officielles des plus grands festivals. Théa avait dû patienter plusieurs années pour obtenir une place dans ce cours très prisé et n'avait nullement l'intention de manquer une seule des douze séances dispensées.

Adolescente, elle aspirait à devenir scénariste, et pourquoi pas réalisatrice. Le monde du cinéma la fascinait, ce que déplorait son père qui aurait préféré voir sa fille suivre ses traces. « C'est un emploi précaire, avait-il protesté. Et puis, évite le fantastique », lui avait-il intimé, d'un ton aux sous-entendus menaçants. Ses propos l'avaient inhibée, et elle avait intégré avec effroi le risque de devenir folle, aussi folle que sa mère. Être folle, c'était n'être plus qu'un corps, un corps dénué d'esprit, un esprit inepte. Être folle, c'était abdiquer sa liberté, renoncer à toute distance entre soi et son estomac, car la liberté commençait dans cet écart-là. Mais sa passion pour le cinéma et le soutien inconditionnel de la belle-mère de Myriam lui avaient permis d'apprivoiser lentement ses peurs. En dépit du plaisir qu'elle éprouvait à façonner ses silhouettes digitales, elle remplissait d'innombrables petits carnets de notes dont elle s'inspirait pour écrire des scènes.

« Ah oui, c'est vrai, réalisa Ivan. J'avais oublié ton atelier. Dans ce cas, ça attendra. Tu es absente la semaine prochaine, n'est-ce pas ? » Théa opina. « Ensuite, c'est moi qui pars au ski… Bon, je vais empiler les objets de l'antiquaire dans le coin, juste là, à côté de mon bureau pour qu'ils ne te gênent pas. Mais, d'ici mon retour, tâche de trouver quelques plantes. Une grande, idéalement. »

Théa promit de rendre visite à la belle-mère de Myriam, pépiniériste dans le Connecticut, puis elle se remit au travail. Ses yeux obliquaient constamment vers son sac dont dépassait l'enveloppe. Cette journée lui parut interminable. Vers dix-sept heures, elle rentra. À peine arrivée, elle se précipita sur l'ordinateur. Le contenu des clés vérifié, elle en informa Gary. L'ingénieur était fier d'elle. Ses mots dissipèrent instantanément les doutes de Théa. Gary s'engagea à examiner les clés au plus vite. « Parlons-en la semaine prochaine, pendant tes vacances », suggéra-t-il. Elle acquiesça et courut chez le transporteur le plus proche.

Oliver était dans leur chambre lorsque Théa rentra. « Prête pour Saint-Barth ? » dit-il, en remplissant sa valise. Théa s'empara de la sienne, posée au pied du lit. « Tu veux bien me plier cette chemise ? » ajouta Oliver, en lui tendant une chemise en lin blanc. Elle la prit, le téléphone d'Oliver vibra au même instant. À la lecture du message, l'entrepreneur fronça sévèrement les sourcils.

« Qu'est-ce qui se passe ? lui demanda Théa.

— La Chine vient de procéder au blocage de huit ports majeurs en Amérique latine, dont Ushuaïa et Punta Arenas. Un porte-avions chinois mouille au large de l'entrée du canal de Panama côté Pacifique. Des navires militaires et des frégates encerclent les zones portuaires d'influence. Pékin aurait même dépêché un navire sur les côtes de Tasmanie…

— Ce n'est pas très étonnant, répondit Théa. Myriam nous avait prévenus que la situation était tendue. »

Oliver quitta la pièce et s'enferma dans son bureau, dont il ne ressortit que deux heures plus tard pour demander à Théa de contacter Myriam. L'entrepreneur souhaitait avoir une analyse détaillée de la situation.

« Comment vas-tu ? lui dit Myriam, qui décrocha dans l'instant. Je viens de rentrer. Quelle journée ! Mais dis-moi, Joachim m'a parlé de toi. Il t'a croisée à Londres… »

Myriam gloussait dans l'appareil. Théa lui fit comprendre qu'elle n'était pas seule.

« Oliver aimerait avoir ton avis sur la situation en Amérique du Sud, je te le passe », lui dit-elle promptement.

Pour Myriam, la situation était limpide. Arrière-cour des États-Unis pendant plus d'un siècle, l'Amérique latine était devenue le supermarché de la Chine, la Nana de Pékin, une pute productive qui faisait le tapin pour trois fois rien. Les entreprises de l'Empire du Milieu investissaient massivement dans les infrastructures, l'agroalimentaire, les transports, les télécommunications, le domaine spatial et, bien sûr, les réserves de minerais. La Chine contrôlait cinquante-sept pour cent de la distribution d'électricité du Chili, elle avait financé la construction du métro de Bogota et participé au déploiement du seul câble Internet sous-marin reliant le continent américain au continent africain. Elle tenait en joue les économies à l'agonie de la région, auxquelles elle avait offert des prêts attrayants, avant d'annuler leur dette en échange de matières premières et d'infrastructures.

Grâce à la base militaire de l'île Inexpressible, les Chinois avaient désormais accès à l'Australie, à la Tasmanie ainsi qu'aux pays du sud de l'Amérique latine. Leur position leur permettait de régenter l'espace aérien et de menacer de représailles les pays de la région qui refuseraient d'abandonner le dollar au profit de l'e-yuan. En dehors du pétrole, dont le paiement restait en dollars, la monnaie virtuelle chinoise devenait la monnaie officielle de tous les échanges avec l'Amérique latine, ce qui permettait aux Chinois d'anticiper les effets d'éventuelles sanctions financières américaines. L'Australie, alliée des États-Unis et partie au traité de Washington, avait été encerclée afin de fragiliser la puissance américaine dans le Pacifique. La Chine devenait ainsi la première puissance maritime mondiale.

24

Oliver arpentait le lounge de l'aéroport privé de San Juan depuis vingt minutes. Il enchaînait les appels, pendant que Gabriel jouait à un jeu vidéo. Le frère de Théa, Lucas, et son mari, Josh, lisaient les journaux en grignotant les mignardises qu'une hôtesse venait de leur apporter. Le ciel était couvert, les vents violents. On attendait une accalmie afin de pouvoir décoller. Théa regardait, pensive, les branches des palmiers danser à l'horizon. La mer turquoise des Caraïbes faisait grise mine.

Lucas et Josh s'impatientaient et ne cessaient de solliciter le pilote. « Nous devrions pouvoir nous mettre en route d'ici trois quarts d'heure », leur notifia-t-il, excédé par leurs demandes incessantes. Cet ancien pilote de l'US Air Force connaissait son métier. Il ne voulait prendre aucun risque. Depuis dix ans, il sillonnait le ciel des Caraïbes à bord d'avions privés. La clientèle aisée ne faisait que transiter sur le tarmac portoricain, en direction d'autres paradis. Le leur s'appelait Saint-Barthélemy.

Lucas et Josh formaient un couple assorti. Lucas avait rencontré Josh, sept ans plus tôt, au bar d'une salle de sport de Manhattan. Lucas formait son esprit dans une prestigieuse université tandis que Josh construisait un empire. Cet Américain du Midwest avait créé le grossiste le plus important du secteur de la beauté. Toutes les grandes marques faisaient appel à son entreprise pour concevoir et fabriquer leurs parfums et leurs cosmétiques. Il venait d'ailleurs de vendre sa société à un fonds de *private equity*, ce qui lui avait assuré une retraite dorée. Il plaçait désormais son argent dans de jeunes entreprises ou des groupes en croissance comme Veracity News. Lucas voulait suivre ses traces. Son diplôme en poche, il avait fondé une start-up dans le domaine de la mode. Vingt-cinq ans séparaient Josh et Lucas. Leur ressemblance physique était déroutante.

Oliver avait l'air soucieux.

« Un problème ? lui demanda Théa, lorsqu'il eut raccroché.

— Aucun, mais je dois me tenir à la disposition du gouverneur, répondit Oliver en parlant de l'élu de Floride. On va étoffer sa communication sur la politique étrangère. Les prises de parole contre le wokisme sont nécessaires, mais compte tenu de la situation en Amérique latine, il faut monter au créneau sur la Chine. Les Américains sont fébriles. L'élection en ligne de mire, la Chine est une priorité. »

Oliver n'avait pas clairement avoué à Théa que le gouverneur de Floride, en lice pour l'élection présidentielle, pensait à lui pour la communication de la Maison-Blanche, mais depuis son voyage à Tallahassee, il était évident qu'Oliver jouait un rôle de premier plan dans la campagne républicaine qui s'engageait. Le républicain le plus célèbre de Floride était parvenu à éliminer l'ancien président, son plus grand concurrent, grâce au soutien de l'homme le plus riche d'Amérique. Les donations qu'ils avaient reçues le plaçaient désormais en tête des levées de fonds et en pole position pour le Bureau ovale.

Le téléphone d'Oliver sonna de nouveau. Il prit l'appel et s'éloigna.

Le pilote avait vu juste. Quarante-cinq minutes plus tard, le ciel paraissait suffisamment dégagé pour décoller. Théa avait du mal à cacher son angoisse au moment où l'avion quitta la piste. Le vent s'était calmé, mais des bourrasques continuaient à secouer l'appareil par intermittence. Lucas et Josh somnolaient pendant qu'Oliver travaillait. L'ascension fut mouvementée, les vingt premières minutes du vol, turbulentes. Gabriel, assis face à sa mère, ne semblait pas inquiet. Plongé dans les aventures de Monte-Cristo, l'adolescent souriait aux anges.

« Qu'est-ce qui te plaît tant ? lui demanda-t-elle, pour se distraire.

— L'évasion du château d'If ! » marmonna-t-il, sans relever la tête.

Théa se souvint de l'émotion qu'elle avait ressentie lorsque les fossoyeurs s'étaient emparés du corps d'Edmond Dantès, de la peur qu'elle avait éprouvée au moment où son sac lesté s'était échoué dans l'eau démontée. Elle regarda par le hublot. L'étendue salée reprenait des couleurs. Les gris floutés de Sugimoto laissaient place aux bleus vibrants de Rothko. Les bateaux lancés à pleine vitesse traçaient de minces sillons à l'horizon. Comme Edmond, elle cherchait son phare de Planier. Une lumière jaune inonda les flots.

Sa réfraction sur la carlingue de l'appareil l'éblouit. Le pilote tourna légèrement la tête pour signaler à Théa, dont le fauteuil était le plus proche du cockpit, qu'il s'apprêtait à entamer la descente vers Saint-Barthélemy. Au loin, on apercevait les contours aigue-marine de l'île. Le jet piqua du nez. La colline se rapprocha vertigineusement. Une légère secousse de l'appareil réveilla Lucas. Josh ne réagit pas. Théa retint sa respiration au moment où l'avion franchit la colline. La piste apparut, et devant eux, l'eau turquoise.

Une odeur de jasmin embaumait l'air. Théa inspira profondément en pénétrant dans la villa qu'ils avaient louée. Nichée dans un jardin tropical surplombant l'anse des Flamands, l'habitation aux murs blancs et aux balustrades vitrées était lumineuse et aérée. Des terrasses agencées en quinconce permettaient d'accéder aisément aux espaces communs. Le salon, sur lequel veillait un piano laqué blanc, était spacieux. Un bar prolongeait la cuisine professionnelle. Le chef avait déposé sur le comptoir de savoureux canapés et quelques douceurs sucrées. La famille s'installa dans le salon pour les grignoter tranquillement. Le concierge, un quadra au corps sec et musclé, se plaça à quelques mètres d'eux, prêt, tel un coureur sur la ligne de départ, à répondre à leurs moindres demandes. Sous sa chemise blanche à manches longues sans pli, on devinait les contours de tatouages méphistophéliques, traces d'une vie de rebelle à laquelle, faute d'héritage sans doute, il avait dû renoncer. Il fallait être riche pour faire la révolution. Ce concierge s'était donc résigné à révolutionner le gardiennage de satrapes. En dépit de la chaleur, il se tenait droit et ne cillait pas, esquissant des petits sourires serviles dès qu'un regard se posait sur lui. La nature l'avait gratifié d'une obséquiosité qui forçait le pourboire.

La brise s'insinuait discrètement dans l'espace de réception. Elle rafraîchit Théa qu'une migraine ophtalmique malmenait. Josh, une assiette de canapés à la main, arpentait la terrasse en teck. Ses lattes se jetaient dans une piscine à débordement dont la surface était indiscernable de l'horizon. Des suites cernaient l'espace extérieur et ses imposants canapés en cuir blanc. Construite sur deux niveaux, la villa était pourvue de cinq chambres dont deux étaient situées à l'étage inférieur où l'on trouvait également une salle de sport vitrée, équipée d'un matériel dernier cri. Gabriel jeta son dévolu sur l'une de celles-ci tandis que ses parents prenaient possession de la *master suite* sur laquelle Lucas avait des vues depuis son arrivée.

Théa ne profita pas du repas servi à la tombée de la nuit. Étourdie par ses maux de tête, elle garda le lit toute la soirée. Lorsque ses céphalées se calmaient, elle échangeait avec Gary. L'ingénieur semblait nerveux à l'idée que Théa pût créer des souvenirs avec un autre que lui. Pendant ce temps-là, Josh, Lucas et Oliver épiloguaient sur le climat politique de l'Amérique. Ils s'étaient installés dans le salon. Lucas et Oliver s'étaient vautrés dans les canapés tandis que Josh s'était assis sur une chaise au design contemporain, à première vue inconfortable. Oliver s'amusa de sa posture. « Le reliquat de mes années à l'armée ! argua Josh. Ça remet un homme d'équerre. » Dès que l'occasion se présentait, il était fier de rappeler qu'il était vétéran. Oliver, que la situation en Antarctique inquiétait, aborda le sujet. L'avis d'un ancien combattant l'intéressait.

« L'armée américaine doit remettre de l'ordre ! » s'insurgea Josh, de sa voix de stentor. Son visage se renfrognait lorsqu'il se confrontait à la faiblesse croissante de l'Amérique. Pour lui, la première puissance au monde n'avait pas le droit d'atermoyer. Partout, les États-Unis devaient restaurer leur hégémonie, l'Antarctique ne faisait pas exception. Josh en voulait à Trump d'avoir ridiculisé la nation pour laquelle il s'était battu. Le vétéran était un conservateur à l'ancienne, pas un populiste. Pris dans une logorrhée, il s'était levé. « Compte tenu de la situation, ce sont les SEAL qu'il faut envoyer ! » martela-t-il, devant le regard dubitatif d'Oliver. Josh était un va-t-en-guerre, qui avait d'abord servi en Allemagne puis en Afghanistan. L'armée lui avait permis de reprendre pied et de se refaire une santé. Issu d'une famille pauvre du Kansas, il était l'aîné d'une fratrie recomposée. À douze ans, il faisait l'école buissonnière, consommait de l'alcool sans modération et expérimentait tout type de stupéfiants. Il détraquait son corps sans remords jusqu'à ce que, membre d'un régiment, il rentrât dans le rang. Son service terminé, l'armée avait financé ses études. L'homme avait l'esprit vif et une grande capacité de travail. Son diplôme de management en poche, il s'était lancé dans le business de la beauté. Contre toute attente, c'était à l'armée que l'idée avait germé.

« Le problème, le coupa Oliver, c'est que si l'Amérique lance une offensive maintenant, elle déclenche la troisième guerre mondiale. Face aux Chinois, il faut avancer à petits pas. Ce sont des stratèges qui privilégient le long terme. On sait bien qu'ils préparent leur montée en puissance depuis des décennies. Ils n'aiment pas l'affrontement, surtout Xi qui ne prendrait certainement pas le risque de remettre en jeu son pouvoir. Ils ne sont pas sanguins comme les Russes. L'Ukraine l'a prouvé. »

Josh n'était pas du même avis.

« Tu as tort, Oliver ! le contrecarra-t-il. Il faut mettre un coup d'arrêt immédiat à cet expansionnisme chinois. Les Chinois, comme les Russes, ne comprennent que la force. Il faut les soumettre coûte que coûte. Je les ai vus à l'œuvre. J'ai travaillé avec eux. Il y a dix ans, j'ai racheté une entreprise chinoise qui produisait des échantillons miniatures dont nous avions besoin pour nos produits de beauté. Je sais comment ils fonctionnent. Il faut augmenter la puissance militaire drastiquement, les effrayer pour les soumettre. Nous sommes la première puissance nucléaire au monde, merde ! »

Le républicain gronda à mi-voix, se leva et quitta la pièce.

Lorsque Oliver entra dans la chambre, Théa dormait à poings fermés. Il se faufila dans la salle de bains, fit coulisser la porte et contempla les derniers documents envoyés par la statisticienne. Sur la première photo, on apercevait la jeune métisse, allongée sur le côté, les jambes écartées. Cette fente légèrement entrouverte enflamma son imagination. La seconde était prise de dos : la jeune femme était nue à quatre pattes. En zoomant sur l'image, l'entrepreneur émoustillé se demanda qui avait pris le cliché. S'abandonnant à son plaisir, il reconnut qu'en matière d'imagerie, sa subordonnée dépassait toutes ses attentes. S'il avait eu à établir son bilan de compétences, il aurait précisé qu'elle avait su faire preuve d'une créativité remarquable.

Il posa son smartphone et, intensifiant son geste masturbatoire, s'imagina pénétrer l'efflorescence rosée. Son éjaculation fut dense. La vue de cette abondance visqueuse le réjouit. Oliver souffrait de dysfonctionnements érectiles de plus en plus fréquents. Il ne pouvait plus se voiler la face, il déclinait.

Recru de fatigue, il se glissa sous les draps du lit conjugal, puis ferma les yeux afin de s'affranchir du corps inconscient de sa femme que le lin camouflait.

25

Tout le monde dormait lorsque Théa se leva. Elle chaussa ses espadrilles et rejoignit la plage. La marée était basse. Le vent s'était levé. La plage descendait en pente douce. Son sable était fin. Théa longea le bord de l'eau. Les embruns fouettaient son visage, les vagues assaillaient ses pieds, la mer tout entière la ramenait à l'organicité de son corps. Arrivée au bout de l'anse, elle s'assit. Le ressac jetait sur le sable des flocons d'écume qu'elle joua à aplanir comme une enfant. Aux bulles éclatées succédaient d'autres bulles, c'était beau et c'était vain. La mer turquoise faisait gros dos sous l'effet du vent. Ses reflets indigo tutoyaient l'opacité des sargasses qui flottaient en banc au large. Leur présence, comme une ombre menaçante, défiait la chasteté du rivage sur lequel l'imagination de Théa s'ébroua. Elle ferma les yeux pour retrouver le regard brûlant de Gary sous le porche londonien où elle l'avait entraîné. Transporté par ses va-et-vient fougueux, il ne prêtait plus attention au bourdonnement de la rue. Il ne voyait plus qu'elle. Son regard, tout entier, l'absorbait… Une vague éclaboussa le visage de Théa. Une saveur salée imprégna ses lèvres. Elle les sécha avec la pointe de son tee-shirt, se leva et rentra.

Lorsqu'il la vit arriver, Lucas fixa ses pieds d'un œil sournois. Ses lèvres se crispèrent.

« Tu devrais peut-être les rincer sinon on va pouvoir construire des châteaux de sable, et ceux-là ils ne viendront pas d'Espagne », lui dit-il. Lucas ne tolérait aucune salissure. À sa demande, les bouteilles d'eau du réfrigérateur avaient été alignées, les serviettes de bain roulées sur les transats et la propriété aspergée d'insecticide. De son œil de lynx, il balisait l'espace et passait le plus clair de son temps à chicaner sur des vétilles.

Théa rinça ses pieds, puis s'installa sur la terrasse pour prendre son petit-déjeuner. Sur la table étaient disposés des plateaux de fruits coupés, des piles de crêpes dorées, des gaufres saupoudrées de sucre glace, des viennoiseries tièdes que le chef venait de sortir du four, des tartines beurrées et une ribambelle de confitures biologiques. Pendant qu'elle buvait son café, un cortège d'employés s'affairait autour d'elle. Leurs déplacements, rapides et saccadés, leur donnaient des airs d'automates. Lucas dirigeait leur ballet par ses sempiternelles demandes auxquelles chacun obtempérait servilement. D'ordinaire tatillon, il ne s'était jamais montré aussi exigeant. Ce soir-là, Josh fêtait officiellement sa retraite anticipée.

Josh et Lucas avaient convié une trentaine d'amis, venus des quatre coins du monde. Lucas était inquiet de la livraison de ses homards bleus de Bretagne. Le chef français, un homme pansu et affable, qui avait travaillé pour les meilleures tables parisiennes, les attendait d'une minute à l'autre. Conscient que le retard des crustacés pourrait lui coûter son pourboire, il remuait ciel et terre. Dans l'île, les gratifications avoisinaient régulièrement le SMIC.

Le Français comptait sur cette prime pour assouvir sa passion pour les faucons. Depuis quatre ans, il assistait à la Coupe du Président, une course de faucons internationale organisée par le prince régnant des Émirats arabes unis. Deux mille rapaces s'affrontaient au cours de cette prestigieuse compétition. Des fauconniers affluaient du monde entier. L'État de la péninsule Arabique était devenu la Mecque de la fauconnerie. Le chef, que son grand-père avait initié à ce sport dès son plus jeune âge, possédait trois faucons pèlerins qu'il avait confiés à une fauconnerie de sa région natale.

« Ce sont mes racines », déclara-t-il lorsque, son petit-déjeuner terminé, Théa se leva et vint lui parler. Le chef émincait en sifflet un lot de courgettes qu'il venait de parer. « J'ai grandi dans la Beauce, poursuivit-il. Mon grand-père était fauconnier. Sa spécialité, c'était le haut vol. Le haut vol, ça marche bien pour la chasse de perdrix ou de faisans. On peut le faire en vol d'amont ou en vol à vue. Je préfère le vol d'amont.

— En quoi ça consiste ? demanda Théa, à qui la mention du rapace n'évoquait qu'une fable de La Fontaine.

— Le vol d'amont, c'est la méthode de chasse la plus sophistiquée. Le faucon se place le plus haut possible au-dessus du fauconnier et de son chien, dit-il en mimant l'action d'une main. Lorsque le gibier est levé, le faucon attaque en piqué, percute sa proie et l'entraîne au sol. »

Au moment où le gibier heurtait narrativement le sol, le Français planta la pointe de son couteau dans la planche de bois sur laquelle reposaient les lamelles de courgette. Théa recula d'un bond.

Installé dans le salon, Lucas avait saisi des bribes de leur conversation. Il ne put s'empêcher de provoquer sa sœur : « Quel entrechat ! Ou devrais-je dire, entregent. » Théa s'éloigna du comptoir et s'approcha de lui. « Et après, on se demande pourquoi le chef est toujours en retard ! continua-t-il.

— Arrête, Lucas ! Il est vraiment sympa. Sois un peu plus charitable avec lui. Il fait tout ce qu'il peut. Il n'est pas responsable des problèmes de livraison. Et quelle idée d'avoir fait livrer des homards de France ! On n'a jamais vu des crustacés avec un tel bilan carbone !

— Charité bien ordonnée commence par soi-même, lui objecta-t-il, vexé. Cesse de copiner avec le personnel. Tu te trompes de fauconnerie ! »

Les manières abruptes de Lucas horripilaient Théa. « On ne crée pas un empire sans un minimum de rigueur », trompetait-il, chaque fois que sa sœur se plaignait de sa rigidité. Lucas se rêvait en empereur de la mode. Diplômé du MBA de l'université de Columbia, il avait parié sur la numérisation du luxe. Son entreprise transformait les collections des grandes marques en objets virtuels. Son secteur était porteur. La virtualité ne faisait pas exception : les logos Balenciaga en trois dimensions partaient, eux aussi, pour des milliers de dollars. L'avatar témoignait, plus que jamais, du rang social de son auteur.

Oliver et Gabriel ne tardèrent pas à les rejoindre. Oliver était affamé. Il se goinfra de crêpes devant le regard atterré de Lucas. Le petit-déjeuner terminé, le père et le fils entamèrent une partie de Richesses du monde. Oliver était survolté, il venait de prendre la tête grâce à la case « Choix mondial ». Son adolescence à Sarasota aurait pu se résumer à ce jeu de société dont l'objectif consistait à s'enrichir en matières premières aux dépens de ses adversaires. Les soirs d'été, le jeune Oliver abandonnait ses amis à la plage et courait chez le poissonnier. Après des heures d'écaillage, le vieux garçon, dont l'appartement situé au-dessus du commerce sentait la marée à plein nez, affrontait pendant des heures un adolescent déterminé à triompher.

Théa n'avait aucun goût pour les jeux de société. Elle déposa un baiser sur le front de son fils, puis s'allongea sur un transat où elle replongea dans l'exubérance poétique de García Márquez. Le soleil commençait à taper. Elle avait de plus en plus de mal à se concentrer. Ses yeux clignaient douloureusement. Elle les ferma. Quelques minutes seulement…, se dit-elle.

Isabella, la jumelle de Gary, surgit. Elle était assise au bord de l'eau. Elle prêtait l'oreille à une mélodie venue de la mer. « C'est la valse des horloges », s'écria-t-elle, avant de se lever brusquement et de courir à vive allure vers un baril de bois posé sur le sable. Elle y plongea le bras et en retira des poignées de coquelets verts qu'elle léchouilla. Son corps était criblé de trous dont émanait un liquide fluorescent. Elle semblait avoir six ou sept ans. Gary, à la fleur de l'âge, était allongé sur le ventre à côté de Tatiana. Ils suçaient des poissons roses. Pendant qu'ils se prélassaient, Myriam étiquetait tout ce que son regard croisait : coquillages, crabes, cocotiers… Lorsqu'elle apposait un autocollant sur un objet, il disparaissait. Sous sa férule, le monde devenait un enchevêtrement de labels. Théa l'appelait, elle implorait Gary, mais personne ne lui répondait. Elle sanglotait lorsque sa mère apparut à l'horizon, lévitant sur l'immensité bleue. Elle était gigantesque, telle une ogresse. Son rire tonitruant fit trembler Théa. « Ils ne t'entendent pas, Théa, tu es morte, tu es morte, lui répétait-elle. Viens avec moi, viens ! » Au moment où sa mère s'apprêtait à la saisir, Théa se réveilla en sursaut. La main de Lucas secouait son épaule. « Tu parles en dormant, maintenant ? » lui dit-il, avec une douceur inattendue. Théa se redressa d'un coup. *Cent ans de solitude* glissa de ses genoux.

26

Un essaim de bougies flottait sur la piscine, des brassées de lys embaumaient les tables, la villa était méconnaissable. Dans le salon, une farandole de ballons ornementait une banderole à l'effigie de Josh. Les serveurs passaient les hors-d'œuvre aux premiers invités qui semblaient enchantés de se retrouver.

Oliver avait étudié le trombinoscope de la soirée que Lucas leur avait transmis dans l'après-midi. L'entrepreneur avait un seul objectif : s'entretenir avec le plus haut dirigeant de Berkshire Hathaway, le fonds d'investissement de Warren Buffett. Fréquenter la direction de l'une des plus puissantes entreprises américaines pouvait s'avérer utile en période de campagne présidentielle. Lorsqu'il l'aperçut, Oliver fonça vers lui. Il l'accueillit avec une obséquiosité qui confinait au ridicule. Devant cette scène qui lui parut avilissante, Théa s'esquiva, préférant renouer avec le réalisme magique de l'écrivain colombien. Elle se délectait de la prose de García Márquez, dont elle partageait les plus beaux fragments avec Gary. L'ingénieur exultait de voir sa maîtresse jouir de cette plume qu'il admirait tant.

« L'Amérique latine, c'est un rêve d'enfant. La Colombie, c'est magnifique, mais… l'Argentine, Buenos Aires, c'est l'horizon… notre horizon, Théa… Un jour, nous irons là-bas, lui promit-il. Je nous imagine à Recoleta, dans un immeuble français avec des escaliers en marbre, des parquets, des moulures. Je te jouerai du violon, je t'écrirai des poèmes, tu seras ma reine.

— Une reine vieillissante ! répliqua Théa.

— Te voir vieillir, je n'attends que ça. Tant que tu me regardes, je reste en vie. Si tu cesses… »

Adolescent, Gary verbalisait déjà son désir de fuir avec elle sur d'autres continents. L'ingénieur fantasmait de nouveau une vie à ses côtés pendant qu'il construisait la sienne auprès d'une autre femme. « Tu représentes les plus beaux moments de ma vie, lui jurait-il lorsque Théa le rappelait à la raison. Qu'y a-t-il de plus précieux ? » L'ivresse, qu'il avait de nouveau ressentie auprès d'elle à Londres, l'avait troublé, mais Gary pressentait que maintenir une telle intensité au quotidien eût été une hérésie. Il craignait que Théa ne se lasse de lui. Il la gardait pour plus tard. Elle était son œuvre d'art.

Mû par l'envie irrésistible de l'entendre et grisé par le cognac qu'il venait de déguster, Gary s'isola pour l'appeler. « Je voulais t'embrasser », lui chuchota-t-il lorsqu'elle décrocha. Son timbre exalté s'était dissipé. Il semblait masquer un tourment plus profond. « Il faut qu'on crée ce monde virtuel, Théa… Il faut que l'on construise quelque chose ensemble… Je pense à toi… J'aimerais tellement que les choses soient plus simples parfois… » Théa le rassura et chercha à sonder la raison de son inquiétude, mais Gary écourta aussitôt la conversation : « Il est tard, allez, file à ta soirée ! »

Théa rejoignit la table au moment où l'on servait le repas. Lucas avait placé sa sœur entre un opticien, propriétaire de cinq cents points de vente dans le monde, et son conjoint, un peintre qui n'avait jamais exposé au-delà des murs de sa salle à manger. Pendant que l'un évoquait sa créativité clandestine, l'autre se vantait de sa maniaquerie. « Les odeurs, je ne supporte pas, déclara l'opticien d'un ton sec en agitant sa fourchette comme un bilboquet. Je refuse que l'on cuisine chez moi. La seule fois où l'on a osé enfreindre la loi, dit-il en dévisageant son conjoint, je l'ai senti immédiatement ! » L'opticien posa sa fourchette et avala une gorgée d'eau, puis il ajouta, révolté : « C'était de l'œuf ! » Il se mit alors à dessiner avec ses doigts la forme aérienne et ovale d'un œuf. Cet humour gestuel embarrassa le peintre.

Percevant son malaise, Théa réorienta leur conversation vers le cinéma tandis que la tablée entamait un débat passionné sur l'avenir des cryptomonnaies.

« Quel genre de film aimez-vous ? demanda-t-elle au peintre.

— Je vais peu au cinéma, répondit-il de sa voix flûtée. En général, je ne regarde que des films produits par des réalisateurs gay.

— J'aime beaucoup ceux du réalisateur italien... »

Théa achoppa sur le nom du réalisateur auquel elle pensait. Elle sollicita l'aide du peintre.

« Bien sûr, vous le connaissez... Il a fait *A Bigger Splash*,

Suspiria et surtout *Call Me by Your Name*. Il a été nominé aux Golden Globes pour ce film… et il a remporté l'oscar de la meilleure adaptation… Oh, aidez-moi ! J'ai le nom sur le bout de la langue… » Théa l'invitait, d'un regard appuyé, à soulager sa mémoire. « Il a porté Chalamet à l'écran », ajouta-t-elle, en vain.

Théa avait beau insister, l'homme n'avait pas le talent des champions de Julien Lepers.

« Guadagnino ! s'exclama-t-elle soudain. Luca Guadagnino ! »

Le peintre haussa les épaules. Il ne connaissait pas le grand réalisateur italien.

« Je préfère les films gay de petite facture », précisa-t-il.

Comprenant qu'il parlait de cinéma pornographique, elle pouffa et noya son rire dans le meursault. Elle imaginait le grand peintre s'agenouiller devant le petit opticien et astiquer ses vieilles couilles pendant que l'écran de télévision diffusait derrière eux un entrelacs de corps masculins ondoyants.

Les homards bleus de Bretagne firent une entrée fracassante. Préparés à la plancha et accompagnés de pâtes fraîches, ils étaient agrémentés d'une sauce légèrement relevée. Les convives louèrent l'extrême finesse du petit bleu jusqu'au moment où un parfumeur de renom, assis face à Théa, entama une apologie du microdosage. Il prétendait que la consommation régulière d'infimes quantités de psychédéliques faisait de lui un meilleur nez. « Quand on est parfumeur, on associe mentalement les odeurs. Les champignons décuplent mon inventivité. Je combine des fragrances que je n'aurais jamais imaginées. Et je dors mieux ! »

Son frère jumeau, assis à sa gauche, confirmait les bénéfices du microdosage. Il était romancier. Ses premiers romans avaient rencontré un franc succès. L'auteur ne pouvait plus envisager l'écriture sans sa poussière de champignons quotidienne. C'était peut-être cela qui faisait de lui un déclamateur. Sans crier gare, l'écrivain s'était levé et il récita quelques vers de Dante. « On trouve ce texte dans *Vita Nuova*, dit-il lorsqu'il eut terminé. C'est la première œuvre que l'on reconnaît à Dante Alighieri. C'est un prosimètre. Il est sublime, n'est-ce pas ? C'est dans ce sonnet que Dante exprime avec la plus grande virtuosité la miraculeuse beauté de Béatrice. »

Placé à l'autre extrémité de la table, Oliver n'avait pas prêté attention à la déclamation. Il était bien trop occupé à flatter le financier. Théa les ignora toute la soirée. Lorsque la fête fut terminée, elle alla se coucher dans une chambre inoccupée tandis que son mari, son frère et Josh s'installaient sur la terrasse pour admirer la montre de collection qu'Oliver venait d'offrir au vétéran.

Théa eut du mal à trouver le sommeil. Quelque chose, qu'elle ne parvenait pas à identifier, la tourmentait. Au petit matin, elle reçut un message de Gary :

Rappelle-moi.

27

Gabriel rentra de son cours de tennis blessé. Sa cheville était douloureuse. Elle enflait. « Je vais aller lui chercher de la pommade en ville », dit Théa, qui venait de trouver le moyen de s'isoler pour contacter Gary. Dix minutes plus tard, elle garait son cabriolet sur le parking de la pharmacie. Le soleil matinal dardait ses rayons déjà brûlants. Gonflé d'azur, le ciel était à bout de souffle.

Théa espérait des nouvelles prometteuses de l'exploitation des clés USB. Gary lui annonça d'emblée qu'il n'avait pas eu le temps de les examiner. Surprise, elle lui raconta la fin de sa soirée, puis leur conversation digressa de banalité en banalité, comme si Gary cherchait à gagner du temps. Sa voix était hachée par les coupures du réseau. Croyant un instant que la communication avait été interrompue, elle décolla le smartphone de son oreille afin de vérifier si l'appel était toujours en cours. Gary était bien là. Sa nervosité soudaine l'angoissa. Il clarifia sa gorge, puis il souffla plus qu'il n'articula : « Tatiana est enceinte. »

Frappée de stupeur, Théa tressaillit.

« C'est récent, précisa Gary.

— Mais à Londres, tu…

— Non, on vient de l'apprendre. »

L'esprit de Théa s'embruma, son cœur s'emballa. Elle aurait voulu crier son désarroi à Gary mais c'est contre elle-même qu'elle le retourna. Comment avait-elle pu croire de nouveau à cette histoire, s'abandonner à un homme qui ne cherchait probablement qu'à s'évader ? Un divertissement, songea-t-elle, voilà ce qu'elle avait été. Théa se perdait en réflexions aussi vaines que puériles, jusqu'à ce que son surmoi reprenne ses droits.

« Félicitations ! articula-t-elle, sur un ton si impersonnel que Gary eut du mal à reconnaître sa voix.

— Théa… je suis confus… je tiens à toi… », bredouilla-t-il.

Théa sentait sa poitrine l'oppresser, les larmes monter, son corps ployer sous l'émotion qu'elle tentait de contenir. Ses mains étaient moites. Elle avait du mal à reprendre son souffle. Elle aurait voulu lui crier son amour, verbaliser le sentiment d'injustice qu'elle ressentait, mais elle ne parvenait plus à s'exprimer.

« Théa, cet enfant ne changera rien entre nous, la rassura Gary.

— Au contraire, ça change tout ! Nous n'aurions jamais dû renouer ! » regretta-t-elle, avant de raccrocher.

Comment Gary pouvait-il lui clamer son amour et construire son avenir dans le corps d'une autre femme ? L'ingénieur séparait simplement son désir de fonder une famille et l'amour de sa vie. Tatiana partageait son quotidien, créait les conditions d'un équilibre familial nécessaire, mais elle était insuffisante. Dans l'esprit de Gary, la distribution était claire : Tatiana était sa génitrice, Théa, sa Béatrice.

Oliver tenta de joindre Théa, mais elle ne répondit pas. Il se répandit en invectives, par écrit, la sommant de rentrer au plus vite. La douleur de Gabriel augmentait. Il avait d'autres priorités à régler. On ne faisait pas attendre un candidat à l'élection présidentielle pour une douleur articulaire. Théa baissa le pare-soleil et se regarda dans le miroir. Ses yeux étaient injectés de sang, son visage grimé par les larmes. Elle les essuya en tapotant sur ses joues, remit ses lunettes et entra dans la pharmacie.

De retour à la villa, elle emprunta le couloir de service qui menait directement du garage à la chambre de son fils. Oliver était debout, près de la piscine, appuyé contre la rambarde de l'étage supérieur. Son smartphone collé à son oreille, il lui fit un signe fugace de la main. Lorsqu'elle pénétra dans la chambre, Gabriel était paralysé par la douleur. Théa appliqua une couche épaisse de baume anti-inflammatoire sur sa cheville. On attendait maintenant la visite du kinésithérapeute. « Ça va maman ? » lui demanda l'adolescent en apercevant ses joues gonflées par les pleurs. Elle prétexta une allergie, le rassura et sortit.

Une fois dans sa chambre, elle s'enferma dans la salle de bains. Les larmes déferlèrent de nouveau. Elle repensa à leur appel, puis à la conversation qu'ils avaient eue la veille, à l'Argentine, Buenos Aires et Recoleta, qu'ensemble, ils ne verraient pas. Elle se souvint alors des mots que, vingt-deux ans plus tôt, il lui avait murmurés, avant son départ pour Stanford… « Un jour, nous fonderons une famille. Nous irons vivre sur d'autres continents, nous voyagerons, je t'emmènerai au bout du monde. » Théa avait éclaté de rire, mais les rêves d'aventure de Gary l'avaient séduite. « À quoi ça ressemblera le bout du monde ? lui avait-elle demandé, amusée. — À la Terre de Feu ! » avait répondu Gary, transporté par son dessein. Théa n'avait pu effacer cette promesse de sa mémoire. À la naissance de Gabriel, elle avait ressurgi comme par magie. Devant le berceau de son fils endormi, les larmes avaient jailli. Théa n'avait jamais réussi à oublier Gary. Lentement, très lentement, le temps avait flouté leurs souvenirs, sans parvenir à les effacer. Leur rencontre inopinée à la soirée Wixar avait inconsciemment ravivé l'espoir d'une destinée commune. Comme un bourgeon, l'illusion avait refleuri. Hélas, dans un monde absurde, la providence était une fabulatrice redoutable.

Théa passa son visage sous l'eau et le repoudra. Le concierge frappa à sa porte : le kinésithérapeute était là. Le diagnostic fut établi en quelques minutes, l'adolescent souffrait d'une entorse.

Lorsqu'elle gagna la terrasse pour le déjeuner, Josh et Lucas discutaient des propriétés de l'île. Elle se dirigea vers la carafe d'eau citronnée posée sur la table et se servit un verre, en écoutant d'une oreille distraite leur conversation. Leurs obscénités immobilières l'exaspéraient. « Vous n'avez pas d'autres sujets de conversation ? les coupa-t-elle. Ça devient stérile ! » Son ton acrimonieux froissa Josh, qui fronça les sourcils et lui jeta un regard glacial, avant de continuer à feuilleter le portefeuille du site immobilier qu'il consultait. Théa, affligée, aurait voulu tout saccager, tous les buter, eux et leur cupidité. Son impétuosité, qui confinait parfois à l'immaturité, exaspérait Oliver, qui avait pourtant appris à la tempérer avec habileté. Josh n'avait ni la même patience ni la même finesse. « Quelle hypocrite ! » maugréa-t-il à mi-voix, en se rapprochant de Lucas.

Les jours qui suivirent, Josh et Théa ne s'adressèrent pas la parole. Théa passait ses matinées à la plage, protégée par ce sable qui dégoûtait les capricieux. Seule, face au banc de sargasses, elle s'abîmait dans les regrets. Comme une entomologiste, elle auscultait leur passion, relisait leurs conversations et visualisait leurs clichés. Sur l'un d'eux, elle riait aux éclats tandis qu'un paon faisait la roue derrière elle. Son œil orgueilleux les toisait de toute sa hauteur.

Un matin, après avoir longé le rivage et atteint la pointe de la baie, elle s'assit sur un rocher. Le soleil se levait à l'horizon, son disque se dissociait lentement de l'étendue salée. Son téléphone vibra et les dates des prochains voyages d'Oliver, prétendument consacrés à l'escalade, apparurent dans son smartphone. En voyant les notifications s'accumuler sur son écran et les dates s'imposer dans son calendrier, Théa ressentit une profonde aigreur.

Des années séparaient la mort d'un couple du temps de sa dislocation. Le bonheur voyageait à la vitesse de la lumière. On ne voyait briller que les vestiges socio-économiques de ce que l'on croyait avoir construit pour la vie. C'était peut-être pour cela que les couples mettaient tant d'ardeur à se charpenter un intérieur et à briller en société. Il fallait être sacrément confiant pour s'endetter sur trente ans quand l'amour ne durait que trois ans. Le moment venu, on blâmait les circonstances, le comportement de l'autre, on brandissait l'étendard de la duperie, parfois de la tromperie, mais finalement, on se faisait une raison et, une fois la page tournée, on recommençait. La vie était l'alésoir infernal d'illusions que l'on polissait comme la cavité d'un puits sans fond. Quoi de plus mensonger que l'amour conjugal ? Mais comment s'en passer ? Comment combler le manque sans altérité ? On usait de l'autre comme d'une prothèse, jusqu'au rejet. Alors on réalisait que la complétude n'était qu'un leurre sur le chemin accidenté de l'existence. Il n'y avait guère que la fiction pour faire croire à ce que la réalité dénonçait. Théa s'y accrochait de toutes ses forces.

28

À son retour de Saint-Barthélemy, Théa se rendit chez la belle-mère de Myriam. Installée dans les environs de Greenwich, elle possédait l'une des pépinières les mieux fournies de la région. Théa avait promis à Ivan de se procurer quelques plantes tropicales. Afin de créer une atmosphère amazonienne, la pépiniériste lui recommanda le monstera ainsi que quelques cactus zigzag. Leurs tiges crénelées et aplaties leur donnaient l'allure de plantes digitales. Elles plurent à Théa qui en sélectionna trois. « Si tu es chanceuse, lui dit-elle, tu auras de petits fruits, pareils à des kiwis. Leur pulpe est délicieuse. Et tu n'as pas à t'inquiéter pour la livraison, je m'en chargerai. » La belle-mère de Myriam était une femme généreuse qui consacrait son temps libre à la communauté de Greenwich. L'éducation était son domaine de prédilection. Très investie dans la scolarité de Myriam et de ses frères, elle avait œuvré bénévolement au sein de leur école pendant de nombreuses années, avant de rejoindre le comité scolaire des écoles publiques locales. Sa détermination et son intégrité en faisaient l'une des membres les plus influentes. Connue pour son franc-parler, elle se battait avec virulence contre les associations de parents d'élèves déterminées à épurer les programmes pédagogiques au nom d'une idéologie totalisante. Théa admirait son sens civique. Enfant, elle était fascinée par cette femme engagée qui n'hésitait pas à défendre la liberté et qui, toujours, encourageait l'émancipation.

Au moment où Théa quittait la pépinière pour rejoindre la gare de Greenwich, elle reçut un message de Gary. L'ingénieur ne lui avait pas écrit depuis Saint-Barthélemy. Il espérait qu'elle allait bien, que son retour s'était passé dans les meilleures conditions et que la chute de *Cent ans de solitude* lui avait plu. Elle ne répondit pas et supprima le message.

Le wagon dans lequel elle monta était vide. Elle s'installait lorsqu'une femme noire entra. Elle portait une tenue d'infirmière d'un vert végétal. Ses faux ongles fuchsia étaient assortis aux perles de ses tresses. L'infirmière s'assit, quelques rangées plus loin, dans le sens opposé au sien. Au moment où leurs regards se croisèrent, elle adressa à Théa un sourire empli de grâce.

Le chef de gare siffla le départ. Les portes se refermèrent. Le train fatigué qui reliait le Connecticut à Manhattan produisait un bruit de roulement sourd. Bercée par le cliquetis du rail, Théa s'assoupit. Le freinage de la rame qui entrait en gare de Harlem la réveilla. La nuit tombait sur le quai désert. L'infirmière dormait à poings fermés. Théa l'observait lorsqu'un vieux punk entra. L'homme écoutait la musique d'un walkman. Dans l'espace suranné du train surgirent les années quatre-vingt. De ses écouteurs archaïques s'échappait le *Prélude n° 4* de Chopin.

« Ouvre ! Tu ne vois pas que Frédéric attend derrière la porte, s'époumonait la mère de Théa, depuis les abysses de sa mémoire.

— Mais maman, il n'y a personne, répondait-elle.

— Mais si, ouvre, petite sotte ! vociférait-elle, assise face au piano d'où s'échappait le prélude. Dépêche-toi, il faut qu'il entende ça ! »

La mère de Théa continuait sa partition. Résignée, Théa se dirigeait vers la porte d'entrée, l'ouvrait et la claquait aussitôt. « Voilà, il est là, maman ! » la rassurait-elle, avant de l'abandonner à son amour fantasmé. La jeune fille se réfugiait aussitôt dans sa chambre à l'étage. Assourdie par la musique d'Oasis, elle construisait son *Wonderwall.*

Le punk semblait hésiter à s'installer. Ses yeux balayaient les sièges. Le récital de Chopin investissait le train. Théa craignait que le virtuose ne s'impose. Elle fut sauvée par le contrôleur. Au moment où ce dernier entra, l'homme au walkman lui jeta un regard méfiant et changea de wagon. Malgré son départ, Chopin persista. Le silence qui suivit était bien de lui.

Lorsque le train arriva à la gare de Grand Central, Théa céda le passage à l'infirmière qui transportait un sac volumineux. Un homme l'attendait sur le quai. Une joie indescriptible se dessina sur son visage au moment où il l'aperçut. Ayant déposé son bagage, elle se jeta dans ses bras. Le sourire dont elle avait gratifié Théa portait l'empreinte de cet amour qu'elle s'apprêtait à retrouver. Autour du couple se pressaient des centaines de passagers de provenances inconnues. La gare de New York ressemblait à un ciel étoilé, zébré des trajectoires luminescentes de petits voyageurs, porteurs de grandes histoires.

Théa fendit la foule pour atteindre l'escalator. Une fois au sommet, elle se retourna. Le quai était vide. Il ne restait plus que le punk, assis à même le sol. Il déballait une galette de crack. Elle le regarda avec compassion. L'homme était en route vers le fief maternel. Sous l'effet d'un système capitaliste autonettoyant, les stupéfiants faisaient un mort toutes les cinq minutes.

Lorsqu'elle arriva chez elle, Oliver terminait une visioconférence. En passant devant son bureau, elle reconnut la voix caverneuse du gouverneur de Floride. Elle se posta derrière la porte afin de suivre leur conversation. L'élu républicain évoquait les heurts violents qui avaient éclaté, quelques jours plus tôt, à UPenn, l'université où Oliver et Théa s'étaient rencontrés. Une professeure de littérature médiévale, atteinte de troubles de stress post-traumatique, avait demandé à ses élèves de cesser de chahuter. L'étudiant le plus agité s'était rebellé contre cette injonction qu'il avait qualifiée d'oppressante au motif qu'elle plaçait le traumatisme de la professeure au-dessus de ceux des étudiants. Il était sorti en trombe de la salle. Sur ses réseaux sociaux, il avait immédiatement demandé la suspension du cours de littérature et appelé les étudiants à protester contre des pratiques d'enseignement toxiques. Plusieurs dizaines d'étudiants s'étaient rapidement massés devant le bâtiment de l'administration. Des membres de Respek étaient venus leur prêter main-forte. À l'arrivée d'un groupe d'extrême droite, la situation avait dégénéré. Plusieurs étudiants avaient été blessés par des jets de pierres. L'un d'eux avait été transporté d'urgence à l'hôpital. La police était intervenue et avait dispersé, non sans difficulté, les opposants révoltés. Au petit matin, le doyen de la faculté avait annoncé la suspension de l'ensemble des cours dispensés par la professeure incriminée.

« Si j'étais cette femme, je monétiserais mes troubles de stress post-traumatique, ironisa Oliver. Les séances de psychanalyse rapportent bien davantage que la littérature médiévale. »

Le rire sonore du gouverneur fit sursauter Théa.

« Heureusement que l'on peut encore compter sur les agrégés du ressentiment, déclara le républicain. La colère, c'est notre fonds de commerce. Il faut la faire fructifier comme une banque. Misons tout sur le wokisme. Relayez autant que vous pouvez les manœuvres de Respek, intima-t-il à Oliver.

— Et sur la Chine ? demanda Oliver.

— La situation en Amérique du Sud semble s'être stabilisée, mais j'ai vu votre mail. Effectivement, ça peut s'embraser à tout moment. Par précaution, je me positionnerai sur le sujet prochainement. »

Si le calme était revenu dans l'océan Austral, tout laissait présager que cela ne durerait pas. Myriam suivait de près la situation dont elle informait Oliver au quotidien. Veracity News était désormais l'un de ses meilleurs clients.

29

Depuis son séjour au ski, Ivan était en convalescence. Un virage mal engagé, une piste verglacée et son genou s'était bloqué. Les ligaments avaient été distendus, mais ils avaient résisté. L'animateur s'en sortait avec une entorse bénigne du ligament collatéral médial. « Aucune atteinte du pivot central, lui avait dit le médecin. Ç'aurait pu être pire ! »

Théa venait régulièrement lui rendre visite avant d'aller travailler. En marchant d'un bon pas, elle mettait une vingtaine de minutes à rejoindre son domicile. Ivan habitait un deux-pièces sur la 85e Rue, à l'ouest de Central Park. L'immeuble était vétuste, mais le loyer imbattable. En dehors de quelques fuites en période d'intempéries, son appartement était agréable et fonctionnel. Il disposait d'un balcon où, l'été venu, les enfants faisaient pousser des herbes aromatiques et quelques pieds de tomates.

Lorsque, un matin, Théa sortit de son immeuble pour se rendre chez lui, le froid infiltra aussitôt ses manches. Elle les étira puis les replia dans ses paumes gelées. Le ciel était clair, l'air humide. Chaque respiration produisait des halos de buée. Elle se dirigea vers le parc d'un pas hâtif. À l'entrée, un attroupement créait une agitation inhabituelle. Des maîtres s'ébaudissaient, sans aucune pudeur, des cabrioles de leurs chiens. Depuis la pandémie de Covid, l'engouement des New-Yorkais pour le cabot ne s'était pas tari. Ils assuraient l'éclatante prospérité des cliniques vétérinaires et de leurs partenaires.

Les gens se sentent trop seuls, pensa Théa, en se remémorant Romain Gary, *Les Racines du ciel*, et puis Morel. L'écrivain avait raison, tous avaient besoin de compagnie, de quelque chose de plus grand que ces chiens qui devenaient des béquilles chancelantes, celles dont on usait après avoir ciré en vain le divan d'un psychanalyste. Les hommes avaient décidément besoin des éléphants. À cette pensée, l'imagination de Théa vrilla. Central Park se peupla de pachydermes. Elle se les figura semblables à Babar. Elle les voyait se dandiner dans d'élégants costumes. Ces bêtes-là ne barrissaient pas. On leur tendait la main pour les saluer comme on se penchait vers les chiens pour leur faire lever la patte. Tout n'était finalement qu'une question d'articulation. « Graisser la patte, faire patte de velours, montrer patte blanche », murmurait Théa, l'oreille émoustillée. Tout d'un coup, elle s'arrêta. Montrer patte blanche… « Ah ! Celle-là, ils ne l'ont pas encore eue ! » s'exclama-t-elle avec joie. Au sol, un geai moqueur agitait nerveusement ses ailes. Elle l'écouta siffloter quelques instants, puis elle reprit sa marche.

Théa sonna plusieurs fois chez Ivan. L'animateur mit de longues minutes à atteindre l'interphone. « Tu m'excuseras, je suis un peu lent en fauteuil roulant, lui dit-il en ouvrant la porte. J'essayais de faire chauffer de l'eau. J'aurais mieux fait de t'attendre. J'ai inondé la plaque de cuisson. »

Compte tenu des antécédents d'Ivan, le médecin avait préconisé la mise au repos total de l'articulation durant sept jours. Cette période terminée, Ivan devait porter une attelle pendant deux à trois semaines. L'animateur, qui n'avait pas suivi les conseils de son médecin, souffrait. Il avait toutefois bonne mine et se réjouissait du gain de temps que le travail à distance lui offrait. Depuis que Lindsey et lui s'étaient séparés, il était devenu membre du Club des testeurs d'Amazon. Le géant du commerce en ligne lui adressait des produits à tester contre la soumission d'un avis. Imprimantes laser multifonction, mandolines en acier inoxydable ou électrostimulateurs musculaires jonchaient son appartement. Ivan était fier de figurer en tête du palmarès des meilleurs commentateurs du site. « Amazon vient de m'envoyer un bain à remous pour les pieds, dit-il à Théa en lui montrant la boîte. Avec ma jambe folle, je suis incapable de l'essayer. Heureusement que j'ai ma petite Grecque pour s'occuper de moi ! »

Depuis quelque temps, Ivan fréquentait une cheffe athénienne, Melina. Elle cuisinait à domicile pour des familles aisées, des mariages ou des événements d'entreprise, et vivait aux États-Unis depuis cinq ans. Célibataire et sans enfants, elle avait un an de plus qu'Ivan. Depuis le début de sa convalescence, elle lui livrait de bons petits plats. L'accidenté se laissait choyer et n'hésitait pas à jouer de ses blessures pour s'attirer ses grâces.

« On dirait que ça devient sérieux », le taquina Théa.

Ivan botta en touche. Melina n'était qu'une histoire passagère.

« J'ai toujours ma petite Hélène. Elle ne cuisine pas, mais

elle me divertit beaucoup. On prend le goûter ensemble. Elle souffre avec moi. Je sens son visage se crisper de douleur lorsque je geins. J'aime voir la compassion se dessiner sur cette figure innocente.

— Cette convalescence n'a pas altéré ton goût pour la comédie, constata Théa.

— Absolument pas ! Et je rendrai Melina à Tinder au moment où je retournerai le fauteuil roulant au magasin. Il faudra que je libère du temps pour la kinésithérapie. »

Théa, qui allait être en retard au travail, embrassa Ivan et lui promit de repasser au plus vite. « Je t'enverrai une photo des plantes, lui dit-elle. Tu verras, le monstera s'est bien acclimaté. »

Au moment où elle sortait de l'immeuble, son téléphone vibra. Un nouveau message de Gary. Cette fois encore, elle ne répondit pas.

30

Face au silence de Théa, Gary avait cessé de lui écrire. L'ingénieur cherchait un moyen de renouer avec elle. Shakespeare aurait dit de l'annonce de sa paternité qu'elle avait été un *sea-change*. Il fallait calmer la tempête qui mugissait dans le cœur de Théa. L'ingénieur se triturait l'esprit, cherchant à résoudre l'équation de sa vie. Créer le métavers dont elle rêvait restait, à ses yeux, la meilleure façon de réparer leur relation.

Gary s'était mis au travail. De nombreux bugs avaient émergé lorsqu'il avait déployé le code du Dream'InVerse. En l'espace de quinze jours, il était venu à bout de la majorité d'entre eux. Néanmoins des problèmes persistaient. Pétri de doutes, il redoublait d'efforts, à la fois stimulé par le pari à relever et angoissé à l'idée d'échouer. Il programmait jusqu'aux heures les plus avancées de la nuit. Lorsque la nervosité se joignait à la fatigue, il arrachait convulsivement les poils de ses cuisses.

Tatiana s'étonnait de son comportement. Gary avait prétexté aider un ami entrepreneur à parfaire la programmation d'une application de codage pour enfants. Un dimanche matin, esseulée, elle avait tenté de l'amadouer. Vêtue d'une simple culotte en coton blanc, elle s'était présentée, seins nus, devant son homme. La Colombienne était fière de ses nouvelles formes. Sa poitrine s'était gorgée d'une rondeur qui la flattait. Son ventre s'arrondissait. En la voyant entrer, Gary avait maugréé. Rien ne le déconcentrait davantage que le bavardage. Consciente de son désir de ne pas être importuné, elle avait marché silencieusement vers lui, puis elle s'était agenouillée. Elle avait alors glissé sa main dans l'entrebâillement de son caleçon. Quelques minutes plus tard, elle était sortie aussi furtivement qu'elle était entrée. Détendu, l'ingénieur avait regardé sa compagne s'éloigner, reconnaissant que le quotidien à ses côtés était agréable.

La fatigue commençait à user Gary. Ses journées chez RAM terminées, il regagnait son domicile à la hâte afin de finaliser sa programmation. Depuis quatre jours, il butait sur un calcul matriciel. L'ingénieur ne parvenait pas à optimiser l'un des algorithmes dont la lenteur rendait le monde virtuel inutilisable. D'ordinaire, lorsqu'il rencontrait ce genre de difficultés, il se rendait sur des forums de codeurs ou sollicitait les ingénieurs de son équipe. Cette fois, il savait qu'il ne pouvait compter que sur lui. Toute aide extérieure risquerait de le compromettre. Il ne fallait laisser aucune trace du code du Dream'InVerse.

Tatiana, qui percevait son intranquillité, redoublait d'attentions et cuisinait de bons petits plats qu'il mangeait seul devant son écran.

« Tu ne veux pas dîner avec moi ? le pria-t-elle, un soir. S'il te plaît… Je t'ai préparé tes plats préférés. »

Gary hésita, mais Tatiana, qui se tenait sur le seuil de la porte, insista. L'ingénieur céda, l'éconduire lui semblait bien plus coûteux que d'obtempérer. La vie n'était, aux yeux de Gary, qu'une question d'optimisation. Il la suivit dans la cuisine et se mit à table. Tatiana déposa devant lui un lit d'asperges blanches et un carpaccio de noix de Saint-Jacques sur lequel elle râpa de fines lamelles de truffe. Du bout des doigts, il les grappilla. « Ne sois pas grossier ! lui dit-elle. Je vais te servir. » Sous son regard attendri, elle s'empara du plat.

Assis face à face, les futurs parents mâchaient silencieusement leurs asperges. Tatiana observait Gary, perdu dans ses rêveries. L'ingénieur réfléchissait au problème matriciel qui le préoccupait. Sans vraiment s'en rendre compte, il s'en ouvrit à elle. Elle l'écouta attentivement, fixant ses lèvres avec concentration.

« Ah oui, effectivement ! » s'exclama-t-elle, lorsqu'il eut terminé. Son indifférence était flagrante, mais elle ne chercha pas à la dissimuler. Elle ajouta d'emblée, l'air enjoué : « Ça n'a rien de matriciel, mais j'ai établi une liste de prénoms au cas où ce serait une fille ! »

Flairant le guet-apens, il grommela. Il savait qu'elle commencerait par les prénoms féminins, puis qu'elle passerait aux masculins et que, sans transition, elle lui parlerait de la prochaine échographie. Il chercha à abréger leur discussion. Ils avaient encore le temps pour trouver un prénom, pourquoi se précipiter ? Mais elle ne céda pas. Layla, Maya, Erika et Natalia lui plaisaient beaucoup. Et pourquoi pas Catalina ? Sous la pression, il se décida pour Natalia. C'était le prénom de Mme Shorn, une professeure de mathématiques appliquées qui l'avait formé, une femme qu'il avait admirée.

« Mais oui ! s'écria-t-il soudain, en repensant à Shorn. Bien sûr ! C'est un calcul matriciel miroir qu'il faut que j'utilise ! » Gary se leva d'un bond en serrant victorieusement les poings et retourna s'enfermer dans son bureau.

31

Théa était loin de se douter de ce que Gary préparait. Accaparée par son travail et ses obligations familiales, elle tentait en vain de l'oublier, mais la cristallisation avait fait son œuvre. Gary nourrissait les fantasmes de Théa, qui toujours entretenait cette connivence entre le réel et l'imaginaire. Lorsqu'elle lisait un roman, elle notait dans son carnet les passages dont elle aurait aimé lui parler. Parfois, elle sauvegardait des articles de presse qu'elle aurait voulu lui envoyer, comme cet éditorial consacré aux mondes virtuels qu'elle parcourait devant la porte d'embarquement où Oliver, Gabriel et elle patientaient.

La mère d'Oliver fêtait ses quatre-vingts ans. Toute la famille avait été conviée en Floride afin de célébrer l'événement. Les vieux Suédois avaient emménagé au sein de la plus grande communauté américaine de seniors, The Villages. Située à une heure au nord d'Orlando, l'enclave de cent vingt mille habitants promettait le paradis aux plus de cinquante-cinq ans. Sécurisé et digne d'un complexe touristique quatre étoiles, le site n'offrait pas moins de trente-six terrains de golf, auxquels s'ajoutaient quatre cents clubs de loisirs. Une radio et un journal diffusaient les informations locales. Les visites des familles étaient encouragées, mais strictement encadrées. Une autorisation de séjour était requise.

La mère d'Oliver était une femme odieuse qui prenait plaisir à houspiller sa belle-fille dès que l'occasion se présentait. L'éducation de son petit-fils était son sujet de prédilection. Elle reprochait à Théa d'en faire un intellectuel de gauche sans allant ni convictions. Ses relations avec Oliver étaient souvent conflictuelles. Oliver ne s'entendait guère mieux avec ses deux sœurs, qui vivaient, elles aussi, en Floride. La plus âgée était dentiste à Sarasota et habitait dans la maison où ils avaient grandi, la cadette enseignait à Fort Lauderdale dans une classe de primaire.

« Attention ! s'exclama Théa alors qu'Oliver pénétrait dans l'enceinte du site résidentiel. Tu as failli heurter une golfette ! » Oliver était désorienté par le flux de voiturettes de golf, le moyen de locomotion le plus prisé des résidents. Une voie avait été aménagée pour les cinquante mille bolides en plastique que comptait The Villages. Oliver, qui n'avait jamais été un as de la conduite en dehors du Mille Bornes, avait du mal à conjuguer le respect de la signalisation et les écarts erratiques de certaines voiturettes.

À leur arrivée, la mère d'Oliver balayait l'entrée asphaltée de son garage. Ses tennis blanches à semelles compensées, son débardeur échancré et son legging fleuri lui donnaient l'air d'une vendeuse d'une enseigne bon marché. Son visage était bouffi et ses traits tirés. Donald Trump venait d'être hospitalisé. L'octogénaire avait passé la nuit à prier. Une veillée avait été organisée dans son quartier. « Je suis épuisée. Du coup, j'ai fait simple pour le déjeuner », dit-elle à son fils, en ignorant sa belle-fille.

La famille s'installa dans le patio où la mère d'Oliver leur montra avec fierté ses nouveaux sièges en rotin blanc. Une carafe de limonade à la framboise était posée sur la table. À côté, on trouvait des bols remplis de chips, de pistaches et de Hershey's Kisses. On n'attendait plus que les sœurs d'Oliver pour commencer le barbecue. L'entrepreneur était tendu. Le risque d'une altercation entre sa mère et sa femme créait une intranquillité qu'il apaisait en se goinfrant de sucreries.

Pendant que sa mère accaparait Gabriel, Oliver avalait les Kisses en regardant les photographies accrochées au mur. Sur l'une d'elles, sa mère posait aux côtés de sa voisine et de l'ex-Première dame. La vieille antipathique portait un haut-de-forme aux couleurs du drapeau américain, un legging rouge scintillant et une cape à l'effigie de Donald Trump. Son amie, d'un gabarit similaire, arborait le même style vestimentaire. Bras dessus, bras dessous, les deux supportrices républicaines ressemblaient à Tweedle Dum et Tweedle Dee. La scène était d'autant plus cocasse que l'épouse de l'ex-président était une femme brune élancée. Alice n'avait pas fait que des merveilles, mais le ridicule ne tuait pas dans l'enceinte de The Villages. Sur la photographie d'à côté, sa mère brandissait un trophée de curling. « 2011, mon fils ! 2011 ! On a été bons ! s'écria-t-elle en s'approchant de lui. Ton père et moi, on s'est entraînés comme des soldats. On a même loupé le concert de Dolly Parton. La voisine ne l'a pas digéré. Elle avait campé toute la nuit dans la file pour que l'on soit au premier rang. »

Oliver, qui voulait échapper aux récits nostalgiques de sa mère, hocha la tête en signe d'assentiment et se leva pour aller chercher son smartphone. Gabriel était absorbé par une partie de *Minecraft* tandis que son grand-père s'était endormi dans un fauteuil, la tête en arrière et la bouche ouverte. Théa contemplait, désabusée, le carré de jardin à la pelouse synthétique. Dans le patio, une fausse glycine courait le long d'une tonnelle en plastique blanc, puis tombait en grappes sur la table recouverte d'une toile cirée. Elle représentait la Maison-Blanche et faisait la fierté du couple depuis que Donald Trump y avait apposé sa signature. Tout le quartier avait été invité à prendre le thé. Comme la toile se détériorait, la mère d'Oliver ne la sortait plus que pour les grandes occasions.

Le retard des sœurs d'Oliver se prolongeait déplaisamment. Théa saisit le journal local qui traînait sur la table. *The Villages Daily Sun* titrait sur les lamantins de Floride. Animal emblématique de l'État, le lamantin ornait les porte-clés, les plaques d'immatriculation et les tee-shirts locaux, comme celui que portait le père d'Oliver. Menacé de disparition, le mammifère marin n'avait pas plus d'avenir que le vieil apathique. Le journal annonçait également le licenciement d'une enseignante en art. L'éducatrice, responsable d'une classe de sixième, exerçait au sein d'une école privée sous contrat de Sarasota. L'école venait de la congédier. En cause ? Les plaintes de plusieurs parents, offusqués que l'enseignante ait montré à leurs enfants des peintures de la Renaissance sans leur consentement. *La Création d'Adam* de Michel-Ange et *La Naissance de Vénus* de Botticelli avaient été qualifiées par certains de « contenus pornographiques ».

La censure sévissait aussi en Floride où des groupes de chrétiens évangéliques œuvraient au nettoyage périodique des programmes pédagogiques.

« Tu as vu l'information sur le licenciement de cette enseignante d'art à Sarasota ? » demanda Théa à Oliver, en brandissant le journal. Oliver n'eut pas le temps de répondre. Sa mère, qui rentrait du jardin, intervint. « C'est une cliente de ta sœur ! » s'écria-t-elle, en ne considérant du regard qu'Oliver. Théa n'était qu'une voix off dans la matrice de la vieille acariâtre. « Pas la prof, bien sûr, précisa la vieille en ressortant, mais celle qui l'a fait licencier. » Irritée par ses propos, Théa se raidit.

« C'est scandaleux, dit-elle à Oliver à mi-voix. Et je te signale que le gouverneur de Floride soutient la décision du directeur de cette école ! »

Oliver haussa nonchalamment les épaules.

« Que veux-tu que je fasse ? lui rétorqua-t-il. Ça ne nous concerne pas. Nous n'habitons pas en Floride, me semble-t-il.

— Peu importe, c'est par principe inacceptable. C'est de la censure… de la censure du calibre de Respek… Tu ne peux pas soutenir une chose pareille, Oliver ! » s'insurgea-t-elle, au moment où sa belle-mère réapparaissait.

« Elle est géniale cette femme ! s'exclama la vieille, en parlant de la plaignante. C'est grâce à des gens comme elle que les enfants de Floride échappent au wokisme. Ah ! Mon pauvre Gabriel n'a pas cette chance… » Théa fulminait. Son visage rougit de colère. « Je t'en supplie, ne dis rien », chuchota Oliver à sa femme, alors que sa mère quittait de nouveau la pièce. Théa soupira bruyamment et sortit calmer ses nerfs dans le jardin. En foulant le gazon artificiel, elle repensait à Gary et à ce monde qu'elle aurait voulu créer avec lui.

Le barbecue familial fut un non-événement. Seule la réaction allergique d'Oliver leur offrit du divertissement. Ce dernier avait consommé tant de pistaches que sa langue avait enflé démesurément. « Fais un procès au distributeur ! lui suggéra l'aînée de ses sœurs. — Contrairement à toi, il n'a pas besoin d'arrondir ses fins de mois », ironisa sa cadette. Oliver ne réagit pas au mépris de sa fratrie, préférant éviter le conflit.

En fin d'après-midi, la famille quitta The Villages, soulagée.

Dans la voiture qui roulait en direction d'Orlando, le silence régnait. Seul résonnait l'accent country de Dolly Parton.

32

Le portier était avachi sur sa chaise, les yeux rivés sur son smartphone dissimulé derrière le comptoir de la réception, au moment où Théa, Oliver et Gabriel entrèrent dans le hall de leur immeuble. L'homme grignotait des bâtonnets de mozzarella en buvant une canette d'eau gazeuse à la mangue. Fâché de devoir abandonner la série qu'il suivait silencieusement grâce aux sous-titres, il se leva avec indolence, saisit un paquet sur le comptoir et le tendit à Théa. « Pour vous, Miss Wright », lui dit-il, en soupirant. « Elle est bien grande, cette boîte, s'exclama Gabriel. Qu'est-ce que c'est ? » Théa inspecta la boîte, sur laquelle ne figurait aucune information de l'expéditeur. « Nous verrons plus tard », lui dit-elle, en montant dans l'ascenseur.

Oliver et Gabriel s'endormirent tôt, ce soir-là. Théa, qui ne trouvait pas le sommeil, s'installa dans le salon pour lire *Fictions* de Borges. Elle entamait la lecture de « La loterie à Babylone » lorsque son regard avisa le paquet que lui avait remis le portier et qu'elle n'avait pas pris le temps de déballer. Elle se leva, s'empara de son trousseau de clés posé sur la table et, d'un coup sec, fendit le scotch qui scellait le carton.

À l'intérieur se trouvaient des lunettes et des gants de réalité virtuelle. Une carte était glissée entre les gants. Elle l'ouvrit et reconnut l'écriture de Gary. *Rappelle-moi…* Le message, laconique, était inscrit au dos d'un carton sur lequel étaient imprimées deux images d'avatars. Théa sourit en reconnaissant sa silhouette et celle de Gary. Que signifiait ce message ? Et cet équipement ?

Il était trop tard pour la moindre investigation, la fatigue commençait à étourdir Théa. Elle rangea l'équipement et referma la boîte, puis elle glissa la carte dans sa poche. Elle éteignit les lumières du salon, saisit un coussin sur le canapé ainsi que le plaid plié à ses pieds, puis elle s'allongea sur le tapis face à la baie vitrée. Théa aimait observer l'urbanité nocturne. Elle s'installait souvent là, à même le sol, calfeutrée sous une couverture. En scrutant les immeubles alentour qui clignotaient au gré des circonvolutions de leurs occupants, elle se demandait ce qui se tramait dans ces habitations où l'on veillait. Tous ces appartements empilés manquaient paradoxalement de verticalité. On vivait à l'horizontale, sans cave ni grenier. Pouvait-on encore rêver dans ces cubes aseptisés ? Gratter le ciel du haut de ces tours de Babel semblait superficiel depuis que les plus fortunés s'envoyaient en l'air dans la thermosphère. Les milliardaires ne se contentaient plus de l'ici-bas. Pour dominer, il fallait aller au-delà, toucher au paradis, tutoyer artificiellement l'infini. Mais dans un monde pollué, avait-on d'autre choix que de s'encapsuler ? La navette spatiale devenait le nouvel espace vital. Toutes ces divagations atmosphériques confondirent Théa. Tant d'existences, tant de contingences… Et si tout n'était que virtualité ? Si ce monde était une simulation, qu'en serait-il alors de la nécessité ? Nombreux étaient les scientifiques à soutenir la thèse d'un monde algorithmique. L'univers, une tromperie mathématique ? La géométrie de la vérité ployait sous le poids de l'ignorance. Gary avait raison, l'essentiel restait l'aléa. N'était-ce pas pour cela que la vie avait une raison d'être ?

En fixant le nimbe qu'émettait la pointe de l'Empire State Building, sa vision se brouilla. Chaque gratte-ciel se dissipait en une colonne phosphorescente. Le corps de Théa devint léger, aussi informe que du crépon. Elle n'était plus qu'une poupée de chiffon. La marionnettiste flottait entre le réel et l'onirique. Quelque chose l'emportait. La perte d'appui qu'elle ressentit la réveilla brusquement. Oliver la soulevait à bout de bras. Elle eut un mouvement de panique, cherchant la carte de Gary avec nervosité.

« Théa, tu t'es endormie sur le tapis, balbutia-t-il, ensommeillé. Viens te coucher ! »

Il lui tendit une main qu'elle refusa. Il n'insista pas et s'en alla. Dès qu'il se fut éloigné, elle chercha le papier à tâtons dans l'obscurité. Lorsqu'elle l'eut trouvé, elle le serra contre sa poitrine. Elle frémit à l'idée de ce qui pourrait ne plus survenir entre eux. Se réconcilier, c'était remettre en jeu l'acte amoureux. Elle se leva, traversa l'appartement à la lumière de son smartphone et s'assit devant le comptoir de la cuisine. Là, elle dévora un sachet de bonbons gélatineux. Il l'écœura. Gargamel se fourvoyait, rien n'était plus indigeste qu'un Schtroumpf !

33

Théa observait l'équipement de réalité virtuelle, étalé sur le canapé devant elle. Oliver et Gabriel partis, elle composa avec fébrilité le numéro de Gary. L'ingénieur, qui travaillait seul dans son bureau, décrocha aussitôt.

« Théa ! Je suis heureux de t'entendre ! » lui dit-il, sous le coup de l'émotion. Ils babillèrent, un peu gênés, puis elle lui narra son séjour en Floride, misant sur le grotesque de The Villages pour détendre l'atmosphère. Enfin, elle le remercia pour son colis.

« Pourquoi cet équipement ? lui demanda-t-elle. Tu veux qu'on joue à *Minecraft* ? »

Gary s'esclaffa, heureux de renouer avec l'ironie de Théa.

« J'ai créé une ébauche du monde virtuel que nous avions imaginé, lui annonça-t-il. J'ai pensé que ça pourrait te plaire… enfin, bien sûr, si le projet te paraît encore pertinent… Ç'a été techniquement un tour de force, mais ça m'a fait plaisir de le faire pour toi… pour nous… J'espère que ce monde-là te plaira. »

Théa resta bouche bée, troublée par l'effort que Gary avait déployé pour elle.

« Je ne sais pas quoi dire, ânonna-t-elle.

— Alors, ne dis rien et connecte-toi, lui dit-il. J'ai un peu de temps devant moi. J'espère que toi aussi ? Je vais te montrer ce que j'ai programmé. Chausse les lunettes et les gants, puis télécharge l'application sur le lien que je vais t'envoyer. Le mot de passe, c'est "Fictions" au pluriel et avec un grand F comme le livre de Borges. »

À l'évocation de l'écrivain argentin, Théa esquissa un sourire attendri. Elle suivit les instructions de Gary et se retrouva, en un instant, dans une rue virtuelle de Notting Hill. L'avatar de Gary était là. « Bienvenue ! » lui dit-il, transporté de joie. Ébahie par l'espace qu'elle découvrait, elle scrutait minutieusement les façades colorées des maisons qui l'entouraient. Sur la bleue, face à elle, était apposée une plaque. « La maison d'Orwell ! » dit-elle, émue, en la déchiffrant. L'avatar de Gary s'égaya. À l'exception de quelques réverbères, il ne restait aucune trace du Dream'InVerse. « Viens, suis-moi ! » lui dit-il. Ils descendirent la rue et tournèrent à l'angle, puis ils traversèrent une petite place arborée. De l'autre côté, la couleur cédait la place à une blancheur immaculée. « Nous voilà à Holland Park ! » s'exclama-t-il. L'ingénieur avait reconstitué l'essentiel : quelques maisons victoriennes, une parcelle du parc, mais surtout le banc sur lequel ils s'étaient prélassés. Théa le reconnut à l'entaille légèrement creusée dans le bois du dossier. Un flot de souvenirs la submergea : la caresse de sa main dans ses cheveux, la chaleur de sa respiration sur ses cuisses, le regard arrogant du paon…

« Ce n'est pas parfait, reconnut Gary, il y a encore du travail, notamment sur les graphismes, ce n'est pas mon fort. J'ai réduit volontairement la taille de l'espace original, car chaque modification du décor prend énormément de temps. Pour lancer le projet, nous n'avons besoin que d'une salle de projection et de quelques salons où les avatars des utilisateurs et des acteurs pourront se rencontrer. »

Professionnelle de l'animation, Théa mesurait le travail qui avait été nécessaire pour parfaire ce monde virtuel. Cette ébauche était remarquable. Elle éprouva une profonde reconnaissance pour Gary et le félicita chaudement.

« Tu as une idée du nom que l'on pourrait donner à cet espace virtuel ? lui demanda-t-elle, sur un ton enjoué. Parce que… je viens d'en avoir une !

— Je t'écoute ! » lui dit Gary.

Son enthousiasme le comblait de joie.

« Les spectateurs qui dévorent les séries comme *White Lotus*, ma préférée, sont comme des Lotophages qui oublient le réel pour se plonger dans la fiction. Ils agissent, en quelque sorte, comme les mangeurs de lotus de Homère. Que dirais-tu, par conséquent, de Lotus Eaters ? Le monde des mangeurs de lotus ! »

Conquis par l'explication de Théa et par ce nom qui sonnait comme une invitation, Gary approuva sa proposition. Il n'avait, néanmoins, plus beaucoup de temps. Il devait assister à un atelier sur l'environnement qu'une jeune stagiaire avait préparé bénévolement pour l'équipe du département d'intelligence artificielle. Théa aussi était en retard. Ils se promirent de se reconnecter au plus vite.

34

Le lendemain, Théa eut du mal à suivre ses réunions. Ses pensées s'échappaient sans cesse vers le métavers. Sa journée terminée, elle aurait voulu se précipiter chez elle et retrouver leur monde virtuel, mais elle s'était engagée à assister à un vernissage à la fondation Judd. Outre son site de Marfa, l'institution dédiée à l'œuvre de Donald Judd disposait d'un centre culturel au cœur de Soho, dans l'ancien atelier new-yorkais de l'artiste minimaliste. Théa avait promis au nez de Saint-Barthélemy d'assister au vernissage de son nouveau parfum. De nombreuses célébrités étaient attendues à l'événement où se pressait toute l'élite new-yorkaise. Par mesure de sécurité, les rues autour de la fondation avaient été fermées à la circulation. Une foule compacte s'était massée derrière les barrières antiémeutes placées devant l'entrée du bâtiment. Elle acclamait l'arrivée des happy few, venus découvrir en avant-première *L'Essence de Judd*. La fondation, qui célébrait son trentième anniversaire, était fière de s'offrir les services de l'un des nez contemporains les plus réputés. Lorsque Théa approcha, les badauds agglutinés levaient les bras au ciel afin de filmer l'arrivée des invités.

Une hôtesse l'accueillit, puis lui suggéra de commencer sa visite par l'étage le plus élevé. « Le parcours olfactif débute dans la chambre de Donald Judd, récita-t-elle en lui tendant un petit sac. Voici un échantillon du parfum. Cette essence contient les notes de base. Judd concevait chaque pièce comme une installation. Dans chacune d'elles, le parfumeur-créateur a ajouté une note spécifique. C'est à vous de la découvrir. Des sprays sont à votre disposition à chaque étage. Vous pouvez utiliser les languettes en papier fournies dans la pochette que je vous ai remise. Un jeu-concours est proposé. Si vous souhaitez y participer, téléchargez l'application. Il y a un voyage à Marfa à gagner pour deux personnes. Bonne chance ! »

Théa téléchargea l'application, puis se dirigea vers le quatrième étage. Dans l'escalier, elle croisa Josh et Lucas qui descendaient. « On se retrouve en bas », lui glissa son frère.

L'immersion était devenue la condition de toute exposition réussie. Les visiteurs en étaient friands, comme le révélait l'affluence dans la chambre de l'artiste. Ce brassage créait un pot-pourri de senteurs parmi lesquelles les notes musquées dominaient. Théa ne parvenait pas à démêler le parfum de l'installation des exhalaisons bigarrées des invités. Elle traversa la pièce afin de s'en abstraire. En arrivant près du lit, elle flaira les notes boisées du patchouli. L'orbe capiteux émanait du sillage de deux femmes âgées.

« Tu sens quelque chose, toi ? dit l'une d'elles.

— Non, rien. Tu sais bien que je n'ai plus d'odorat ! » lui répondit son amie.

En entendant ces paroles, Théa pouffa. Visiter une exposition olfactive lorsque l'on était anosmique était absurde, l'expression d'une volonté de vivre qui aurait déridé Schopenhauer.

« Mon âme voyage sur le parfum comme l'âme des autres hommes sur la musique ! » murmura soudain une voix masculine, derrière son épaule. Théa se retourna. L'écrivain rencontré à Saint-Barthélemy la regardait avec une douce désinvolture. « *Laisse-moi respirer longtemps, longtemps, l'odeur de tes cheveux, y plonger tout mon visage, comme un homme altéré dans l'eau d'une source, et les agiter avec ma main comme un mouchoir odorant, pour secouer des souvenirs dans l'air. Si tu pouvais savoir tout ce que je vois ! tout ce que je sens ! tout ce que j'entends dans tes cheveux ! Mon âme voyage sur le parfum comme l'âme des autres hommes sur la musique.* »

L'auteur ne désarma pas son regard. Le teint de Théa rosit.

« "Un hémisphère dans une chevelure" ! On pourrait le trouver dans la vôtre, lui dit-il en attrapant ses mèches du bout des doigts. Ce blond vénitien aurait inspiré Baudelaire. Comment allez-vous, ma chère ?

— J'essaie de déceler la senteur créée par votre frère dans cette pièce. Peut-être que vous pourriez m'aider ? Si votre odorat est aussi raffiné que le sien, cela ne devrait être l'affaire que de quelques inspirations. Allez-y, je vous écoute !

— Hélas non ! lui objecta-t-il. Je suis au regret de vous informer que mon frère possède un génie dont je n'ai pas été gratifié. Je ne suis qu'un pauvre déclamateur. Comme dirait Bachelard, je suis un érudit qui accumule les provisions. J'ai toutefois en ma possession un petit carton qui pourrait vous servir. Je vous le montre si vous me promettez de m'emmener à Marfa. »

Théa répondit d'un rictus moqueur. Il lui tendit le carton, sur lequel étaient indiqués les parfums distillés à chaque étage. Elle entra les réponses dans l'application, puis, chaperonnée par l'écrivain, traversa expéditivement les autres pièces. Au rez-de-chaussée, Josh et Lucas observaient le nez décomposer son essence devant l'orgue à parfums. Théa s'avança vers eux, félicita le parfumeur, puis s'en alla.

« Théa ! s'écria l'écrivain alors qu'elle atteignait l'entrée. N'oubliez pas ! Marfa est à nous ! »

35

Théa était partie lorsque la situation avait dégénéré devant la fondation. Des respekers cagoulés avaient infiltré la foule et franchi les barrières de sécurité, armés de briques, qu'ils lançaient contre les baies vitrées. Les badauds fuyaient devant la violence de l'attaque. Sur la façade du bâtiment d'en face avait été déployée une banderole sur laquelle était caricaturé le visage de Yael Rosenberg. Marié à une riche héritière de Manhattan férue d'art minimaliste, le sociologue était un philanthrope par alliance d'une grande générosité.

Alors que les premières images des émeutes apparaissaient sur X, Veracity News couvrait l'événement en direct. La chaîne avait dépêché ses reporters les plus aguerris, équipés des meilleures caméras vidéo. Un rail de traveling avait été installé afin d'immortaliser les violences en haute définition. Une publication de Veracity News venait d'ailleurs de mettre le feu aux réseaux sociaux. La vidéo ne durait qu'une vingtaine de secondes. Elle présentait, en gros plan et en slow motion, l'impact d'une brique projetée à pleine vitesse contre la baie vitrée de la fondation. Le choc de l'impact était saisissant, la manière de le capturer également.

Cette technique de réalisation confinait davantage aux méthodes cinématographiques qu'à celles d'une chaîne d'information. L'idée était toutefois ingénieuse. Le nombre de *like* avait explosé, battant tous les records de viralité de la plateforme. Les républicains, qui, la veille, avaient judicieusement placé des briques aux abords de la fondation, exultaient silencieusement.

Théa était inquiète pour son frère, injoignable. Elle dînait avec Gabriel quand, enfin, il se manifesta :

« On vient de sortir. Quel cauchemar ! lui dit-il. Nous sommes restés cloîtrés plus de deux heures dans les sous-sols.

— C'est honteux ! vociféra Josh dans l'appareil. Et ce n'est pas terminé ! On nous a exfiltrés par l'arrière du bâtiment, mais ça bastonne dur devant. Il faut les foutre en taule ces mécréants ! »

Sur les images des chaînes d'information, la police tentait de contenir la situation par l'usage de gaz fumigènes, qui faisaient reculer les respekers, mais des groupes de casseurs profitaient de la situation pour piller les boutiques de luxe de Soho. Tout le quartier s'embrasait. Le magasin Chanel de Spring Street avait été saccagé en moins de trente minutes. Tiffany, Lululemon et Nike subissaient le même sort. Et pourtant tous avaient fait vœu d'inclusivité, de diversité et d'équité. De luxe ou pas, la foi ne garantissait jamais le salut. Et dire que l'on cherchait encore une cause à l'appétence des populations pour les psychotropes. Le parfumeur avait peut-être raison. Qui pouvait encore vivre sans sa poussière de champignons ? Dans un monde en proie à une violence croissante, l'anesthésie devenait une nécessité.

Se désensibiliser aux atrocités du réel s'imposait comme une urgence, alors on se protégeait par tous les moyens. On s'informait moins, certains même ne s'enquéraient plus de rien. On se calfeutrait dans le molleton rassurant de l'infantilisant. Au miroir de la société, on avait substitué le reflet de soi. Narcisse sonnait le clairon du juste et du bon tandis que les anesthésiés, en liesse, criaient son nom. Gare aux trublions ! Et la littérature n'était pas en reste. On portait au pinacle le doux, le mou et le léger, et tant pis pour la virtuosité. Roald Dahl n'avait qu'à bien se tenir !

Toutes ces pensées embrumèrent l'esprit de Théa qui se jeta sur d'autres artifices. Les yeux plongés dans « La mort et la boussole » de Borges qu'elle entamait, elle épiait le *et* avec la perplexité du névrosé. La mort, notre boussole ? glosa-t-elle. Elle essayait de s'accrocher à sa lecture, mais son esprit déviait sans cesse vers Gary. Elle l'imaginait s'installer aux côtés de Tatiana à la terrasse d'un restaurant de Marylebone et commander des cocktails, lui un mojito, elle un Virgin Martini, puis les siroter en discutant de l'émission de télé-crochet que Tatiana suivait assidûment. Gary la prenait en photo, elle souriait, amoureuse. Ils évoquaient la mignonnerie de leur nouveau chiot, un Cavalier King Charles Blenheim que Tatiana soignait comme l'enfant qu'elle attendait. Elle lui disait à quel point elle avait envie de lui, lui combien il la trouvait séduisante. Ils rentraient badins et, lentement, faisaient l'amour. Le désir de Gary s'intensifiait sous les « *sí* » et les « *de nuevo* » de la Colombienne. Son corps, enfiévré par l'exotisme de sa proie, la soumettait tel un conquistador. Harassés, ils s'endormaient l'un contre l'autre au son harmonieux de leurs respirations.

Théa, troublée, chassa la Colombienne de ses pensées et se reconcentra sur la prose de l'Argentin.

36

« *Welcome back to Lotus Eaters!* » claironna Gary, lorsqu'il retrouva Théa dans le métavers. S'ils s'étaient réconciliés, Gary et Théa n'avaient toutefois pas renoué avec leur intimité londonienne. Leur rapprochement se jouait dans les silences complices qu'ils partageaient. Théa narra à Gary les violences survenues devant la fondation Judd, puis l'ingénieur lui conta ses déboires avec le département des ressources humaines.

Le directeur financier du groupe RAM, Miles Cook, l'avait entraîné dans une polémique dont il se serait volontiers dispensé. Cook reprochait à Gary d'avoir donné son approbation à une présentation qui véhiculait des stéréotypes racistes. Celle-ci avait été discutée dans le cadre d'un atelier relatif à la protection de l'environnement que Gary parrainait. Préparée bénévolement par une jeune recrue du département d'intelligence artificielle, elle mettait en exergue l'augmentation du nombre de famines dans le monde et la multiplication des migrations climatiques. Pour illustrer la section relative aux famines, l'employée avait choisi la photographie d'un enfant noir faisant la queue devant une banque alimentaire, un bol vide à la main. Pour celle des migrations, elle avait sélectionné un visuel représentant des réfugiés aux faciès hispaniques. La directrice des ressources humaines avait été saisie de l'affaire. L'employée et Gary avaient été convoqués dans son bureau et sommés de s'expliquer. Gary avait tenté de défendre la jeune employée, mais elle avait écopé d'un avertissement.

« On ne peut plus prendre aucune initiative, se lamenta Gary. Cette jeune femme était bien intentionnée. Elle a pris sur son temps libre pour préparer cet atelier. Ne pas tenir compte de son intention est un scandale, mais le pire, c'est de nous faire croire que nous sommes racistes malgré nous, d'incurables malades qui s'ignorent.

— *Le Raciste imaginaire*, ça ferait un beau titre pour une adaptation de Molière, se gaussa Théa. Le parti a toujours raison, ajouta-t-elle sur un ton orwellien. À l'école de Gabriel, le football a été interdit en récréation au prétexte que le jeu n'était pas assez inclusif. À cause du ballon, les garçons auraient tendance à exclure les filles. Bientôt, c'est l'anglais que l'on bannira au prétexte que c'est un langage dominant, comme les mâles blancs.

— On se mettra au muet, se moqua Gary. L'avantage quand on ne se comprend pas, c'est qu'il n'y a plus de risque de micro-agressions. Ça aurait au moins le mérite de saper la politique de Cortez ! »

Théa rit à contrecœur, consciente du tragique de la situation. Comme elle, Gary étouffait dans cette société où l'inquisition grondait. En matière de liberté, rien ne séparait les deux amants. Les événements tragiques qu'ils avaient dû surmonter et le surcroît de responsabilités dont ils avaient écopé, dès leur plus jeune âge, avaient fait naître dans leurs inconscients un besoin irrépressible d'affranchissement.

Leurs confessions terminées, ils se concentrèrent sur leur projet.

Gary commença par rappeler l'objet de leur mission : la création d'un espace virtuel démocratique voué à encourager la libre discussion du plus grand nombre autour d'œuvres culturelles. L'ingénieur récapitula ensuite les étapes à suivre. La première consistait à attirer le public le plus large, grâce au visionnage d'une série télé populaire. Dans cette perspective, une rencontre avec les acteurs de la série serait proposée. La deuxième étape se focaliserait sur l'élargissement de l'offre à un catalogue de films cultes comprenant notamment les films censurés. La troisième étendrait l'offre à la littérature. Là encore, les livres censurés par Inclusive Brains seraient mis à l'honneur et proposés en version originale.

« Si nous voulons que Lotus Eaters attire du monde, dit Gary, il est nécessaire de permettre aux fans de voir la série dans le monde virtuel. Nous ne pouvons pas créer un lieu de rencontre immersif que les spectateurs rejoindraient une fois l'épisode terminé sur leur écran de télé. Le taux de déperdition serait trop élevé. Par ailleurs, les fans apprécieront de pouvoir discuter avec les acteurs pendant qu'ils découvrent l'épisode. C'est toute la singularité de notre système.

— Mais nous ne pourrons pas diffuser une série sans l'accord du distributeur, déclara Théa. Tu imagines ce qu'il faudrait débourser pour acquérir les droits !

— YouTube non plus n'avait pas le droit de diffuser les vidéos qu'elle a diffusées à ses débuts. Nous commencerons par une série. Pour cela, nous n'avons besoin que d'un abonnement à la chaîne qui l'émet. Nous la projetterons sur un écran dans le monde virtuel via la chaîne à laquelle nous serons abonnés. Si nous sommes vigilants, nous ne risquons pas grand-chose, du moins dans les premiers mois. »

Pour Gary, la vigilance impliquait également de conserver l'anonymat le plus complet. Théa et lui ne devraient jamais dévoiler leur véritable identité. Après les modifications opérées par Gary, le code du Dream'InVerse était difficilement identifiable, mais la prise de risque inutile.

« Mais comment ferons-nous si la plateforme rencontre du succès et que nous devons signer des contrats ou employer des assistants ? Personne n'acceptera d'interagir avec un personnage virtuel.

— Détrompe-toi ! lui dit Gary. La fiction fait partie de nos vies. Les gens sont beaucoup plus à l'aise avec la virtualité qu'on ne le pense. Le cas échéant, il nous suffirait de trouver un prête-nom ou un ambassadeur. D'ailleurs, par quelle série aimerais-tu commencer ? »

Théa militait en faveur de *White Lotus*. Ses personnages rocambolesques, son ton caustique et les sujets de société que la série abordait nourriraient sans nul doute les conversations. Les premières saisons avaient rencontré un tel succès aux États-Unis que la série était désormais diffusée mondialement. Ils se penchèrent ensuite sur le plan de développement. Gary estimait que l'accès devait être gratuit les premiers mois. Passé un certain niveau de fréquentation, un abonnement pourrait être demandé. La publicité pourrait également leur rapporter des recettes supplémentaires afin d'embaucher des assistants.

« En ce qui concerne les avatars, dit Théa, l'idéal serait de pouvoir interagir avec les vrais acteurs, mais, au début, ce sera impossible. Comment allons-nous faire ? C'est le cœur de notre proposition.

— L'intelligence artificielle va nous aider. Elle peut créer des dialogues, faire parler l'avatar d'un acteur sur la base de toutes les archives qui lui sont associées telles que les interviews et les extraits de films. Il suffit pour cela de connecter l'avatar à ChatGPT via une API. Pour les autres acteurs, ceux moins connus pour lesquels les archives sont incomplètes ou inexistantes, nous sélectionnerons le profil d'une personnalité notoire et nous l'associerons au personnage que nous ferons parler. Il faudra, bien sûr, faire en sorte de trouver les personnalités les plus adéquates. Mais, au début, le plus simple serait de ne faire parler que les acteurs de la série les plus populaires, ceux pour lesquels nous avons de l'information. »

Théa semblait dubitative sur la qualité du résultat, mais elle faisait confiance à Gary. Sur le profil des avatars, elle souligna l'importance de leur donner une forme humaine. Les bustes asexués du Dream'InVerse l'avaient révoltée. Afin de limiter la quantité de profils d'avatars à créer, ils convinrent de ne proposer que quelques silhouettes types que Théa façonnerait à partir d'éléments graphiques préexistants et disponibles en libre-service en ligne. Restait le sujet de l'encadrement des conversations virtuelles…

« C'est la question la plus ardue, estima Théa. Comment faire en sorte que Lotus Eaters soit un espace démocratique où l'on peut échanger librement, débattre, s'exprimer sans risque de censure, tout en régulant les contenus violents, diffamatoires ou haineux ? »

Le premier amendement de la Constitution américaine prônait une liberté d'expression totale que Théa jugeait incompatible avec un format virtuel. Les risques de dérive et de polarisation étaient majeurs. Après une longue réflexion, ils convinrent qu'un critère de réversibilité serait sans doute plus adapté. Ainsi les attaques qui porteraient sur des éléments constitutifs de l'avatar comme l'origine, le sexe ou la race seraient sanctionnées. En revanche, les critiques portant sur les préférences de l'avatar, qui, elles, pouvaient évoluer, seraient tolérées. La religion en faisait partie. Quant aux paroles incitant à la violence et à la haine, elles seraient immédiatement neutralisées. Cherchant à simplifier le fonctionnement du système, Gary considérait qu'il serait préférable que les utilisateurs ne puissent pas changer d'appartenance.

« Dans un monde virtuel, dit-il à Théa, cette notion d'appartenance est par nature fluctuante. On peut être aujourd'hui une femme indienne et demain un véhicule de dessin animé asexué. Au début, il serait plus simple d'imposer de la stabilité. Si l'utilisateur souhaite changer de statut, libre à lui de supprimer son avatar et d'en créer un nouveau. Dans le cas contraire, la surveillance des discussions deviendrait ingérable.

— Quel référentiel va-t-on utiliser pour réguler les propos ? Comment l'algorithme va-t-il identifier ce qu'il faut supprimer ? demanda Théa.

— Nous utiliserons le *deep learning*, car le contrôle des échanges se fera par confrontation avec des données historiques. Nous allons comparer ce que dit un avatar à un historique de données. Le seul problème de ces données, précisa Gary, c'est qu'elles ont des biais, racistes et sexistes notamment. Le système va donc avoir tendance à formater un espace virtuel qui sera, lui aussi, raciste et sexiste. Par conséquent, il nous faudra nettoyer les biais des données utilisées par le *deep learning* avant de les utiliser. Je m'en chargerai.

— Mais sur quelles données se fonde-t-on concrètement ?

— Le référentiel le plus efficace, ce sont sans doute les jugements des tribunaux du monde occidental, car il faut cibler un champ de données homogènes. Le *deep learning* comparera ce qui sera exprimé par les avatars dans le monde virtuel à ces jugements. » Gary s'interrompit. « Oui, c'est ça ! reprit-il. Mais il faudra exclure les jugements qui génèrent des contradictions. Par exemple, admettons que deux jugements, un rendu aux États-Unis et un autre en Suède, portent sur les mêmes propos diffamatoires, mais engendrent des verdicts contradictoires, eh bien dans ce cas, le *deep learning* ne devra pas les prendre en compte pour décider de sanctionner ou non les déclarations d'un avatar. Il est très important d'établir une cohérence de fond. Tu vois ce que je veux dire ?

— C'est assez clair, répondit Théa. Mais combien de temps cela prendra-t-il ?

— Ce sera instantané, répondit Gary.

— Et en ce qui concerne les comportements physiques des avatars, poursuivit Théa, comment les régule-t-on ? Est-ce que l'exhibition d'un téton virtuel, par exemple, doit être considérée comme un élément de nature pornographique ? La réponse n'est pas nécessairement la même pour un homme ou pour une femme.

— Listons le plus possible de situations, c'est la meilleure façon de procéder, suggéra Gary, puis nous trancherons. Préparons chacun un tableau des comportements litigieux les plus fréquents et nous les comparerons. Il faudra également anticiper les spams. C'est un problème auquel nous risquons d'être confrontés rapidement. »

37

Les rendez-vous digitaux de Gary et Théa devinrent quotidiens. Pendant que Tatiana dormait et qu'Oliver travaillait, ils inventaient leur monde. Ils se retrouvaient à Holland Park ou dans le salon virtuel d'Orwell sur Portobello Road. Théa avait meublé l'espace de deux fauteuils beiges, de tentures fleuries et de quelques bibelots. Au-dessus de la cheminée, elle avait disposé un téléviseur virtuel sur lequel ils projetaient leurs écrans d'ordinateur.

Un soir, alors qu'ils peaufinaient leur projet, Gary s'assit à côté d'elle. Leurs mains se frôlèrent par inadvertance, leurs mains ou plutôt leurs gants, mais le degré de technicité de ces prothèses était tel que Théa fut parcourue d'un frisson. Ses doigts avaient instinctivement reconnu la peau de Gary, ils avaient capté sa chaleur et son grain. L'espace d'un instant infime avait suffi pour revivifier le contact vibratile. L'artifice était prodigieux, il renouvelait la réalité.

L'avatar de Théa eut un mouvement de recul qui surprit Gary.

« Tu es seule ? » lui demanda-t-il.

Théa était assise sur son lit entre *L'Aleph* de Borges et

un bol de framboises auquel elle n'avait pas eu le temps de toucher. Gary était déjà arrivé lorsqu'elle s'était connectée. Oliver n'était pas encore rentré. Le jeudi soir, l'entrepreneur prétendait pratiquer l'escalade, sans préciser sur quel type de paroi.

« Qu'en penses-tu ? reprit-elle, éludant sa question. Est-ce que l'on autorise les jeunes de seize à dix-huit ans à accéder à la plateforme ? »

Gary y était favorable. Alors qu'elle prenait des notes, il lui pinça l'épaule d'une chiquenaude. L'ingénieur s'était rapproché d'elle et devenait de plus en plus tactile. Doutant de ses intentions, elle garda son sérieux.

« Que dirais-tu de proposer d'emblée un espace bibliothèque ? On mettrait à disposition les classiques ainsi que les œuvres censurées par Inclusive Brains, lui dit-elle. Cela nous permettrait de nous positionner et de fidéliser les utilisateurs. Grâce à ces activités connexes, ils passeraient plus de temps dans le métavers. »

L'avatar de Gary remua subitement. Sa main frôla le genou de Théa. Aucun capteur ne couvrait cette partie du corps, mais la visualisation de ce geste rohmérien électrisa l'atmosphère. La virtualité n'altérait en rien la chaleur qui s'insinuait entre eux depuis le début de la soirée.

« Tu penses que ça nous disperserait ? continua Théa. Qu'il vaut mieux attendre ? Ou alors on commence uniquement avec des livres portant sur le cinéma ? »

L'avatar de Gary s'agita de nouveau. Elle entendit le bruit d'un verrou grincer. Ce son ne provenait pas du métavers, mais de la pièce dans laquelle se trouvait Gary. Son avatar se rapprocha d'elle.

« Notre intensité sexuelle me manque, lui susurra-t-il. Je pense si souvent à toi… à ton regard sous le porche… nous sommes si loin maintenant… »

Décontenancée, Théa ne réagit pas.

« Théa, tu es là ?

— Oui, balbutia-t-elle à mi-voix, toi aussi tu me manques.

— Théa… ma Théa… »

Gary s'était tant rapproché d'elle que le thé de Chine entre leurs avatars s'était estompé. « J'ai tellement envie de toi », lui murmura-t-il. Le corps de Théa s'échauffa. Gary saisit virtuellement sa main. Elle glissa l'autre sous les draps. D'un mouvement circulaire, il effleurait sa paume. La respiration de Gary était de plus en plus saccadée. Il retint son souffle et serra si fort la main de Théa que leurs gants vibrèrent. Le corps de Théa fut traversé d'un frisson de volupté. Gary poussa un gémissement qui la projeta sur les rives de la Tamise… Lentement, sa respiration s'apaisa. Ils restèrent, de longues minutes, pelotonnés dans la volupté du silence.

« Je reviens dans un moment », lui dit Gary.

Oliver frappa à la porte au même instant, elle raccrocha.

« Théa, tu es là ? Pourquoi t'es-tu enfermée ? » gronda Oliver, qui essayait d'ouvrir la porte.

Elle retira ses accessoires à la hâte, referma son ordinateur et se précipita vers la porte.

« Ah ! Tu es rentré ! dit-elle, feignant la surprise. Tout à l'heure, j'ai entendu du bruit. Comme Gabriel n'est pas là, j'ai préféré fermer. Comment s'est passée ta séance ? »

Oliver grommela, puis fixa la chemise de sa femme.

« D'où viennent ces traces rouges ? » lui demanda-t-il, la mine dégoûtée.

Elle baissa les yeux. Le bleu ciel du coton était couvert de framboises écrasées.

« Ce n'est rien, c'est de la framboise. On dirait presque une fleur de Georgia O'Keeffe ! répondit-elle avec légèreté.

— Je t'ai déjà dit que je détestais que tu manges dans notre lit ! »

Elle haussa les épaules, contourna Oliver et s'éloigna. L'aplatisseur de miettes ne manquait pas de toupet. Seule dans la cuisine, elle fit chauffer du lait, y versa quelques cuillerées de chocolat en poudre, puis elle trempa des petits biscuits secs dans le liquide fumant. Les doigts maculés de chocolat, elle souriait aux anges.

« Ce monde-là… », comme disait Gary.

38

Depuis quelques jours, Ivan revenait travailler au bureau. On venait de lui retirer son attelle. Son articulation était encore fragile et sa marche hésitante. Il découvrait le quotidien des New-Yorkais à mobilité réduite, contraints d'affronter les déficiences d'un réseau de transport en commun tiers-mondiste. Il peinait à monter les escaliers, surtout en période d'affluence, et évitait systématiquement les ascenseurs, qui sentaient l'urine. Théa le retrouvait parfois à la station de métro où elle effectuait son changement. Tous les mardis, c'est Melina qui le déposait en voiture. La cheffe athénienne passait ses week-ends et plusieurs soirs par semaine chez lui. Se complaisant dans le déni, Ivan refusait de reconnaître l'importance qu'elle avait prise dans sa vie.

Tomás, le film de l'homme de verre, était terminé. La charge de travail de Théa s'était allégée. La marionnettiste n'avait pas encore été affectée à un nouveau projet. Elle prêtait temporairement main-forte aux équipes d'un autre film d'animation. Cela lui permettait de parfaire les designs de Lotus Eaters. Pendant ce temps, Gary déployait l'outil d'intelligence artificielle qui servirait à animer les avatars des acteurs.

Les amants étaient, de nouveau, dominés par la passion. Construire ce monde leur avait permis de renouer avec leur complicité d'antan. Cette situation comblait Gary dont les relations sexuelles avec Tatiana s'étaient gâtées. L'ingénieur avait du mal à jouir dans ce ventre qui portait la vie. La Colombienne n'incarnait plus la légèreté, mais la maternité. En dépit de la reconnaissance et de la tendresse qu'il ressentait pour elle, Gary éprouvait le poids de la responsabilité. La vie avec Tatiana n'avait plus le goût du nirvana, mais celui de la paternité. Le corps de Théa, son humour, sa vivacité, lui manquaient, et pourtant, chaque matin, c'est le ventre de Tatiana qu'il caressait. La maman et la putain marchaient main dans la main. Eustache pouvait faire le malin !

Un matin, alors que Théa travaillait derrière son ordinateur, Lindsey entra en trombe dans son bureau. Ivan venait d'être admis aux urgences à la suite d'un traumatisme crânien sévère. Lindsey avait été prévenue par les pompiers. Ils avaient trouvé ses coordonnées dans le portefeuille d'Ivan. Au regard de la loi, l'animateur et elle formaient encore un couple. Lindsey était, par conséquent, la seule responsable des décisions médicales concernant Ivan. L'audience de leur divorce avait été fixée au 8 mai. « Un signe de bon augure », avait plaisanté Ivan, quelques semaines plus tôt. Le mois de mars était, hélas, à peine entamé. Rien ne permettait d'affirmer qu'Ivan atteindrait la date fatidique. Mourir officiellement cocu n'était pas exclu. Le processus vital de l'animateur était engagé. Il avait été placé dans une unité de soins intensifs.

Bousculé par un sans-abri sous l'emprise du fentanyl, Ivan avait chuté dans les escaliers du métro. L'arrière de sa tête avait heurté le rebord ferré d'une marche. Il avait perdu connaissance sur le coup. Le choc avait engendré une hémorragie. Quelques heures plus tard, les médecins avaient diagnostiqué un engagement cérébral sous-tentoriel qui l'avait plongé dans le coma. Avec l'accord de Lindsey, il avait subi une première chirurgie.

Théa et Lindsey avaient immédiatement rejoint l'hôpital. Depuis des heures, elles attendaient la visite du médecin. La fin d'après-midi arrivait. Lindsey devait récupérer ses enfants à la garderie de l'école. Théa lui proposa de rester afin de s'entretenir avec le chirurgien. Elle était plongée dans la lecture d'un magazine lorsqu'une infirmière s'approcha d'elle : « Vous êtes la sœur d'Ivan, n'est-ce pas ? » Afin d'éviter toute complication légale, Théa acquiesça d'un hochement de tête. « Tenez ! lui dit l'infirmière, en lui tendant une photographie. On l'a trouvée dans la poche de sa veste. » Ivan et une femme brune, portant un pull améthyste, posaient devant leurs vélos à Central Park. Ils avaient l'air heureux. L'infirmière dévisagea Théa. Cette femme avait beau côtoyer les proches de victimes quotidiennement, elle avait du mal à trouver les mots. Elle aurait voulu lui dire quelque chose de personnel, mais elle ne connaissait rien d'Ivan, en dehors des circonstances de son accident. « Ne perdez pas espoir pour votre frère. La vie est dure, mais on se construit sur des brisures », lui souffla-t-elle, avant de s'éloigner.

L'infirmière avait raison. La vie n'était qu'une affaire de ruptures, ruptures des poches et des parois, toujours éphémères, que l'on érigeait autour de soi. On commençait par celle des eaux, et déjà dans cet élan, on perdait la possibilité d'être parfait. Naître, c'était être jeté dans le manque. L'amour n'était-il pas la quête chimérique d'un retour à l'état originel ? On parlait de construire sa vie, mais que bâtissait-on ? Une histoire, des histoires… l'illusion de la complétude. La vie était une aventure ordinaire, autant dire une réalité pauvre sur laquelle on projetait des fictions consolatrices.

L'accident d'Ivan avait été banal, le corollaire des problèmes de dépendance et de pauvreté que connaissait l'Amérique. Sur les six cent mille sans-abri américains, trente-huit pour cent étaient dépendants à l'alcool, vingt-six à d'autres substances nocives, le fentanyl en tête. Cinquante fois plus puissant que l'héroïne, le fentanyl faisait des ravages. Fabriqué au Mexique à base de composants chinois, il était à la cocaïne ce qu'Easyjet avait été au secteur de l'avion : un voyage *low cost*. L'homme qui avait percuté Ivan en était imbibé.

L'heure avançait et Théa commençait à s'impatienter lorsqu'une visiteuse s'assit à côté d'elle. Théa reconnut immédiatement le violet de son pull, celui du cliché de l'infirmière. La jeune femme ânonna son prénom. « Melina, lui dit-elle. L'infirmière m'a dit que vous étiez là pour Ivan. Vous êtes de sa famille ? Vous savez ce qui s'est passé ? Comment va-t-il ? Vous croyez qu'il va s'en sortir ? » Théa la regarda avec douceur. Melina était blême. Théa lui communiqua les informations dont elle disposait, puis elle lui tendit la photographie. Cette trace de bonheur fugace fit éclater Melina en sanglots. Théa tenta de la consoler. Entre deux spasmes, la cheffe lui confia qu'elle était enceinte.

Quelques minutes plus tard, le chirurgien qui avait opéré Ivan vint à leur rencontre. Les nouvelles qu'il leur apportait n'étaient pas bonnes. En dépit du succès de l'opération, la sévérité de l'atteinte cérébrale laissait entrevoir peu d'issues favorables. Aucun pronostic ne pouvait être confirmé tant qu'Ivan était dans le coma. L'état végétatif était néanmoins probable, son étendue difficile à anticiper. Il serait sans doute capable d'ouvrir les yeux, mais dans l'incapacité de parler ou d'effectuer toute action requérant une intention consciente. Il ne reconnaîtrait ni son identité ni son environnement. Devant cette perspective, les larmes de Melina redoublèrent. Lorsque le chirurgien s'éloigna, Théa prit leurs affaires et l'escorta vers la sortie.

39

Théa rentra à la hâte de l'hôpital, Gary l'attendait. Lotus Eaters était prêt. Ils devaient maintenant tester la version finale du monde virtuel. En dépit du chagrin et de l'inquiétude qui la rongeaient, Théa fit bonne figure afin de ne pas heurter l'harmonie qui régnait entre eux depuis plusieurs semaines.

Le système fonctionna à la perfection. Gary était admiratif des derniers graphismes créés par Théa. Il les loua exagérément. Il jubilait des promesses de succès de leur métavers. L'ingénieur entrevoyait maintenant l'étendue du pouvoir que ce monde leur conférerait. Si Lotus Eaters rencontrait le succès escompté, nul doute qu'il pourrait concurrencer les mondes virtuels des géants de la tech. Gary était plus réservé sur la manière d'acquérir des utilisateurs. Théa préconisa le ciblage de blogs antiwoke et antipopulistes.

« Jouons sur notre mission : la création d'un espace démocratique commun et la lutte contre la censure, argua-t-elle. Notre contenu culturel s'adresse à tous les individus sans distinction de race, de genre ou d'orientation politique. Il est essentiel de mettre en avant les valeurs universalistes que nous défendons tout en insistant sur notre lutte contre la moralisation. C'est ça notre valeur ajoutée, au-delà de la singularité de notre service bien sûr.

— Dans ce cas, diffusons concomitamment la série et les classiques censurés du cinéma. Nous avions envisagé de le faire en deux étapes, mais, pour des raisons marketing, nous pourrions conjuguer les deux propositions. Je suggère toutefois de nous cantonner à un seul réalisateur les premiers temps. Godard, par exemple. Pendant la semaine, nous diffusons ses films, et le dimanche soir, le nouvel épisode de *White Lotus*. Je créerai un avatar de Godard pour rendre le concept plus attrayant.

— Excellente idée ! s'exclama Théa, enjouée. Je me chargerai de la communication avec les blogs. »

Gary raccrocha sans tarder. Sa charge de travail chez RAM ne cessait de croître et l'ingénieur peinait de plus en plus à tout concilier. Théa referma son ordinateur et enfila une tenue de sport, puis elle se connecta à son application de fitness. La coach s'appelait Jess. Elle avait trente-deux ans, une chevelure rousse abondante et les formes de Marilyn. En moins d'un an, cette ancienne avocate était devenue une star du coaching en ligne. Sa communauté comptait désormais quatre cent douze mille abonnés. Jess portait des tenues affriolantes, très chamarrées, qui électrisaient ses admirateurs. Ce soir-là, la communauté de Jess était en liesse. L'instructrice célébrait son millième cours. Afin de solenniser l'événement, elle s'était parée d'un legging abricot à paillettes et d'un haut scintillant en velours blanc. L'échauffement parut à Théa d'une difficulté acceptable, beaucoup plus acceptable que la vitesse d'élocution de son instructrice qui étouffait la voix de Taylor Swift. Un tel débit permettait certainement de rogner sur le budget des droits musicaux. Après vingt minutes d'échauffement, Jess entama le travail des fessiers. Tel un shaman récitant ses incantations, elle déclamait ses slogans racoleurs, la bouche en cœur : « Faisons-le ensemble... Je vous promets que vous en êtes capables... C'est dur, mais vous êtes forts ! » Jess enchaînait les exercices, le sourire aux lèvres. Contrairement à celles de Théa qui suintaient sous l'effort, les siennes conservaient leur voile nacré. Le corps frêle de Théa souffrait. À la fin de chaque séance, elle se promettait que jamais elle ne recommencerait. Mais comment résister aux bienfaits de la spiritualité ? Revigorée, elle se remit au travail et contacta les premiers blogs.

La campagne de Théa fut un échec. Les blogs antiwoke et antipopulistes furent peu réactifs. L'affluence du métavers stagnait à un niveau faible. On dénombrait quelques dizaines d'utilisateurs tout au plus. Un changement de stratégie s'imposait. Elle décida d'exploiter la liste des personnalités censurées par Respek. D'après ses recherches, la base de données du groupe factieux contenait près de deux mille entrées. Plusieurs forums indiquaient que Respek possédait les coordonnées de chaque personne annulée ainsi que des informations détaillées sur sa vie privée. Afin de se procurer cette liste, elle sollicita Gary. L'ingénieur se montra frileux à l'idée de pirater le site du groupe factieux. Théa le rabroua sans pitié. Le piratage d'un site dissident constituait un délit mineur comparé au vol qu'elle avait dû commettre. L'ingénieur finit par obtempérer et obtint les informations requises sans difficulté. La cybersécurité n'était pas encore la priorité des « éveillés ».

Théa étudia minutieusement chaque entrée de la liste. Sur la dernière page figurait le nom de Kevin Thompson, le présentateur répudié par HealMan. Les informations à son sujet étaient exhaustives. Kevin était la bête noire de Respek qui le surveillait de près. Il vivait désormais à Detroit. Aucune chaîne n'avait voulu prendre le risque de le recruter après son limogeage médiatique. Ses économies s'amenuisant, il était retourné vivre dans sa ville natale. Là-bas, il avait rejoint les forces de l'économie ubérisée, travaillant en alternance pour plusieurs plateformes de livraison. Après avoir occupé le canapé de ses parents, il s'était résolu à s'acheter un van. Le fourgon avait été parqué au milieu du jardin des retraités, coincé entre des plants de tomates jaunis et un poulailler délabré. Les vétérans du service public ne roulaient pas sur l'or. Une vie au service de l'Amérique leur avait tout juste permis de s'offrir un mobile home dans une banlieue calme.

Théa lui écrivit, puis elle contacta les autres noms de la liste. La majorité des annulés souscrivit sans délai au métavers. La rancune était un moteur puissant. Les plus réceptifs acceptèrent de l'aider à prospecter de nouveaux adhérents. Kevin fut le plus zélé. L'ancien animateur était éloquent et courtois, mais cette façade dissimulait un désir de vengeance sans borne. À tout moment, la haine menaçait d'éclater de ce corps râblé. Pour contenir la violence qui l'animait, il s'était mis à la boxe, pas de la boxe de quadra en quête de fessiers, mais celle des caïds des mauvais quartiers. Kevin tapait, et il tapait fort.

« Vous devriez rendre l'adhésion ludique, avait-il conseillé à Théa. Les gens sont joueurs. Lancez-les à la conquête du métavers dès l'étape du téléchargement. » Le conseil lui avait paru avisé. Elle avait alors pensé à créer un QR code à la manière de JR, disséminé dans les rues des grandes villes américaines comme des *Space Invaders*. Afin d'obtenir une identité visuelle percutante, Gary et elle avaient sollicité l'aide d'une graphiste, recrutée en ligne. Ukrainienne, la jeune femme s'était exécutée avec soin pour une somme modique. Gary et Théa avaient arrêté leur choix sur un design représentant l'infini. La graphiste leur avait suggéré de glisser une barre noire dans la boucle droite du symbole afin que l'infini cligne de l'œil. La suggestion leur avait plu. On avait tout pris à l'Ukraine, sauf le sens de l'humour.

L'impression des codes fut offerte par un milliardaire texan. L'homme, qui avait fait fortune dans la robotique industrielle, avait été annulé deux ans plus tôt. Lorsque les codes furent disponibles, des dizaines de volontaires se mirent à arpenter les rues des grandes agglomérations. Passer la nuit à placarder l'infini leur permettait de se réapproprier une sociabilité dont ils avaient cruellement manqué.

L'idée de Kevin connut un franc succès. Dans les semaines qui suivirent la campagne d'affichage, le nombre de téléchargements grimpa exponentiellement. Plusieurs personnalités publiques relayèrent l'information, amplifiant la viralité de l'événement. Une amie de Kevin, célèbre autrice pour la jeunesse, que Respek avait placée sur sa liste des annulés pour avoir eu la hardiesse de rappeler la réalité des sexes biologiques, fut la première à communiquer sur le lancement de Lotus Eaters. Elle se félicitait de la diffusion des films censurés et espérait voir l'offre étendue à la littérature.

Consciente de l'appétence de la statisticienne de Veracity News pour l'inédit et le provocant, Théa avait immédiatement transmis le tweet de l'autrice britannique à son mari. Comme elle l'avait anticipé, Oliver en avait d'emblée informé sa subordonnée qui l'avait retweeté sans plus tarder. L'entrepreneur avait été bluffé par Lotus Eaters. « Le concept est audacieux ! Je ne sais pas qui a créé ce monde virtuel, mais c'est futé ! » avait-il répondu à Théa. À la lecture du message, elle avait souri avec malice. Grâce au relais de Veracity News, le monde virtuel de Théa et Gary avait acquis des milliers d'utilisateurs.

Fière de son coup, Théa avait aussitôt partagé la nouvelle avec Gary. L'ingénieur ne lui avait répondu qu'une heure plus tard, pour l'informer de la naissance de sa fille.

40

Le message de Gary avait été laconique : *Ma fille, Natalia, est née. Tout le monde se porte bien.* En apprenant la nouvelle, le cœur de Théa s'était noué. Cette naissance, elle ne s'y attendait pas avant plusieurs mois. À la lecture du message, elle se remémora leur conversation quand, sous le soleil brûlant de Saint-Barthélemy, il lui avait annoncé la grossesse de Tatiana. À Londres ? À Londres, non, lui avait-il juré, Tatiana n'était pas enceinte lorsqu'ils s'étaient retrouvés. Au mécompte du Saint-Esprit succédait la Pentecôte du non-dit. Théa félicita Gary, se contentant de le complimenter sur le prénom de son enfant. Natalia, c'était l'épouse d'Alexeï dans *Le Miroir* de Tarkovski, la réalisation la plus poétique du cinéaste slave. Mais lorsque les formalités furent accomplies, elle ne put s'empêcher d'ergoter sur la formulation du message, le choix des mots. « Tout le monde… » résonnait en elle comme l'écho d'une réalité dont elle était coupée. Cet écart vertigineux, qui s'installait entre eux, l'ébranla, et pourtant, en observant la photographie qui accompagnait le message, elle ressentit une tendresse infinie pour ce petit être qui était de lui.

Gary se montra de moins en moins disponible. Entre son emploi chez RAM, les problèmes techniques de Lotus Eaters et les attentes croissantes de Tatiana, l'ingénieur perdait le contrôle de sa vie. Cette situation le minait. Le département de Gary connaissait une croissance fulgurante. L'ingénieur avait triplé ses effectifs au cours du dernier semestre. Chaque soir, il rentrait épuisé. Dès qu'elle le voyait arriver, Tatiana siphonnait son attention. Lire un livre, regarder une série ou dîner avec un ami devenaient autant de batailles perdues devant la puissance de feu colombienne. Gary n'avait plus de temps à consacrer à Théa, mais il n'avait, hélas, pas d'autre choix que d'assumer ses responsabilités.

Le taux d'adhésion de Lotus Eaters battait néanmoins des records. L'autrice sollicitée par Kevin avait fait des émules. Des centaines de milliers d'adhérents se pressaient désormais dans la salle de projection pour assister à la diffusion des épisodes de *White Lotus*. Les avatars des acteurs, activés par l'intelligence artificielle, fonctionnaient à merveille. Les classiques diffusés en journée drainaient un public toujours plus large. Des scénaristes et des réalisateurs annulés par Respek proposaient des discussions autour des films présentés. Chaque jour, ils faisaient salle comble.

En quelques semaines, la croissance soutenue de Lotus Eaters permit de générer les premières recettes publicitaires. Gary put s'adjoindre les services d'un codeur, et Théa, recruter des assistants. L'équipe se réunissait chaque vendredi dans une salle virtuelle et sous forme d'avatars. Comme l'avait prédit Gary, travailler sous une apparence fictionnelle ne gênait pas les jeunes recrues.

Théa ne se plaignait pas du manque de disponibilité de Gary, mais la distance qui s'était installée entre eux l'affligeait. Elle nourrissait ses conjectures les plus fantaisistes. Théa imaginait Gary mener une vie de famille épanouie, oubliant ce qu'était le quotidien d'un nouveau-né. La réalité ne ressemblait en rien aux projections de Théa. Tatiana n'était plus la femme disponible qu'elle avait été, mais une mère exigeante. Gary et elle s'enlisaient dans une routine lassante. Leurs conversations ne portaient plus que sur leur enfant. La jeune mère négligeait son physique comme son compagnon. Désireuse d'élever elle-même leur fille, elle avait démissionné. Gary avait tenté de s'y opposer, mais elle s'en était moquée. La Colombienne aimait pouponner et avait opté pour un allaitement exclusif prolongé. Gary observait les poches de lait maternel s'amonceler dans le congélateur à côté de ses Magnum double caramel qu'il savourait seul en écoutant la musique minimaliste de Philip Glass. Les rares soirs où ils sortaient dîner, Tatiana consultait son téléphone sans relâche. La baby-sitter, soucieuse de justifier son salaire, lui adressait des centaines de clichés. Son étonnement gâteux exaspérait Gary qui vidait seul ses rouges millésimés.

L'ingénieur rentrait du travail de plus en plus tard. Certains soirs, stressé et fatigué, il s'arrêtait au bar à cognac du Chiltern Firehouse afin de se détendre. L'établissement hôtelier n'était situé qu'à quelques mètres de son appartement. Niché à l'arrière du bâtiment, le bar était prisé des initiés. La promiscuité du lieu ainsi que l'éclairage tamisé créaient une intimité rassérénante.

Les murs et le plafond étaient couverts de boiseries en chêne. Quatre tables étaient installées en arc de cercle autour du comptoir qui pouvait accueillir dix convives. La table fétiche de Gary était située à gauche de l'entrée. Cette position lui permettait de voir sans être vu. À l'heure tardive à laquelle il arrivait d'ordinaire, les clients se faisaient rares. D'un regard, il commandait son verre. Pendant que le barman, Jack, le préparait, il caressait discrètement la soie du fauteuil victorien dans lequel il se rencognait. Le contact avec le tissu satiné lui rappelait les cheveux de sa voisine suédoise de Sarasota. La petite enrubannait toujours ses cheveux blonds d'un long nœud de satin qui tourbillonnait comme un serpentin jusqu'au bas de ses reins. Lorsqu'ils s'amusaient dans le jardin, il l'épiait avec l'œil amoureux, mais timoré, d'un jeune premier. Un jour, alors qu'ils jouaient à chat perché, le ruban s'était détaché. Il l'avait regardé, stoïque, étendu devant ses pieds. « Tu veux bien me le remettre ? » lui avait-elle demandé, en se plaçant devant lui, le dos tourné. Il s'était baissé pour ramasser le ruban qu'il avait longuement frotté entre ses doigts. « Bon, qu'est-ce que tu fais ? s'était-elle agacée. Remets-moi mon nœud. » Ses doigts avaient plongé dans la chevelure blonde. Son toucher soyeux avait enflammé le cœur de Gary. Une douce chaleur avait chatouillé ses doigts. Le ruban replacé, il l'avait regardée s'éloigner sans bouger. « Allez, cours ! lui avait-elle crié. Ne reste pas planté là, nigaud ! C'est toi le chat ! »

Jack déposait le verre de cognac devant Gary puis retournait se placer derrière le bar. Sa discrétion et son érudition faisaient sa réputation. Le Gallois, originaire de

Llangrannog, un village de la côte du Ceredigion, venait de fêter ses cinquante-six ans. Flanqué d'une veste en velours rouge, d'un nœud papillon noir et d'une chemise blanche amidonnée, il avait tout d'un acteur de cinéma. Ses cheveux châtains étaient tirés en arrière et ses bajoues étaient toujours rasées de près. Ses paupières tombantes lui donnaient un air de cocker anglais. Chaque matin, il faisait rutiler ses bouteilles. Certaines atteignaient des sommes astronomiques. Pour un Louis XIII, il fallait débourser plus de trois mille livres sterling. Les éditions limitées de carafes confectionnées par les grandes cristalleries partaient à des prix bien supérieurs. Ce n'étaient pourtant pas ces contenants d'exception qui le faisaient vibrer, mais le savoir-faire ancestral qu'ils renfermaient. Jack aimait arpenter les vignobles et se rendait plusieurs fois par an en Charente. Il y avait tissé de solides attaches avec les viticulteurs, les distillateurs et les maîtres de chai. Sa maîtrise du français y avait contribué. C'était sa grand-mère, Paulette, qui le lui avait enseigné. Née à Jarnac, elle avait épousé un Gallois et quitté la France dès sa majorité.

En dégustant un cru de la maison Frapin, Gary s'interrogeait sur sa vie et sur le sentiment d'inaccomplissement qu'il éprouvait malgré tous ses succès. Le métavers était un projet prometteur, son poste chez RAM, une place convoitée, mais cela ne lui suffisait pas. Il rêvait d'une reconnaissance sociale et financière sans réserve, d'un pouvoir qui l'affranchirait de tout.

41

Un soir, assis devant son verre de cognac, Gary réfléchissait au projet de conduite autonome basée sur le *deep learning* qu'un ingénieur de son équipe lui avait soumis, lorsque son regard s'illumina. Il interpella Jack, qui somnolait, adossé au comptoir. Le vieux barman sursauta ; il lui apporta aussitôt l'addition que, d'un geste, Gary lui avait réclamée. Dès qu'il fut dehors, il appela Théa.

« Théa, je suis désolée de te déranger, lui dit-il, transporté, mais il fallait que je te parle ! J'ai eu une idée brillante. Nos recettes publicitaires sont excellentes, mais nous pourrions les décupler en vendant des simulations aux producteurs de films comme Netflix ou Amazon. Il y a des millions à se faire. » Il ne la laissa pas intervenir et poursuivit, emporté par ses idées. « Nous allons créer des simulations de Lotus Eaters. Je t'explique, tu vas adorer : chaque fois qu'un producteur désirera lancer un film ou une série télévisée, on créera une simulation dans laquelle on diffusera le projet du film concerné. Les avatars de la simulation répondront à un questionnaire qui permettra au producteur de finaliser son projet ou de l'abandonner à moindres frais. »

Gary n'avait plus le temps d'échanger avec Théa, sauf lorsqu'une idée profitable lui traversait l'esprit. Théa tentait de se concentrer sur son explication, mais l'indignation la rongeait.

« Ton idée est lucrative, lui dit-elle froidement, mais as-tu conscience des dérives potentielles de telles manipulations ? Ce n'est pas le producteur qui doit s'adapter au spectateur, mais l'inverse. Un film, c'est comme un livre, ça doit déranger, gratter les aspérités, décentrer, surprendre. Ce que tu me proposes, c'est de l'homogénéité à marche forcée. Je n'y souscris pas.

— Ce que tu peux avoir l'esprit étroit, parfois ! s'emporta-t-il. La simulation ne porterait que sur de grosses productions, qui répondent déjà à des stratégies similaires. Leurs méthodes sont simplement moins sophistiquées. On ne toucherait évidemment pas au cinéma indépendant, ni aux films d'art et d'essai. Tes craintes sont infondées ! »

La réaction de Théa échauda Gary. L'ingénieur comprit que l'enrichissement auquel il aurait pu s'attendre, grâce au métavers et à ses ramifications, serait toujours freiné par les considérations éthiques de Théa. Plus encore, la prouesse technique qu'il avait accomplie en développant ce monde resterait, à jamais, anonyme. Cet anonymat ne lui convenait plus, surtout depuis que l'on pensait à lui pour le poste de dirigeant du groupe RAM. Porté par la rumeur naissante, l'ingénieur voulait briller, être unanimement admiré, et ce besoin commençait à le contrarier. Il raccrocha, frustré.

Son appel terminé, Théa entra dans l'hôpital où elle rendait visite à Ivan. L'animateur était encore dans le coma.

Théa s'attendait à croiser Melina qui avait pris l'habitude de lui rendre visite en fin d'après-midi. Lindsey n'y venait plus que sur demande du médecin. Se gardant d'évoquer la grossesse de l'Athénienne, Théa avait expliqué à Lindsey que Melina était une amie d'enfance d'Ivan, qu'il avait retrouvée peu de temps avant son accident. Melina avait choisi de ne pas avorter, mais elle tenait à rester discrète. Théa respectait ce choix et admirait le dévouement dont elle faisait preuve à l'égard d'Ivan.

Ce jour-là, en arrivant dans sa chambre, elle surprit Melina, allongée sur le lit, à côté de lui. La cheffe avait posé la main d'Ivan sur son ventre. Du pas de la porte où elle se tenait, Théa les regardait avec affection lorsque les paupières d'Ivan frémirent légèrement. « Melina ! s'exclama Théa, faisant bondir la Grecque. Tu as vu ses paupières ? Elles ont bougé ! » Sa tête posée contre l'épaule d'Ivan, Melina n'avait rien vu, mais ce frémissement l'emplit d'espoir. Elle se leva, embrassa Théa et sortit.

Après son départ, Théa s'assit sur le fauteuil à côté d'Ivan. Elle se confia à lui sur son couple, Lotus Eaters et sa relation avec Gary. Théa avait la sensation que la stabilité familiale qu'Oliver et elle avaient construite était devenue une réclusion à perpétuité dans la fadeur et la médiocrité. La peur d'être passée à côté de sa vie la consumait. Tout ce qu'elle avait créé disparaissait devant cette impossibilité de partager le quotidien de l'homme qu'elle aimait.

En regardant l'animateur inconscient, Théa se demandait ce qui se tramait dans son esprit. Pédalait-il à Central Park ? Hurlait-il avec les loups ? Se remettait-il d'un crash aérien ? Ces conjectures la rendirent nostalgique. Les histoires d'Ivan lui manquaient. Alors qu'elle se laissait aller à un état somnolent, elle eut l'impression d'entendre sa voix… « Hier soir, lui chuchotait-il, j'ai passé la nuit avec une petite Noire bien roulée. Tout est allé très vite. Après un verre, on a fini au lit, et là, je n'ai pas pu me retenir. Elle me chevauchait, j'avais du mal à reprendre mon souffle et j'ai crié "*I can't breathe!*". Elle a braqué ses yeux sur moi, horrifiée. Elle s'est redressée et m'a sèchement rétorqué : "Plus jamais ça!" Son regard était d'une impitoyable sévérité. J'ai cru qu'elle allait me gifler. Je me suis excusé et on a continué. Rien à voir avec ma petite Grecque, très brune, très fine et très dans l'humiliation. »

L'infirmière entra et tira Théa de sa rêverie. Myriam l'attendait, elle s'esquiva.

42

Théa arriva la première au Bemelmans Bar, le piano-bar légendaire de l'hôtel Carlyle. Située à quelques encablures de l'hôpital d'Ivan, cette institution était le point de chute des mondaines de l'Upper East Side. Théa n'avait pas fréquenté l'établissement depuis de nombreuses années. Jeunes mariés, Oliver et elle venaient parfois y siroter un cocktail en début de soirée. Théa était enthousiaste à l'idée de retrouver le charme désuet des lieux, ses murs crayonnés de fresques enfantines et son atmosphère feutrée.

Comme à l'accoutumée, Myriam était en retard. Théa s'installa au bar et commanda un Pisco Sour. Assise à côté d'elle, une sexagénaire discutait avec le barman. Ses mains décharnées croulaient sous le poids d'une quincaillerie à faire pâlir la plus vorace des pies. Même le style de la Castafiore semblait épuré à côté de cette bijouterie hors de prix. Pendant que sa voisine invectivait l'escadron de jeunes qui s'encanaillaient sur les banquettes, Théa s'enquérait de l'actualité en buvant son cocktail par petites gorgées. Myriam arriva au moment où la passéiste entamait ses confessions. Un serveur fit signe à Théa et Myriam de le suivre, une table venait de se libérer.

« Les tarifs ont sacrément grimpé ! s'exclama Myriam, en parcourant le menu des cocktails.

— Tu penses que ça va durer encore longtemps ? lui demanda Théa. L'inflation est corrélée au blocus chinois, n'est-ce pas ?

— En partie, confirma Myriam, mais le blocus chinois n'est pas près de cesser. »

Les Chinois refusaient de relâcher la pression qu'ils exerçaient sur les ports du Pacifique sud et de l'océan Austral. Les tractations diplomatiques stagnaient. Les États-Unis avaient réagi en mobilisant l'US Navy et en annonçant le lancement d'un programme de soutien sans précédent aux pays d'Amérique latine. La moitié du budget devait être allouée au développement des relations commerciales avec la Bolivie. Pierre angulaire du continent en raison de la richesse en lithium de son sol, la Bolivie faisait l'objet d'une attention soutenue de Pékin depuis plusieurs années. Grâce à leurs investissements, les Chinois avaient effectué quelques percées dans les salars boliviens. Les Américains, dont la relation avec La Paz avait longtemps été conflictuelle, faisaient tout ce qui était en leur pouvoir pour freiner les velléités chinoises et restaurer une entente cordiale.

« Tu as vu la rumeur ? poursuivit Myriam. Ça va plaire à ton mari ! »

À l'annonce du programme en faveur de la Bolivie, une rumeur fantaisiste avait envahi les réseaux sociaux. Elle soutenait que les États-Unis utilisaient les tensions avec la Chine comme prétexte pour coloniser le pays. Sous l'influence de groupes d'extrême gauche, Respek en tête, des mouvements protestataires se formaient dans les grandes villes américaines. Des marches étaient organisées au cri de « *Free the Bolivians!* » ou « *Decolonize Bolivia!* ». À coup de slogans réducteurs, les woke, dont la colère était alimentée par des contenus digitaux toujours plus virulents, torpillaient la stratégie diplomatique américaine pour le plus grand bonheur des Chinois et du Parti républicain. Des mèmes du Président circulaient sur les plateformes et nourrissaient l'hystérie des populistes. Du gouverneur de Floride à Joseph Santos, tous les conservateurs s'insurgeaient du manque de compétence de la Maison-Blanche.

Que la Chine s'empare de l'Antarctique ne provoquait en revanche aucune rébellion. Les citoyens américains se moquaient du sort du Continent blanc. L'Europe non plus n'y prêtait pas attention. Les budgets de la France, de l'Italie ou de l'Allemagne alloués à la recherche scientifique en Antarctique étaient désormais modiques.

« Veracity News titre toutes ses unes sur les actions de Respek en faveur de la Bolivie, déclara Théa. Ils s'en donnent à cœur joie. Tant que le gouvernement ne comprendra pas qu'on ne lutte pas contre les ingénieurs du chaos avec les armes du passé, ce genre de situation se reproduira. On peut tout reprocher aux populistes, mais une chose est sûre, ils savent maîtriser l'information, raconter des histoires, saisir l'attention de leurs partisans. Comme pour le Beverly Hills Hotel, je ne serais pas surprise d'apprendre que les républicains sont à la manœuvre derrière les prétendus mouvements de défense de la Bolivie. Hélas, les respekers s'engouffrent dans la faille. Quelques fermes à bots, et le tour est joué : les activistes battent le pavé. La campagne présidentielle a déjà commencé. Le gouverneur de Floride est le mieux placé. Il serait peut-être temps qu'il se positionne en matière de politique étrangère. Au fond, on ne sait pas grand-chose des convictions de cet homme. »

Myriam était tiraillée entre une situation politique qui l'indignait et les bénéfices qu'elle tirait du Parti républicain. En dehors des organismes gouvernementaux, Veracity News était son meilleur client. Le chiffre d'affaires d'Orbital Technology dépassait les prévisions de croissance les plus optimistes. Grâce à des investissements massifs dans la recherche et le développement, l'entreprise d'imagerie par satellite ambitionnait de réduire le temps de collecte de ses données. À ce rythme, Myriam projetait de recueillir plus de cinq cents pétaoctets de données dans l'année. Dans cette perspective, de nouveaux satellites, plus efficaces et plus robustes, étaient lancés chaque mois. Les derniers modèles offraient une résolution d'une précision inouïe.

« Quelles sont, d'après toi, les prochaines étapes en Amérique du Sud ? s'enquit Théa.

— La situation peut stagner ainsi longtemps, mais je doute que les Chinois en restent là. »

Le serveur déposa le cocktail de Myriam sur la table. Théa saisissait son verre pour trinquer avec elle au moment où le nom de Melina apparut sur l'écran de son smartphone. La cheffe ne contactait jamais Théa à une heure aussi tardive.

« Il faut que je prenne cet appel, dit-elle à Myriam. Je sors un instant. »

Lorsqu'elle fut au calme dans le couloir, Théa décrocha. Melina était en pleurs.

« Ce soir, je suis retournée le voir à l'hôpital, marmonna-t-elle entre deux sanglots. Je voulais que ses paupières bougent de nouveau… Il… Il a fait une embolie quand j'étais là-bas… Il… » Melina n'arrivait plus à s'exprimer. Théa comprit qu'Ivan venait de succomber.

III

43

Terrassée par la mort d'Ivan, Théa s'investissait à corps perdu dans le développement de Lotus Eaters. Kevin avait accepté de devenir l'ambassadeur officiel du monde virtuel. Grâce à son entregent, un contrat d'exclusivité venait d'être signé avec le producteur de *White Lotus*. Les vrais acteurs de la série se substituaient désormais à l'intelligence artificielle et animaient eux-mêmes leurs avatars. D'autres accords étaient en cours de négociation avec des distributeurs renommés. Théa se félicitait de l'évolution de Lotus Eaters, que rien ne semblait pouvoir arrêter.

Avec l'aide du codeur que Gary avait recruté, elle avait aménagé une place autour de laquelle avaient été installés des écrans géants. Ce Times Square à faible émission de carbone devait permettre aux avatars de communiquer leurs idées, aux publicitaires de diffuser leurs annonces et aux personnalités de s'exprimer publiquement. Gary avait jugé le travail du codeur remarquable.

« Comment tu le trouves ? avait-il demandé à Théa.

— Il est original. Son avatar a l'apparence d'une moto comme celle de Duke Caboom. Il joue le jeu à plein, il a même modifié sa voix pour y intégrer des vrombissements. J'ai trouvé ça amusant.

— Il est très drôle, confirma Gary, et techniquement excellent. J'ai eu de la chance. C'est rare de trouver un programmeur de cette qualité sur des projets indépendants. »

Théa s'était habituée à ne travailler qu'avec des avatars. Elle ne connaissait l'identité d'aucun de ses assistants, mais cela n'entravait pas la bonne marche de l'équipe. Tous avaient pris leurs marques. Comme dans un carnaval, chacun se glissait dans son rôle, paré de ses plus beaux atours.

Un matin, alors qu'elle se rendait au travail, elle reçut un message affolé d'un employé de Lotus Eaters. Un problème venait de survenir dans le monde virtuel. L'avatar d'une utilisatrice avait diffusé une plainte sur l'écran de la place publique. La plaignante, qui se définissait comme une femme originaire de l'Arkansas fan de heavy metal, alléguait qu'elle avait été violée lors d'une soirée dans un salon du métavers. Un avatar masculin l'aurait entraînée dans la pièce où il l'aurait forcée à se tourner face au mur afin de la pénétrer virtuellement. D'autres avatars auraient assisté à la scène, commentant l'acte par des propos outrageux et sexistes. Théa diffusa immédiatement un communiqué invitant les utilisateurs à adopter un comportement civilisé. Elle annonça également l'ouverture d'une enquête sur l'allégation de viol virtuel. Ces mesures ne suffirent pas à apaiser la situation. Quelques heures plus tard, le phénomène devint viral, sous l'impulsion, non pas de la victime, mais d'une influenceuse dont l'avatar encourageait les utilisateurs de Lotus Eaters à se rebeller contre ce monde virtuel qu'elle qualifiait de prédateur.

Théa prit contact avec les avatars de la victime et de l'influenceuse, mais ni l'une ni l'autre ne lui répondirent. La manifestation contre Lotus Eaters s'intensifiait d'heure en heure. Une foule d'avatars s'était amassée sur la place publique. Les pancartes du sit-in virtuel demandaient la suspension immédiate de l'avatar litigieux, la création de *safe spaces* dans lesquels les avatars pourraient se téléporter en cas d'agression et la transformation des corps virtuels en bustes.

Théa avait informé Gary de la situation, mais l'ingénieur, qui animait la réunion mensuelle de son département, ne pouvait se libérer. Il lui promit de la rappeler au plus tôt. Théa poursuivit ses recherches sur les personnalités dissimulées derrière les deux avatars. La victime présumée du viol virtuel, dont l'avatar répondait au surnom de TheRedSeagull, était introuvable. Son profil dans le métavers était vierge et son nom ne donnait lieu à aucune réponse pertinente sur les moteurs de recherche traditionnels. L'influenceuse était, elle, identifiable. Étudiante à Harvard, elle était l'un des membres les plus influents de Respek. En parcourant ses photos sur les réseaux sociaux, Théa fut saisie par le visage d'un homme noir qui lui sembla étrangement familier. Elle interrompit son zapping et zooma sur le cliché. À sa stupeur, elle reconnut Victor Hugo. À côté du photographe qui immortalisait la foule new-yorkaise, elle identifia la jeune femme au jean troué et au bandeau en lycra. À ses pieds était assis un jack russell. « C'est elle ! » s'exclama Théa sous le choc. Elle se remémora le vernissage du père de Manuel et l'échauffourée qui avait suivi dans la galerie adjacente. Elle se souvint des propos que la jeune femme avait tenus concernant Kevin Thompson, cet homme toxique qui portait atteinte aux valeurs de la société et qu'il fallait bannir, mais aussi de son injonction à consulter la liste des annulés de Respek. Elle relut les messages diffusés sur la place publique du monde virtuel au début du sit-in et constata que les éléments de langage utilisés dans Lotus Eaters étaient identiques à ceux prononcés par l'influenceuse sur d'autres plateformes. Théa examina avec soin toutes les informations disponibles la concernant. Respek venait d'en faire sa porte-parole, un coup de génie compte tenu de son nombre d'abonnés qui se chiffrait en millions.

Gary mit plusieurs heures à rappeler Théa. Après qu'elle lui eut exposé le fruit de ses recherches, il examina de près les avatars de l'influenceuse, de la victime ainsi que ceux impliqués dans la manifestation. La plupart venaient d'être créés, ne s'étaient jamais déplacés dans Lotus Eaters et n'avaient jamais assisté à une projection de série ou de film, celui de la victime en particulier. « Cette fan de heavy metal de l'Arkansas ne peut pas avoir été violée puisqu'elle n'a jamais fréquenté un salon de notre métavers, apprit-il à Théa. Elle ne s'y est même jamais déplacée. » Gary était catégorique, il ne pouvait s'agir que d'un avatar fantoche. L'influenceuse tirait probablement les ficelles de cette mascarade. Hélas, au fil des heures, de vrais avatars commençaient à rallier le groupe de bots. L'ingénieur, qui allait de réunion en réunion, n'avait pas le temps de suivre de près l'évolution de la situation. Quant à son codeur, il était injoignable.

« Attendons demain, dit-il à Théa, les choses vont peut-être se calmer. »

Angoissée, Théa ne parvenait pas à s'apaiser. Après moult tergiversations, elle quitta le bureau, emprunta le métro et sortit à la station la plus proche de Central Park, puis elle se dirigea vers Turtle Pond. Face au château du Belvédère qui dominait l'étang où les cendres d'Ivan avaient été dispersées, elle s'assit sur la pierre la plus large. Ivan venait régulièrement passer du temps dans ce recoin du parc, surtout au cours des mois qui avaient suivi son divorce. Théa regardait, prostrée, l'étendue verdâtre. Elle écoutait la musique de David Bowie que l'animateur leur passait parfois en fin d'après-midi. « *Let's dance* », braillait-il, en imitant la rock star, debout sur son fauteuil, Buzz l'Éclair en guise de micro.

Quand le crépuscule commença à tomber, Théa sortit du parc et marcha en direction d'une salle de cinéma de son quartier où l'on ne diffusait que de vieux films d'art et d'essai. Lorsqu'elles étaient étudiantes, Myriam et elle la fréquentaient assidûment. Le vendredi soir, un tee-shirt était offert pour l'achat de deux grands pots de pop-corn. C'était là qu'elle avait obtenu son Funky Chicken. En passant devant le stand de pop-corn, elle repensa au tee-shirt, à la soirée du Dream'InVerse et à Gary. Qu'il eût été agréable de retourner s'allonger dans le jaune citron des bean bags, de fermer les yeux et de l'entendre de nouveau prononcer son nom. Qu'elle eût aimé ressentir, une nouvelle fois, l'émotion qui l'avait saisie en découvrant son visage… Mais ce soir-là, seul Fellini recommençait son cirque. Théa entra dans la salle déserte. La lumière s'éteignit et l'écran s'alluma sur *La Strada.*

44

Les manifestations se poursuivirent sur la place principale de Lotus Eaters. Les utilisateurs annulaient leurs comptes en masse. L'incident dépassait désormais le métavers puisque l'influenceuse diffusait des messages complotistes et haineux sur l'ensemble de ses réseaux sociaux. Sur l'une de ses publications, elle affirmait que Lotus Eaters était l'œuvre d'Elon Musk, qui cherchait à asservir l'humanité en contrôlant son expansion virtuelle. Brandissant l'étendard du chaos, la collapsologue annonçait que Lotus Eaters était la première étape vers la fin du monde, tant attendue par le milliardaire et sa clique.

Parant en permanence au plus pressé, Gary était dépassé par la situation. Des messages appelant à la violence étaient maintenant diffusés sur les écrans géants du métavers.

« Comment est-ce possible ? lui demanda Théa, consternée. L'algorithme n'est-il pas censé filtrer ces messages ?

— Un hackeur a dû trouver le moyen d'accéder au code. Je ne vois pas d'autre solution. Je vais désactiver les écrans et changer les identifiants. Je n'ai pas le temps de faire de plus amples investigations maintenant.

— Tu plaisantes ? s'indigna Théa.

— Je fais ce que je peux, Théa. Je te rappelle que j'ai un travail.

— Moi aussi ! s'emporta-t-elle, devant son indisponibilité. Tu n'as qu'à faire appel à ton codeur.

— Je n'arrive pas à le joindre, répliqua-t-il, vexé, et si cela ne te convient pas, fais-le toi-même ! »

La suspension des écrans provoqua une nouvelle salve de critiques. Théa était dépassée par les événements. Elle arriva en retard au bureau et loupa une réunion importante avec le directeur artistique. Elle allumait son ordinateur lorsqu'elle reçut un message de Tao.

Le codeur était heureux de ses nouvelles fonctions chez Meta où il travaillait dans l'équipe de développement de Mark Zuckerberg, une équipe restreinte composée des meilleurs développeurs du groupe. Le Chinois voulait prendre de ses nouvelles. Pressée, elle ne prêta pas attention au message, qu'elle laissa sans réponse. Quelques heures plus tard, il récidiva. Cette fois, le contenu était clair : *TheRedSeagull.* Elle ferma la porte de son bureau et l'appela sur-le-champ. Il refusa de discuter par téléphone et lui intima de venir le rencontrer à San Francisco au plus tôt. Elle se récria que cela n'avait aucun sens, mais il ne céda pas et se montra menaçant. Théa n'avait plus le choix. Deux jours plus tard, elle prenait un vol pour la côte ouest.

Le rendez-vous était fixé au Starbucks des Yerba Buena Gardens, situé sur la 4e Rue à l'angle de Mission Street. Des sans-abri, pour la plupart drogués, s'étalaient devant la baie vitrée du café. Aucun ne se livrait à la mendicité. Ces naufragés avaient fait des rues de San Francisco leur Alcatraz. Pendant que les visiteurs affluaient sur l'île carcérale au loin, eux se vautraient dans leur cellule à ciel ouvert. Leurs corps hagards accaparaient les trottoirs, mais aucun regard.

Théa s'apprêtait à entrer dans le café lorsqu'une femme manqua de la heurter. Elle titubait. La quadragénaire était vêtue d'une jupe-short en jersey grise, d'une veste en jean souillée et de sandales aux lanières velcro déchirées. Ses mollets amaigris étaient couverts de varices. Un ulcère veineux creusait le haut de sa cheville jusqu'à l'os. La plaie ovoïdale variait du jaune au marron foncé. La nécrose était sérieuse. En l'apercevant, Théa eut un haut-le-cœur. La vagabonde se posta devant l'entrée, entravant le passage de la clientèle. Lentement, elle se pencha et ramena son visage à hauteur de genoux. Le regard rivé vers le sol, elle fixa une épingle à cheveux rouillée. Les clients attendaient vainement de pouvoir s'échapper du café. Personne n'osait interpeller la prostrée. À l'intérieur, l'attroupement croissait à vue d'œil. Un employé du café, rompu à la situation, prit les devants et ouvrit lentement la porte afin de déloger l'infortunée. Elle s'éloigna de quelques mètres puis s'effondra sur le ventre d'un clochard inconscient au visage tuméfié. L'homme ne réagit pas.

Installé au fond du café devant une table haute, Tao buvait lentement un frappuccino chocolat-cookie-crumble-crème grand format. Un mince filet de sauce chocolat ourlait sa lèvre supérieure. Sa laideur acerbe agressa Théa. Il sourit en l'apercevant avec un air sinistrement carnassier qui accrut sa nervosité.

Théa s'assit. Ses jambes tremblotaient. Elle les croisa pour les stabiliser.

« Tu connais Baudrillard ? » lui dit le codeur.

Tao la reniflait comme un chien pisteur. Il s'accrochait à l'odeur de sa peur. Elle l'imaginait planter ses crocs dans son abdomen, la déchiqueter, s'empiffrer de ses tripes, la bouffer jusqu'à la rate.

« Tout témoigne aujourd'hui que le corps est devenu *objet de salut*. Voilà ce que dit Baudrillard. Tu aurais dû lire le philosophe, Théa. Il était français comme ta mère. »

À ces mots, elle le fusilla du regard. Jamais elle n'avait parlé de sa famille à ses collègues de bureau. D'où tenait-il l'information ? Et de quel droit ?

« Baudrillard ajoute que le corps s'est littéralement substitué à l'âme dans cette fonction morale et idéologique, poursuivit-il en la regardant droit dans les yeux.

— Où veux-tu en venir ? le railla-t-elle sèchement.

— C'est le corps qui t'a perdue, Théa, cette chair que tu as offerte à ce génie prétentieux du processeur. Le métavers n'acceptera jamais le corps. Le monde virtuel est le cadre woke par excellence. On y réalise le fantasme de toute une génération pansexuelle, ces individus qui passent leur temps à fétichiser leur corps, mais qui ont irrévocablement conscientisé leur sexe. Tout se joue dans cette faille. L'humain est désormais un trans en puissance. Vu le plaisir que tu prends à te faire baiser par ce nullard, cette idée ne doit évidemment pas t'effleurer.

— Je t'interdis de parler de lui et de t'adresser à moi sur ce ton, lui commanda-t-elle.

— Mais nous sommes obligés de parler de lui. Ce monde de pacotille, c'est bien lui qui l'a développé, non ? Grâce à ta petite vertu… D'ailleurs, il faut le dire, c'est très mal de voler, Théa. Tu te souviens ? Moïse, les dix commandements, le septième… Quel était le septième, Théa ? Tu ne voleras point ! Et le sixième ? Le sixième ! Tu ne commettras pas d'adultère. Ça alors !

— Tu n'as rien compris, Tao. Tu crois qu'on se bat pour quoi ? C'est la démocratie que nous défendons.

— Non, non, non, non, non, Théa ! Tu crois créer un monde libre, mais tu oublies que le métavers est toujours et déjà à l'intérieur, sous le toit de verre de ce monde bien-pensant, de ce capitalisme moralisateur. Il n'est qu'un carnaval à ciel couvert. Le monde auquel tu aspirais gît dans le même espace artificiel, dans la même serre de gâteux que le réel. Comme c'était touchant de t'observer t'agiter, de te voir déployer toute cette énergie au nom de l'intérêt général et de cette prétendue liberté d'expression comme si elle pouvait être universalisée. Malheureusement, comme disent les woke, Théa, tu as oublié d'où tu parlais et qui tu étais. Chez nous, on sait que la parole est un privilège et non un droit parce qu'on a fait l'expérience des Gardes rouges, parce qu'on a vécu la Révolution culturelle, parce que nous, on a souffert, on a vu et on a compris, mais pas toi, Théa, et c'est pour cela que tu as voulu faire de ton privilège le droit de tous, par un acte de désinhibition totale. Le pire c'est que tu aies été convaincue de le faire pour le bien commun alors qu'en réalité tu ne voulais qu'une chose, être l'élue, l'élue du petit génie. Mais ce n'est pas toi qu'il a choisie, c'est la Colombienne. Et ça, tu es incapable de l'accepter, car le pire, c'est que c'est toi qu'il aime. La vie, malheureusement, admet peu de libre arbitre. Il ne nous reste que l'aléa, et c'est pour ça que je suis là. »

Le ton démoniaque de Tao comme ses insinuations laissèrent Théa sans voix. Le Chinois se leva subitement, déposa un exemplaire de *La Mouette* de Tchekhov devant elle et l'embrassa sur la joue. Elle eut beau détourner la tête, des traces de salive chocolatée souillèrent son visage. Elle les frotta sporadiquement avec sa manche alors que Tao s'éloignait. « Dis à ton amant que son codeur ne reviendra pas », lâcha-t-il en se fendant d'un rire qui la terrifia.

Théa quitta le café, tétanisée. Elle parcourut quelques rues avant d'appeler Gary. L'ingénieur sortit de ses gonds. Il bouillonnait de colère contre le Chinois, et plus encore contre lui-même. « Quelle erreur ! regretta-t-il. J'aurais dû me méfier de ce codeur bien trop talentueux. Je m'en veux, Théa, c'est impardonnable, cela va ruiner ma carrière. J'aurais dû vérifier plus en détail ses références, mais j'étais débordé et toi… toi, comme toujours, tu étais impatiente… enfin, je n'avais pas le choix. Voilà les conséquences… Dramatique ! » Perturbée par son emportement, Théa tenta machinalement de le rassurer. Tao s'était vengé, c'était elle qu'il voulait atteindre, pas lui. « Que tu peux être naïve, ma pauvre Théa ! Tu crois vraiment qu'il va en rester là ? J'ai été stupide, tellement stupide. J'aurais dû être vigilant. Tout ça pour… »

C'en était trop, elle raccrocha.

Elle regarda, hébétée, *La Mouette* qu'elle tenait encore

dans ses mains. Une page avait été écornée, elle l'ouvrit. Une phrase était soulignée au crayon à papier :

Mais un homme passe par là, la voit, et, par hasard, par désœuvrement, lui prend la vie, comme si elle était une mouette.

45

Dans les jours qui suivirent le retour de Théa de San Francisco, les manifestations se calmèrent, les messages d'incitation à la violence cessèrent et l'influenceuse ne fit plus parler d'elle. Ce concours de circonstances corroborait la thèse d'une collusion entre Tao et la despote des réseaux. Le monde virtuel recouvra une apparente normalité, mais sa réputation avait été sérieusement entachée. Devant la baisse croissante du nombre d'utilisateurs, les partenaires commerciaux étaient inquiets. Certains se disaient prêts à rompre le contrat qui les liait à Lotus Eaters. Théa redoublait d'efforts pour relancer l'activité, en vain.

Cet incident avait perturbé Gary. Il sentait la situation lui échapper alors qu'une rumeur sur le départ imminent du P-DG de RAM s'intensifiait. Son état de santé s'était rapidement dégradé. Son cancer du pancréas s'était généralisé. Compte tenu des résultats de son département et de l'importance accrue du *deep learning* dans les perspectives de croissance de l'entreprise, on murmurait avec insistance le nom de Gary comme successeur potentiel.

L'ingénieur s'était entretenu avec le P-DG et les administrateurs du comité de nomination à plusieurs reprises. L'idée de devenir le grand patron germait dans son esprit. D'autres candidats étaient en lice ; parmi eux, Miles Cook, le directeur financier de RAM. Le lanceur d'alerte, qui n'avait pas hésité à dénoncer fallacieusement Gary, quelques mois plus tôt, à l'occasion de l'atelier sur l'environnement prétendument discriminant, était un rouquin de quarante-neuf ans. L'Anglais au visage rond et à la pilosité abondante était natif de Liverpool. Il ne portait que des costumes trois pièces, fabriqués chez le tailleur royal de Saville Row, et consacrait son temps libre à lecture de bandes dessinées. *Lucky Luke* avait sa préférence. Son chien s'appelait, d'ailleurs, Rantanplan, un nom qui lui seyait à merveille, tant ce teckel à poil long était stupide. Gary en avait fait les frais. Un après-midi, il l'avait retrouvé derrière son bureau en train de déchiqueter sa nouvelle paire de baskets, une édition limitée d'une valeur de trois cent quarante-neuf livres sterling. Miles n'avait pas jugé nécessaire de s'excuser ni de le dédommager. La relation entre les deux hommes était tendue.

Après deux semaines d'interviews, tous les candidats avaient été éliminés à l'exception de Gary et Miles. Le comportement de Miles avait dès lors changé. Il évitait Gary et avait cessé d'amener Rantanplan au bureau. Il se tenait sur ses gardes. L'annonce de la réunion spéciale du conseil d'administration était attendue d'un jour à l'autre. Gary reçut la convocation un jeudi matin. Le conseil était prié de se rassembler le lendemain.

La salle de réunion réservée pour l'occasion était située au dernier étage de la tour RAM. Lorsque Gary entra, le P-DG discutait avec le principal actionnaire de RAM. Amaigri, le P-DG avait mauvaise mine. Un teint jaunâtre voilait sa peau et le blanc de ses yeux. Il n'était plus que l'ombre de lui-même. Lorsqu'il aperçut Gary, il lui fit signe d'approcher et lui présenta son interlocuteur. Les deux hommes échangèrent sur les perspectives de croissance en matière de *deep learning*, puis Gary esquissa sa vision de l'entreprise. Il sentit l'actionnaire réceptif, ce qui l'apaisa. De l'autre côté de la table, Miles discutait avec le président du comité d'administration de RAM. En voyant Gary et le principal actionnaire du groupe échanger avec enthousiasme, le directeur financier s'assombrit et jeta un regard noir à son concurrent. La réunion commença à l'arrivée de la secrétaire du comité, haute représentante de la consanguinité des comités d'administration des sociétés listées au London Stock Exchange dont elle cirait soigneusement les bancs depuis quarante ans.

Au centre de la table avaient été disposés des bouteilles d'eau, un grand plateau de mini sandwichs ainsi qu'une assiette de cookies, que l'on ne dévorerait que des yeux. On continuait néanmoins à appeler cela des frais de bouche. Témoins silencieux d'un couronnement désormais imminent, les administrateurs écoutèrent avec déférence le discours du P-DG. On honorait le cancer, pas l'homme, mû par la crainte superstitieuse d'être le prochain. Plus le discours avançait, plus la secrétaire du comité grimaçait. Elle fronçait sévèrement le nez, ce qui dissipait l'attention de l'assemblée.

Le P-DG céda la place au président du comité qui annonça enfin le nom de l'heureux élu. Un éclair de joie traversa le regard de Gary au moment où il entendit son nom. La salle applaudit chaudement. Terrassé par la nouvelle, Miles ne parvint pas à se lever de son siège lorsque tous se précipitèrent vers Gary. L'ingénieur le salua d'une humilité victorieuse. Miles grinça des dents, retenant sa hargne derrière un sourire piquant.

Sorti de la réunion, Gary n'avait aucune envie de rentrer chez lui. Il demanda à son taxi de le déposer devant le Chiltern Firehouse. Lorsqu'il arriva au bar à cognac, Jack était sur le point de fermer. « Pour vous, je vais faire une exception, lui dit-il. Installez-vous, je verrouille la porte et je vous sers. » Gary s'installa dans son fauteuil habituel. Au moment où Jack déposa le spiritueux devant lui, l'ingénieur lui enjoignit de trinquer avec lui.

« Ne refusez pas, Jack, je vous l'offre, lui dit-il. Ce soir n'est pas un soir comme les autres ! »

Gary relata sa journée à Jack. Le barman dodelina de la tête, admiratif. Ses sifflements enthousiastes étiraient ses bajoues fatiguées. Cette distorsion le rendait aussi expressif qu'un personnage de cartoon. « Cette nomination mérite un cru d'exception ! » s'exclama-t-il, lorsque Gary eut terminé le récit de sa journée. Jack se précipita derrière le bar d'où il sortit une carafe inédite, semblable à une goutte ambrée et chatoyante. L'épure du cristal était mise en valeur par un socle aérien doré à l'or fin. Il retira le cabochon et versa le cognac dans un verre tulipe dont la tige, en forme de larme, présentait des nervures délicatement givrées. « Goûtez-moi ça ! lui dit-il. Nous sommes toujours chez Frapin, mais cette fois sur une cuvée Rabelais. C'est un chef-d'œuvre ! » Gary flaira le spiritueux.

« Ce nez, quelle délicatesse ! Je sens la présence de l'agrume et..., dit-il hésitant, il y a autre chose.

— De l'orange et de l'abricot confits, lui souffla Jack.

— De l'abricot ! » s'extasia Gary.

Gary remuait le ballon sous son nez. Le cognac tourbillonnait, relâchant ses effluves boisés.

« En bouche, cherchez d'abord les fruits secs et la réglisse, lui conseilla le barman. Sur la fin, vous devriez sentir des arômes de tabac ou de cigare. »

Gary ferma les yeux et avala une première gorgée. Un nuage de réglisse envahit l'orbe de son palais.

« Vous sentez la puissance évolutive de cette cuvée ? demanda Jack, les yeux pétillants. Sachez que François Rabelais était l'aïeul de Pierre Frapin. Toutes les eaux-de-vie qui ont permis l'assemblage de cette cuvée proviennent d'un chai de cognac Grande Champagne de plus de soixante ans et de dames-jeannes remplies de vieux cognacs d'âges inconnus. »

Gary avala une nouvelle gorgée. Jack s'assit à côté de lui et les deux hommes, comme des rois, jouèrent avec le silence.

« Vous avez toujours été barman, Jack ? lui demanda Gary.

— Jusqu'à la crise de 2007, j'étais courtier en subprimes. J'ai tout perdu, surtout le goût du trading. Après mon licenciement, j'ai fait une dépression. Ma femme m'a quitté. Elle est repartie vivre en Écosse. Nous n'avions pas d'enfant. On casse du sucre sur les clichés, mais il n'y a rien de plus vrai. Quand l'argent coule à flots, elles sont toutes là, mais quand ça se tarit… Je n'avais plus rien alors je me suis exilé en France. Je ne savais pas trop où aller. J'ai pensé à Jarnac, là où ma grand-mère était née. J'avais toujours voulu m'y rendre, mais je n'en avais jamais eu l'occasion. Quand on fait du trading, on vit au rythme des marchés. On ne vit pas, on survit. J'ai finalement passé dix-huit mois en Charente. J'ai fait des petits boulots dans différents vignobles où l'on produisait les meilleurs cognacs. C'est comme ça que j'ai appris le métier. Et puis je suis tombé sur les Frapin. J'ai passé huit mois chez eux. Là, ça a été la révélation. Un jour, le propriétaire de cet hôtel est venu au domaine. Ma visite du chai lui a plu, il m'a offert de revenir à Londres. J'ai accepté.

— Vous aimez votre métier ?

— Je n'ai pas à me plaindre. Je retourne régulièrement en Charente pour garnir ma cave, je suis bien payé, je travaille dans un cadre agréable. J'ai du temps pour lire. Ma vie n'a pas plus de sens qu'avant, mais la vie a-t-elle un sens ? Et vous ? Vous êtes fier de ce que vous avez accompli ? Ça vous fait quoi d'être un grand patron ? »

Gary réfléchit. Il aurait voulu dire à Jack que cela changeait tout, qu'accéder au pouvoir le rassurait, qu'il était préférable de manquer de temps que d'argent puisque l'on ne faisait rien sans moyens. Il aurait voulu lui dire qu'il était enfin heureux de pouvoir être reconnu et admiré, que son projet avec Théa l'avait accompagné, que son goût pour la liberté l'avait porté, mais que l'anonymat était un écueil, que lorsque l'on croyait dur comme fer être une étoile, rien ne devait vous empêcher de briller, qu'il se sentait enfin à la place qui lui revenait. Il aurait voulu lui dire qu'il avait tellement souffert de la mort d'Isabella, de la détresse de Sama, de la distance avec Théa et des exigences croissantes de Tatiana, qu'il méritait tout cela, et que pour une fois, il ne penserait pas à elles, mais à lui. Il aurait voulu, tellement voulu se confier à Jack. Mais, par respect et par méfiance, il répondit : « Rien. »

Ce fourvoiement le gêna, il régla la note et partit.

46

Gary et Théa ne s'étaient pas entretenus depuis le voyage de Théa à San Francisco. Gary ne l'avait pas informée de sa nomination. Se sentant coupable du coup fomenté par Tao, Théa ruminait sa déception et regardait, démunie, le monde qu'ils avaient créé se déliter.

Un après-midi, alors qu'elle tentait de se connecter au métavers, l'accès lui fut refusé. Théa vérifia ses identifiants, puis réessaya sans succès. Sur les pages des forums dédiés à Lotus Eaters, les utilisateurs relataient le même problème de connexion. La colère grondait. Théa savait que le moindre impair pourrait être fatal au monde virtuel. Elle tenta de joindre Gary, en vain. Après une heure d'attente et sans nouvelles de lui, elle enfila une tenue de course et sortit.

Dans le parc, la chaleur était insoutenable. Un orage menaçait d'éclater. Théa avalait les kilomètres en écoutant l'actualité. Au moment où elle atteignit le haut du Réservoir, elle s'arrêta net. « *La société britannique RAM, fleuron anglais de l'industrie microélectronique, annonce que son comité des nominations et de la gouvernance a nommé Gary Nolan à la direction du groupe. Cette nomination pour un mandat de quatre ans prendra effet dès demain.* » La gorge de Théa se noua. Elle respirait difficilement. La chaleur amplifiait la sensation d'étouffement. Elle s'appuya contre la grille du Réservoir afin de retrouver une respiration spontanée. De grosses gouttes se mirent à couler sur ses bras nus, elle ne les sentit pas. Après quelques minutes, elle adressa un message à Gary, le félicitant non sans ironie. L'ingénieur lut le message, mais ne répondit pas. Elle se leva, fit quelques pas et revint sur leur fenêtre d'échange. Elle lui adressa un second message qui, cette fois, ne fut pas réceptionné. Il l'avait archivée.

Elle termina sa course sous la pluie battante, cherchant à comprendre le comportement de Gary. Pourquoi ne l'avait-il pas informée de sa nomination ? Pourquoi ne l'avait-il pas rappelée lorsqu'elle lui avait fait part du problème de connexion ? Et pour quelle raison filtrait-il ses appels ? Théa mordillait ses lèvres jusqu'au sang. Lorsqu'elle atteignit l'entrée de son immeuble, elle s'abrita sous l'auvent et tenta de le contacter via une autre application. Son message fut concis, limité au problème de connexion de Lotus Eaters.

À la lecture de ce message, Gary comprit qu'il était temps de réagir. Compte tenu de sa nouvelle position, la moindre mention écrite de Lotus Eaters pouvait s'avérer compromettante en cas d'audit. Le P-DG de l'une des plus grandes entreprises technologiques ne pouvait pas être associé à une plateforme qu'une inspection circonstanciée pourrait qualifier de « volée ».

« Ah, enfin ! Je me suis inquiétée ! s'exclama Théa lorsqu'elle prit l'appel de Gary. Cette nouvelle est inattendue !

Tu as été nommé P-DG de RAM ? Pourquoi tu ne m'as rien dit ? » Et sans le féliciter ni lui laisser le temps de répondre, elle ajouta : « On parlera de ça plus tard, on a une urgence à régler. L'accès à Lotus Eaters ne fonctionne plus, on a dû être piratés. Je crains que ce ne soit un nouveau coup de Tao. »

Gary fut vexé de la manière dont elle éludait son exploit, mais il garda son sang-froid, conscient que son annonce devait être lapidaire, et son propos, irrévocable. En dépit des sentiments qu'il éprouvait pour Théa, l'ingénieur n'avait plus le choix. Rien ne devait entraver ses nouvelles fonctions.

« Je ne vois pas de quoi tu parles, lui lâcha-t-il froidement. Mais compte tenu des responsabilités qui m'incombent désormais et de la visibilité de mon nouveau poste, il est préférable que nous gardions nos distances quelque temps. »

Atterrée, Théa fut incapable de réagir. Gary raccrocha dans l'instant.

De retour chez elle, elle tenta de se reconnecter à Lotus Eaters. L'accès ne fonctionnait toujours pas. Elle supprima l'application de son téléphone, puis retourna dans l'Apple Store afin de la retélécharger. L'application avait disparu du catalogue d'Apple. Déconcertée et ne sachant vers qui se tourner, elle contacta Tao.

« Pourquoi as-tu fait ça ? pesta-t-elle, lorsqu'il répondit. Pourquoi as-tu supprimé l'application ? Ton premier coup ne te suffisait pas ?

— De quoi parles-tu, Théa ? rétorqua-t-il, surpris.

— De l'application Lotus Eaters ! Elle a disparu de l'Apple Store ! Ne fais pas semblant de ne pas comprendre.

— Théa, Théa…, poursuivit-il, retrouvant un ton cinglant. Tu devrais te calmer et vérifier tes sources avant de m'attaquer. Je n'ai jamais eu accès à l'Apple Store, car le petit génie ne m'a jamais donné les droits. Je comprends ta déception, mais je crains de ne pas pouvoir t'éclairer cette fois… » Tao se tut pour jouir de son souffle consterné. « Elle a un goût amer, la déception, n'est-ce pas ? continua-t-il d'une voix railleuse. Mais tu verras, on s'y fait… C'est dur, c'est vrai, voir l'être que l'on a idolâtré nous rejeter, c'est… terrible ! Sacré petit génie ! ricana-t-il. Ah, Théa, l'homme est par nature médiocre. N'oublie jamais Tchekhov, *La Mouette*… Pouf… en plein vol, un coup, et puis s'en va… Pouf… Pouf… »

N'y tenant plus, Théa raccrocha. La situation était maintenant claire dans son esprit. L'amertume la gagna à l'idée que Gary ait refusé de reconnaître l'existence de Lotus Eaters au téléphone de peur d'être enregistré. L'ingénieur avait prévu son coup. Devenu P-DG, il savait que toute trace de code devait être effacée. Son casier était vierge. Le grand patron s'était lavé de tout soupçon et avait sacrifié Théa sur l'autel de ses ambitions. De colère, elle jeta son téléphone à terre. L'écran se fissura de toutes parts. Elle poussa un cri de rage si strident qu'il effraya l'iguane de Gabriel. Théa s'assit à même le sol. Le visage blotti contre ses genoux, elle n'entendit pas le cliquetis de la porte d'entrée.

47

« Qu'est-ce que tu fais là ? » s'écria Oliver, effaré, en apercevant le corps recroquevillé de sa femme.

Elle leva les yeux vers lui. Le désespoir de son regard le saisit, il s'accroupit.

« Ça va, Théa ? lui demanda-t-il, en caressant son épaule d'un geste affectueux qui ne lui ressemblait guère.

— Ça va aller, ânonna-t-elle, c'est juste… c'est juste la mort d'Ivan… enfin… ne t'inquiète pas. »

Oliver se releva et aida sa femme à se mettre debout. Elle se dirigea aussitôt vers la salle de bains. Face au miroir, elle passa de longues minutes à observer ses cheveux ébouriffés, ses lèvres crevassées et son air ravagé. Son tee-shirt de course collait à sa peau. Elle tourna le robinet et passa de l'eau sur son visage. Le goût âcre du sang séché imprégnait ses lèvres. Elle déposa une lichée de dentifrice sur sa langue. La bouche maculée de pâte fluorée, elle fixa le damier au sol quand, soudain, elle sentit la présence de Gary. Ses bras l'enveloppaient, ses dents mordillaient le lobe de son oreille, sa langue glissait le long de son cou. Ses mains soutenaient ses seins comme deux petits joyaux… Un filet de salive blanche coula sur son haut noir, la sortant brutalement de ses divagations. Elle passa maladroitement sa main sur la salissure fluorée qui se répandit jusqu'à son nombril. Percluse, elle observa dans le miroir les fibres synthétiques qui absorbaient l'impureté. Elle se trouva dégoûtante, tellement dégoûtante. Son estomac se noua, pas un nœud de débutant, un vrai nœud d'arrêt, un nœud en huit. Pendant qu'elle était là, seule, Gary fêtait sa nouvelle vie avec une autre femme, celle qui avait porté leur enfant et auréolé ses ambitions. « Il est préférable que nous gardions nos distances quelque temps… » L'écho de ses mots la hantait. Elle s'accroupit sur les damiers comme un fou sur un plateau d'échecs. Un flot de larmes la submergea. Elle glissa jusqu'à la douche et s'appuya contre le mur comme un vieux clown désarticulé. L'urine qu'elle laissa filer entre ses cuisses forma une flaque dans laquelle elle noya ses orteils. Son corps était vide, aussi vide qu'une bulle de savon, vide de l'amour qu'elle lui avait porté, vide des années passées à fantasmer sur un homme qui l'avait reniée, vide, enfin, des espoirs que la virtualité avait emportés. Théa ne savait dire ce qui l'écœurait le plus, l'urine chaude, son visage déconfit ou l'idée que l'homme qu'elle aimait ait pu la quitter avec une telle impassibilité.

Des larmes jaillirent. Dans chacune d'elles se noyait leur histoire. La réaction de Gary l'avait jetée dans une déréliction dont elle ne parvenait plus à s'extirper. Elle ressassait sans cesse ses promesses. « Avec elle, tu construis ta vie, et avec moi ? lui demandait-elle. — Avec toi ? L'infini ! » lui jurait-il jusqu'au blasphème. Gary avait toujours été le roi de la fragmentation. Ses promesses venaient d'exploser en elle. Ses éclats la broyaient. Théa n'aspirait pas au serment, mais à l'inouï, celui de son corps, au plaisir de jouir de la vie à travers lui. Comment vivre sans cet homme qu'elle sentait *intus et in cute,* à l'intérieur et sous sa peau ? D'une main, elle tourna le mitigeur de la douche, puis elle se releva et se calfeutra sous le jet d'eau.

Lorsqu'elle réapparut dans le salon, Oliver était assis dans le canapé, un verre de bordeaux à la main. La télévision était allumée sur Veracity News. Les yeux fixés sur l'écran, il buvait les paroles du gouverneur de Floride. L'élu républicain répondait aux questions du présentateur vedette de la chaîne. Oliver semblait de belle humeur. L'ébriété n'était pas seulement une question de sucre. La fréquentation du pouvoir provoquait une ivresse des sens qu'aucun vin, quel que fût son degré, n'eût pu concurrencer. « Ça va mieux ? » s'enquit-il distraitement lorsqu'il aperçut Théa. Elle acquiesça d'un geste de la tête et s'assit à quelques mètres de lui. « Je t'ai servi un verre », poursuivit-il, en le lui tendant.

L'élu de Floride, officieusement investi par le Parti républicain en vue de l'élection présidentielle, avait été sommé de préciser ses positions en matière de politique étrangère. Le futur candidat alléguait que l'Amérique n'avait pas à se mêler de la situation en Antarctique, car ce différend territorial ne la concernait pas. Le présentateur souleva le caractère militaire des installations chinoises dans la région, probable base nucléaire. « *Nous ne faisons pas de la politique sur la base de prédictions fantaisistes*, répliqua le gouverneur sans détour. *Et même en admettant que cette base soit nucléaire, en quoi menace-t-elle la sécurité des États-Unis ?* » Le présentateur insista sur le risque de précédent : si la Chine s'emparait d'un territoire qui ne lui appartenait pas, au vu et au su de tous et sans qu'aucune sanction lui soit infligée, qu'est-ce qui l'empêcherait de renouveler son geste ? Pour étayer son propos, il souleva le cas de l'Ukraine. Le républicain persista : la comparaison était à propos, les États-Unis n'auraient jamais dû se mêler de ce qui, en Europe, ne les concernait pas. « *Mais, tout de même*, insista le journaliste, *l'imposition de l'e-yuan aux échanges sud-américains nuit à l'hégémonie américaine dans la région.* » Avec l'habileté d'un félin, le gouverneur contourna la question. Il argua que, lui président, les États-Unis retireraient leur flotte des eaux australes, car rien n'était plus important que la liberté, le bonheur et la protection des citoyens américains, trois éléments qui ne dépendaient ni de la position des icebergs ni de la situation des ports argentins, mais bel et bien des politiques sécuritaires, éducatives et technologiques domestiques. « *Tout de même*, s'entêta le présentateur, *ne pensez-vous pas que Taïwan sera la prochaine cible de Pékin, si son action en Amérique latine n'est pas jugulée ?* » Oliver fronça les sourcils. « Quelle pugnacité surprenante ! s'exclama Théa. On dirait que vous avez augmenté vos standards journalistiques ! » Oliver était choqué de l'outrecuidance de son journaliste. Sans ciller, le gouverneur reprit la main : « *Notre attention doit se porter sur notre territoire. Nous devons nous doter de nos propres usines de microprocesseurs, ce qui créera des emplois pour nos concitoyens. Le gouvernement actuel se trompe de bataille. Il préfère s'enliser dans une situation qui ne le concerne pas plutôt que de donner à la nation les moyens de son autonomie technologique. C'est tout simplement irresponsable.* »

« C'est absurde ! s'exclama Théa, lorsqu'il eut terminé. Il

faut au moins cinq ans pour construire une usine de microprocesseurs aux États-Unis. On ne peut pas se passer de Taïwan, en tout cas, pas dans l'immédiat.

— Enfin, Théa, sois réaliste ! Les Chinois récupéreront Taïwan sans qu'une goutte de sang américain soit versée. On a roulé les mécaniques un temps en envoyant la vieille Pelosi dans le Pacifique, mais la vérité, c'est que cette guerre n'aura pas lieu. Regarde ce que l'Ukraine nous a coûté, la quantité d'armes et d'argent qu'on leur a envoyée, l'affaiblissement militaire que nous avons subi au moment où la Chine renforçait son arsenal. On a fait connerie sur connerie ! Il est temps que l'on se concentre sur nos industries, que l'on renfloue nos stocks et que l'on fasse passer notre nation avant celle des autres ! »

Braquée par les propos d'Oliver, Théa se leva, posa son verre sur la table et quitta le salon.

« Où vas-tu comme ça ? l'interpella-t-il.

— Me coucher ! Je te laisse applaudir seul la désynchronisation des États-Unis. Dîne avec Gabriel, tu lui feras l'étymologie du mot démocratie ! »

Au moment où Théa claquait la porte de la chambre d'amis, le téléphone d'Oliver vibra. Toutes les plateformes d'information titraient sur la disparition inattendue et inexplicable de Lotus Eaters.

48

Un fusain recouvrait les murs de la chambre d'ami où Théa avait passé la nuit. Sur le motif d'hortensia, dense et charbonneux, qui prenait racine dans l'encadrement de la porte, dansait une musaraigne. Son corps gracile semblait glisser entre les traces fuligineuses qui, le mur progressant, s'estompaient jusqu'à se fondre dans le grain immaculé du papier. Comme un souvenir, le crayon se dissipait. Une odeur de renfermé imprégnait la pièce, mais c'était bien davantage sa vie qui sentait le moisi. Théa ne parvenait plus à s'arracher à la mélancolie dans laquelle elle était plongée. Son estomac liait et déliait des nœuds que seul un matelot aguerri eût été capable de dénouer tandis qu'elle se noyait dans l'écume. Elle avait un goût sacrément dégueulasse, l'écume. Théa passa de longues minutes à faire courir ses pupilles entre les branches d'hortensia. La plante de l'indifférence lui faisait les yeux doux.

« Maman, tu es réveillée ? lui souffla Gabriel, derrière la porte. On a fait des pancakes avec papa. » Sa bienveillance juvénile l'émut. Elle était sans pitié, mais affectueuse. Quand on en bave, la pitié foudroie parce qu'elle enterre, elle est une satisfaction égoïste, une tyrannie. La bienveillance de Gabriel donnait, au contraire, le courage de se relever. « J'arrive », lui dit-elle, avec douceur. Lorsque Gabriel se fut éloigné, elle se leva et alluma son smartphone. Elle n'avait reçu aucun message de Gary. Son mutisme tenait ses synapses en joue. Elle était acculée par son indifférence, par ce silence qui était le meilleur des mépris. Elle se leva et se dirigea vers la porte. Alors qu'elle s'apprêtait à l'ouvrir, un livre posé sur une étagère capta son attention. Sa couverture représentait la falaise d'un glacier. L'ouvrage, sur la Patagonie, était intitulé *Le Royaume du vent.* Théa le saisit et le feuilleta avec soin. Elle aimait le toucher du papier glacé qui invitait à la lenteur et au ménagement. Plus elle tournait les pages, plus le désir de s'extraire de cette atmosphère pesante pour se perdre dans l'immensité des sommets argentins la gagnait. Le royaume du vent, comme un second souffle, l'emportait. « L'Argentine, Buenos Aires, c'est l'horizon », lui chuchotait Gary depuis son inconscient, mais Théa ne l'entendait pas, et pourtant, il était là, tapi au cœur de sa douleur. Le Grand Sud, comme Gabriel l'appelait.

« Maman ! insista Gabriel, qui s'impatientait. Ça va être froid ! » Théa referma le livre à la hâte. Dans la cuisine, Oliver et Gabriel étaient assis face à face. Pendant qu'Oliver dévorait l'actualité et ses pancakes au sirop d'érable, Gabriel avalait son roman. L'adolescent avait retenu la leçon de grecs. De bon matin, la prédication était toujours indigeste. Tous les moyens étaient bons pour s'y soustraire. Il se délectait ainsi de la splendeur dorée des Années folles dans la luxueuse demeure de Gatsby où Fitzgerald l'avait conduit.

Théa s'assit devant l'assiette posée en bout de table et se mit à picorer le contenu, sans faim.

« On pourrait aller en Argentine cet été, glissa-t-elle. Les paysages de Patagonie sont à couper le souffle.

— Ah non, pas l'Argentine, maman ! s'écria Gabriel. Mon camp d'été commence dans une semaine et il se termine mi-août. On n'aura pas le temps.

— Mais tu pourrais finir plus tôt...

— Non, s'il te plaît, insista-t-il. Tous les copains de l'an dernier seront là. On a dit six semaines, je pars six semaines !

— Quelle idée d'aller au pôle Sud, l'été ! renchérit Oliver. Il fait un froid de gueux. En ce qui me concerne, j'ai trop de travail. Ne compte pas sur moi dans les prochains mois pour quelque voyage que ce soit. Les élections arrivent, je vais passer mon temps en Floride. Nous avons prévu d'y installer temporairement une annexe. »

Théa ne réagit pas, se leva et jeta le contenu de son assiette dans la poubelle devant l'œil compatissant de l'iguane. Elle se dirigea ensuite vers la machine à café. Le bac à grains était vide, elle le remplit. Oliver s'approcha d'elle pour mettre son assiette dans le lave-vaisselle. Courbé au-dessus de la machine, il s'exclama :

« Tu as vu que Lotus Eaters a disparu ? »

Le dos tourné, Théa tressauta. Elle marmonna entre ses dents qu'elle n'en savait rien.

« On n'est pas sûr de l'origine de la disparition, poursuivit Oliver. La seule chose que l'on sait, c'est que quelques jours avant que la plateforme ne disparaisse, la porte-parole de Respek avait organisé une campagne diffamatoire contre le métavers à propos d'une histoire de viol virtuel. C'est dommage, ça avait l'air de bien marcher et l'idée était audacieuse, mais bon… il fallait s'y attendre.

— Ah oui, pourquoi ? répliqua Théa, vindicative.

— Le métavers est, par nature, un monde pour les chevaliers de la justice sociale, un espace où le corps n'a aucun sens, où tout est fluide, autrement dit un monde qui n'est ni solide ni consistant. Les fondateurs de cette virtualité bien pensée ont été naïfs, même si c'était bien tenté. En tout cas, nous ne saurons jamais qui étaient ces mangeurs de lotus. » Oliver se dirigea vers la porte de la cuisine. « C'est marrant, reprit-il avant de sortir, c'est exactement la thèse que j'avais soutenue à propos de *The Blockchain Government*, tu te souviens ? Je t'avais précisément dit que les mondes virtuels finiraient par répliquer l'écueil du monde réel et qu'ils étaient, par essence, des espaces clivants, faits pour des fascinateurs. Eh bien, tu vois, j'avais raison ! »

Théa aurait voulu faire ravaler à Oliver son air victorieux, mais elle se retint.

« Tu crois qu'il y aura une enquête ? lui demanda-t-elle.

— Non, c'est terminé, répondit Oliver d'un ton qui ne laissait aucune place au doute. Il ne reste aucune trace de ce métavers, le code a été détruit. Ce monde restera un mystère qui augure de belles théories complotistes !

— Je ne me sens pas très bien, balbutia Théa. Je crois que je vais rester là aujourd'hui… »

Tous les médias relayèrent la disparition de Lotus Eaters. Justin Parsons se fendit d'un éditorial à charge dans le *New York Times* arguant que les mondes de prédateurs, virtuels ou non, devaient être punis sans miséricorde. Le roi du nœud papillon qualifiait le monde de Théa et Gary de « péril éthique ». Yael Rosenberg avait vu juste, l'habit ne faisait pas le moine, le woke était le nouveau porteur de soutane. La mesquinerie des respekers encolérait Théa qui aurait voulu pouvoir rétablir la vérité, mais l'anonymat qu'elle devait conserver interdisait toute prise de parole.

49

Théa procrastina en remâchant les indignités de Justin : son sermon à l'œnologue, son interview élogieuse de HealMan et, enfin, ses propos outrageux sur Lotus Eaters. Elle touillait son café froid, le regard vide, lorsque son smartphone bipa. Le scénariste qui assurait l'atelier d'écriture qu'elle avait suivi la remerciait de sa participation. À la lecture du message, le visage de Théa s'illumina. Si elle ne pouvait pas rétablir la vérité des faits quant à la disparition de Lotus Eaters, rien ne l'empêchait de construire une fiction. Elle attrapa son carnet et relut les notes qu'elle avait prises au cours des semaines passées à construire le métavers. Appliquée, elle passa la matinée à réorganiser ses idées. Les heures filaient et déjà elle s'absorbait dans un projet qui la transportait. Comme toujours, Théa se nourrissait de la porosité entre réalité et fiction. Lentement, elle peaufinait l'intrigue d'un scénario qui lui semblait de plus en plus évident. Lorsqu'ils se retrouvèrent le soir, elle s'en ouvrit à Oliver.

« J'ai besoin de prendre du recul, lui dit-elle. Ces dernières années, j'ai tout donné à mon travail. Depuis la mort d'Ivan, je n'y arrive plus. J'ai le sentiment douloureux de m'être reniée. J'aimerais mener à bien mon projet d'écriture.

— Ton projet d'écriture ? répondit-il, interloqué. Quel projet d'écriture ?

— L'écriture d'un scénario. Tu sais bien que c'est ce que j'ai toujours voulu faire.

— Quinze ans chez le géant du film d'animation, et voilà que ta seule ambition, c'est d'écrire un scénario ! » Oliver était consterné. « Tu pourrais peut-être envisager des fonctions plus managériales : chef d'équipe, chef de département… La directrice adjointe s'en va bientôt, n'est-ce pas ? »

Le ton corrosif d'Oliver accabla Théa.

« Mes ambitions ne sont ni financières ni égotiques, mais esthétiques et politiques, affirma-t-elle.

— Politiques ? répéta Oliver. Il suffisait de le dire. Nous avons du travail à revendre… Mais qu'est-ce qui sera "politique" dans ce scénario ?

— Tout ! L'intrigue, les personnages, le contexte. Ce sera un éloge de la démocratie.

— Défendre la démocratie en racontant des histoires. Ta naïveté est parfois touchante. On croirait presque au retour de l'*American dream* !

— Mais, Oliver, dans quel monde vis-tu ? La fiction, c'est par essence ce qui structure une société. C'est aussi ce qui rassemble les citoyens. Rien, absolument rien, n'est plus politique qu'une fiction ! »

Exaspéré, Oliver gesticulait sur sa chaise sans même s'en rendre compte. L'entrepreneur était devenu incapable de comprendre l'idéalisme de sa femme. Ses sens avaient depuis longtemps été inhibés par la corrosivité d'une société qu'il n'appréhendait plus qu'à travers le prisme de ses rapports de force.

« La mort d'Ivan m'a fait réaliser que le temps nous est compté, poursuivit Théa. La moitié de notre vie est derrière nous. Il est trop tard pour les compromis. Fais les calculs ! Combien de Thanksgiving nous reste-t-il à vivre ensemble ? Au mieux, une trentaine. En cumulé ? À peine un mois. »

Théa perçut qu'elle avait ouvert une brèche dans le cœur d'Oliver qui venait d'estimer le nombre de nuits blanches qu'il pouvait encore espérer passer contre les reins de sa statisticienne. Même en multipliant les week-ends d'escalade, ce chiffre atteindrait difficilement une année, une durée qui serait nécessairement minorée de l'impuissance programmée qui le guettait.

« Gabriel part la semaine prochaine pour six semaines, continua-t-elle. Mon travail sur le dernier projet Wixar est terminé. Les studios devraient consentir à me donner un congé sans solde pour l'été. J'en ai parlé au directeur artistique cet après-midi, il s'est montré ouvert à ma demande. Étant donné que tu seras la plupart du temps en Floride et que Gabriel sera absent, je vais pouvoir me consacrer pleinement à l'écriture. »

50

Gabriel parti dans le New Hampshire, Théa adopta une routine productive. Son scénario avançait à un bon rythme. Afin de préserver la bulle de créativité dans laquelle elle s'était installée, elle refusait systématiquement toute sollicitation sociale, à l'exception des invitations de Myriam ou de Joachim qui, justement, les avait toutes deux conviées à l'avant-première de son film sur Henning Sören.

La projection avait lieu au Lincoln Center. Une foule de cinéphiles patientait devant l'entrée lorsque Myriam et Théa arrivèrent. Joachim leur avait réservé deux places dans l'espace dédié à la presse. La salle était comble. Le directeur du festival entra sur scène au moment où elles s'asseyaient. Il accueillit Joachim et Henning Sören sous les applaudissements nourris du public. Le discours de Joachim fut lapidaire. Henning Sören se contenta de saluer la salle d'un geste de la main. Un entretien était prévu après la projection.

Le documentaire hystérisa les spectateurs. Dans les applaudissements et les sifflements qui fusèrent au retour de la lumière se jouait une bataille d'Hernani. Les journalistes étaient sur le qui-vive. Sören n'avait pas donné d'interviews depuis plus de deux ans. On installa le modérateur à gauche de la scène, Sören au centre et Joachim à sa droite. Joachim et Sören échangèrent quelques messes basses. Cette connivence danoise masqua les atermoiements du directeur du festival qui ne retrouvait plus ses fiches. Quelques minutes plus tard, un stagiaire se faufila sur les planches pour les lui remettre.

D'aspect débonnaire, il fut un modérateur percutant. Après avoir traité de la liberté d'expression en Europe, il s'attarda sur la place de l'islam dans les sociétés occidentales, puis sur le wokisme et ses effets infantilisants. « Il faut se souvenir, dit Sören, qu'avant les Lumières, on brûlait les hérétiques et on tuait les blasphémateurs. Avons-nous tant progressé ? » Cette réflexion souleva l'ire de certains journalistes tandis que d'autres trépignaient d'impatience. Tous durent ronger leur frein. La séance avait été interrompue par une horde d'étudiantes déchaînées. Installées au fond de la salle, les jeunes femmes aux cheveux colorés poussaient des cris sporadiques et des sifflements aigus. Le voisin de Théa, un jeune journaliste auquel la queue-de-cheval et la barbe pleine donnaient un air de junkie, lorgnait avec lubricité leurs tee-shirts bombés, espérant que par activisme, elles montreraient leurs seins. Il n'en fut rien. Deux molosses les évacuèrent. L'entretien prit fin.

Après la projection, Myriam et Théa se rendirent chez Joachim où un cocktail était organisé en l'honneur de Sören. Le réalisateur occupait un loft au dernier étage d'un *iron building* de Soho. Séparé depuis plusieurs années de la mère de son fils, une metteuse en scène danoise qui désormais habitait Copenhague, il vivait seul. Les rumeurs disaient qu'il avait fréquenté une actrice de la série *Twilight*, mais depuis leur séparation, on ne lui prêtait aucune relation.

Trois canapés en velours bleu nuit étaient disposés autour d'une table basse, couverte de livres. La plupart étaient en anglais, quelques-uns en danois. Une cheminée dominait la pièce. De part et d'autre, des skateboards étaient exposés sur les murs en brique. Le vieux parquet ciré donnait de la chaleur à l'espace. Un peu plus loin, une table communale en bois naturel, flanquée de deux bancs couverts de coussins chamarrés, était installée face au comptoir de la cuisine. Elle pouvait accueillir une vingtaine de convives. L'équipe de Joachim s'y réunissait régulièrement. Des chefs-d'œuvre du cinéma étaient nés autour de cette table que la main de Harvey Weinstein avait caressée à plusieurs reprises.

Derrière elle, des milliers de livres recouvraient le mur. Théa les examina. Une pléiade d'essais sur le cinéma côtoyait des ouvrages de philosophie. Sur la plus profonde des étagères, on trouvait les pellicules originales de *Gertrud*, le film de Carl Theodor Dryer. C'était dans son noir et blanc que la vocation de Joachim avait pris racine.

« Vous les reconnaissez ? » demanda Joachim à Théa, en lui tendant un verre de vin et en pointant du doigt deux hommes sur une photo située au milieu des œuvres de Kierkegaard. Elle hésita : « Sur la gauche, là, c'est vous, n'est-ce pas ?

— Oui, mais là ? » insista-t-il, en posant son doigt sur l'homme qui l'accompagnait.

Elle regarda fixement le cameraman barbu, mais ne parvint pas à l'identifier. Il portait une veste en jean ouverte sur un pull vert Empire. Son épaule ployait sous une volumineuse caméra. Elle avala une gorgée de vin afin de cacher son embarras.

« C'est Lars von Trier ! s'exclama Joachim avec fierté. J'étais son assistant sur *Les Idiots*. Vous vous souvenez, je vous en ai parlé à Londres ? » Théa hocha la tête. « Allez, venez, on nous attend là-bas », dit Joachim, en se dirigeant vers la cheminée autour de laquelle les invités s'étaient réunis pour écouter Sören.

« Une question me taraude, dit Sören à Joachim en désignant les skates accrochés au mur. D'où viennent ces planches ? »

Joachim se leva, se dirigea vers celle située au centre du mur gauche et s'en empara.

« Celle-là appartenait à Tony Hawk, dit-il, ému. C'est celle avec laquelle il a gagné le Titus World Cup Contest de Münster en 89. J'avais douze ans. J'y étais ! »

Le réalisateur était passionné de skateboard. Il leur parla de chacune des planches de sa collection, puis partagea quelques souvenirs de ses années passées à glisser sur les rampes des skateparks de Copenhague, avant qu'il ne consacre sa vie au cinéma. Tout prédestinait Joachim au grand écran : un grand-père réalisateur, un goût prononcé pour la philosophie, un sens inouï de l'image. Pourtant, au sortir de l'adolescence, ce ne furent pas les affiches de cinéma qui tapissèrent les murs de sa chambre, mais les posters de Tony Hawk.

« C'est le skateboarding qui m'a guidé vers le cinéma, du moins vers Lars von Trier, confia Joachim à ses invités.

Ma tante connaissait sa mère dont elle était une lointaine cousine. Lars cherchait un assistant. Ma mère se lamentait auprès de sa sœur de me voir traîner dans les skateparks toute la journée. Ma tante a convaincu Lars de m'embaucher. J'aimais le cinéma, mais je n'y connaissais rien. Un matin, j'ai débarqué sur le tournage des *Idiots*. C'est là que tout a commencé. »

En fin de soirée, Joachim proposa une partie de Trivial Pursuit à ses derniers invités. Il fit équipe avec Théa, Myriam avec Sören et le producteur de Joachim avec son avocat. Ces derniers venaient de décrocher un camembert vert. La question n'était pas évidente, elle portait sur Juergen Gadamer, le brillant lauréat du prix Wolf de physique 2023, l'année de son suicide dans les montagnes de Haute-Autriche. Le producteur et l'avocat talonnaient Théa et Joachim. Il ne restait plus qu'une question pour les départager.

« Quel est le saint patron du diocèse d'Angoulême ? » demanda Myriam à Joachim et Théa.

Le réalisateur regarda sa coéquipière, d'un œil résigné, prêt à céder la victoire.

« C'est saint Cybard ! s'exclama Théa, provoquant l'ébaubissement de ses partenaires de jeu.

— Saint Cybard ! Mais comment savez-vous cela ? s'écria Joachim.

— Ma mère était française. Sa famille était originaire de Charente. Des producteurs de cognac ! »

La partie terminée, les invités se pressèrent vers l'ascenseur. Joachim prit Théa à part.

« Myriam m'a dit que vous aviez suivi l'atelier de James Gray et que vous étiez en train d'écrire un scénario… » Théa acquiesça. « J'ai travaillé plusieurs fois avec Gray. Il n'est pas tendre, mais c'est un excellent scénariste. Son atelier est très prisé et particulièrement sélectif. Vous devez avoir du talent. » Théa haussa les épaules timidement. « Envoyez-le-moi lorsque vous l'aurez terminé, lui glissa-t-il, et profitez de ce moment. Vous savez ce que dit Tchekhov de la création littéraire ? C'est l'un des plus beaux passages de *La Mouette*... *Pour celui qui a éprouvé la joie de la création, toutes les autres joies ne doivent pas exister !* Relisez-la ! » Le visage de Théa s'illumina, provoquant le sourire complice de Joachim.

Dans le taxi qui les ramenait vers l'Upper East Side, Théa gronda Myriam d'avoir éventé ses projets scénaristiques. « Écoute plutôt les nouvelles au lieu de te plaindre de ce qui fera ton succès », lui répondit celle-ci. L'auto-radio du taxi grésillait. On saisissait péniblement la voix de la présentatrice qui annonçait les dernières levées de fonds des start-up new-yorkaises. Cinquante-deux millions de dollars venaient d'être accordés à l'une d'elles pour le déploiement de centres de dépistage gynécologique. Sur les trottoirs des centres urbains, le laboratoire médical s'apprêtait à remplacer le kiosque à journaux. L'entreprise se vantait de mettre en place des « Pavillons de la prévention » et promettait la création du premier passeport gynécologique. Les applications de rencontre y étaient évidemment favorables. Le besoin d'immunité chassait tout autre impératif. L'homme était par nature immunodéprimé, et cela constituait un coût pour la société comme pour les mutuelles de santé. L'infantilisation du discours sociétal, l'obsession du *self-care*, le besoin croissant de sens incitaient farouchement à maintenir des bulles d'intimité constamment menacées. Dans un monde où tout était connecté, mais voué à éclater, la défiance était partout. Il fallait se prémunir de tout, tout le temps, anticiper, jusqu'aux gonorrhées. L'animatrice changea subitement de ton. L'information suivante était grave : on venait d'apprendre le décès de l'ancienne star du petit écran Kevin Thompson. Son corps avait été repêché dans les eaux du lac Sainte-Claire à Detroit. Les circonstances de sa mort n'avaient pas encore été élucidées, mais un suspect venait d'être interpellé. L'homme était un suprémaciste blanc, inquiété pour sa participation à l'insurrection contre la fondation Judd. L'après-midi précédant la mort de Thompson, l'homme aurait eu une altercation avec lui, dans la salle de boxe que tous deux fréquentaient. Thompson se serait interposé entre le suprémaciste et un jeune boxeur noir du club que l'idéologue raciste importunait. Une enquête venait d'être ouverte.

« Quelle horreur ! » s'écria Théa, qui se mit à trembler fébrilement. Myriam ne s'étonna pas de sa réaction, qu'elle mit sur le compte de la mort d'Ivan. Elle passa sa main derrière l'épaule de Théa et la serra contre elle.

51

La mort de Kevin Thompson avait renforcé la détermination de Théa à mener à bien son projet. Lorsqu'elle n'écrivait pas, elle s'absorbait dans la lecture. Après les œuvres de Borges, elle se plongea dans *La Mouette* à la recherche de la citation de Joachim. Fuyant le souvenir de Tao à San Francisco, elle s'était procuré un nouvel exemplaire dont elle annotait abondamment les pages, comme celle qui renfermait un dialogue entre Paulina Andréevna et Dorn. Les vieux amants dissertaient sur l'impossibilité de vivre leur amour au grand jour : « Le temps passe, nous ne sommes plus jeunes, et si, au moins à la fin de notre vie, on pouvait ne plus se cacher, ne plus mentir… », déclarait Paulina, mais Dorn lui opposait que, compte tenu de son âge, il était trop tard. Le cœur serré, Théa se leva et répéta à voix haute leur dialogue comme si la répétition avait eu le pouvoir de convoquer Gary, comme si par l'écho de ses mots, elle eût pu lui crier son désespoir. Théa avait beau se consacrer à son projet, s'illusionner du voile de la raison, elle souffrait, mais cette souffrance, comme une rengaine obsédante, l'accompagnait. Quoique chimérique, elle restait une présence, sa présence. Étourdie par les vapeurs inconscientes de l'espérance, Théa s'enlisait dans le déni afin de ne pas condamner l'homme de sa vie.

Théa et Myriam passaient de nombreuses soirées ensemble, renouant temporairement avec une camaraderie qui leur rappelait les joies claniques de l'adolescence. Théa lui lisait des passages de son scénario, épiant chacune de ses réactions. Le courage se nourrissait de l'assentiment des bienveillants. Myriam prenait plaisir à l'écouter. De temps à autre, elle partageait avec Théa ses analyses géopolitiques, celles dont elle abreuvait Oliver et qui, à tout instant, menaçaient de perturber l'échiquier politique américain.

La situation dans l'océan Austral était stable. Depuis des mois, la Chine maintenait ses navires militaires dans les ports sud-américains. Les cargos continuaient de circuler, sous le contrôle des autorités chinoises. La flotte américaine restait mobilisée à quelques milliers de milles nautiques, mais elle limitait toujours ses manœuvres afin de ne pas froisser Pékin. Le moindre incident pouvait être l'étincelle d'une nouvelle guerre mondiale. Les États-Unis étaient d'autant plus vigilants que l'arsenal nucléaire chinois s'était spectaculairement étoffé. Le maintien du statu quo avec la Chine corroborait la pertinence de la position protectionniste du gouverneur de Floride. Tous les sondages le donnaient gagnant contre le président démocrate sortant. Oliver se délectait du pouvoir que cette situation lui promettait. Il se rêvait déjà en directeur de la communication de la Maison-Blanche.

Depuis qu'il avait ouvert une annexe de Veracity News en Floride, Oliver avait promu la statisticienne au poste de directrice technique et avait exigé qu'elle l'accompagne dans tous ses déplacements. La jeune directrice faisait ses preuves, les clients l'appréciaient, tous louaient son alacrité. Le gouverneur de Floride l'estimait particulièrement, mais c'était le directeur de la rédaction qui la courtisait le plus assidûment. Ce Canadien de vingt-huit ans, ancien joueur de l'équipe de hockey d'Ottawa, ne cessait de la flatter. Le musculeux la conviait à des réunions dans lesquelles sa présence était superfétatoire. Contre toute attente, la directrice répondait à ses avances par une afféterie qui agaçait Oliver. L'entrepreneur avait tenté de remettre de l'ordre en demandant à ses employés de restreindre le nombre de réunions superflues, car rien ne devait entraver la bonne marche de l'entreprise. Malgré cela, le marivaudage s'était poursuivi. Oliver était jaloux de cette relation, mais conscient que la jeune femme n'avait que vingt-cinq ans. À quarante ans, incapable des prouesses sexuelles du hockeyeur, l'entrepreneur compensait ses premiers troubles érectiles par l'aura du pouvoir et de l'argent. Il tentait d'assurer sur tous les fronts, mais il savait qu'il serait difficile de maintenir ce rythme sans donner à sa subordonnée la place qu'elle convoitait depuis des mois. En dépit de la passion dont il brûlait pour elle et des difficultés que rencontrait son couple, Oliver ne voulait pas quitter Théa. L'homme était lucide. L'amour se portait sur ce qui, toujours, échappait. Cette impuissance amoureuse le frustrait, mais elle entretenait la quête de l'objet aimé, la vanité d'un désir qui lui apportait beaucoup de plaisir.

52

Le gouverneur de Floride venait tout juste de terminer un nouveau discours de politique étrangère lorsque l'on annonça que les troupes chinoises avaient envahi l'île des États. Cette petite île du territoire argentin était située à l'est de la Terre de Feu, là où les eaux du Pacifique et de l'Atlantique se rencontraient. Sur son phare du bout du monde, qui avait inspiré à Jules Verne son roman, flottait désormais le drapeau rouge de la République populaire de Chine. Les journaux américains relayaient l'information en boucle. La Maison-Blanche tardait à prendre la parole, alimentant le jeu des républicains. Sur tous les plateaux, le gouverneur de Floride et ses troupes vitupéraient contre l'inconséquence du Président et de son gouvernement. Avant même que l'exécutif eût le temps de se positionner, le président chinois annonça dans une allocution télévisée qu'il reconnaissait l'indépendance de l'île et ordonna à ses troupes de maintenir la paix dans les eaux de la région. La Chine justifiait cette appropriation par la nécessité de protéger la faune locale, en particulier les espèces menacées telles que l'otarie à crinière. Le gouvernement de Pékin invoqua le manque de ressources de l'Argentine en matière de protection de l'environnement. La prise symbolique d'un territoire d'Amérique latine prouvait, s'il en était besoin, la détermination de Pékin à dominer l'océan Austral et à asseoir son hégémonie maritime. Que ce territoire fût une île rendait l'appropriation particulièrement scandaleuse. L'île était un rêve, le ciment onirique d'une nation.

Réuni en urgence, le Conseil de sécurité de l'ONU ne condamna pas la décision de Pékin en raison du veto de deux de ses membres. Faute d'avoir pu sanctionner la Chine, le président du Conseil fit une déclaration à la presse par laquelle il condamnait son comportement. La Chine réexprima sa volonté de rester ouverte à la diplomatie. Le président argentin dénonça une violation de la souveraineté et de l'intégrité de son territoire. « Nous ne céderons pas un rocher de ce pays ! » clamait-il depuis la Casa Rosada. Mais on attendait toujours la réaction des États-Unis. Le président américain annonça enfin de lourdes sanctions économiques et financières contre l'envahisseur chinois. L'imposition de quotas supplémentaires sur les exportations en provenance de Chine fut actée immédiatement, préfigurant une nouvelle vague inflationniste en Amérique. Cramponnés à leur piédestal comme Remus à la mamelle d'une louve, les États-Unis tentaient le tout pour le tout contre un Romulus pékinois de plus en plus invincible. La guerre commerciale atteignait son acmé. Dans les rues d'Alabama comme sur les places de Géorgie, on commençait déjà à manifester contre la baisse anticipée du pouvoir d'achat.

Oliver exultait devant la tournure favorable que prenaient les événements. Le gouverneur de Floride répétait à qui voulait l'entendre que, lui Président, jamais la Chine n'aurait eu l'audace d'attaquer l'Amérique latine. Tandis que la Maison-Blanche tergiversait sur l'envoi de troupes auquel elle semblait favorable, l'élu républicain condamnait vertement toute implication des États-Unis, poussant l'exécutif dans ses derniers retranchements. Les républicains modelaient l'opinion grâce à des campagnes digitales conséquentes et à la manipulation de groupes dissidents à l'image de Respek.

« Si avec ça on ne remporte pas l'élection ! » s'enthousiasma Oliver devant sa femme, lorsque pour la première fois depuis presque un mois il rentra chez lui.

« Et que deviendras-tu lorsqu'ils auront remporté l'élection ? Enfin, s'ils la remportent ! lui demanda Théa.

— Directeur de la communication de la Maison-Blanche, pardi ! » répondit-il, l'air victorieux.

Oliver exultait en défaisant sa valise. Il s'imaginait derrière le pupitre de la salle de presse, dominant impérieusement l'assemblée de ses concurrents.

« Une nouvelle vie nous attend à Washington ! » poursuivit-il, emporté par sa rapacité.

Théa ne dit mot. Oliver ressortit aussitôt, sans même s'enquérir des progrès de son scénario. La nuit était tombée. Elle éteignit les lumières du salon et déposa un vinyle sur sa vieille platine, puis elle s'allongea devant la baie vitrée comme elle avait coutume de le faire.

Jeff Buckley, le complice de son équipée nocturne, la rendait mélancolique. Théa fredonnait tout bas ses paroles, se remémorant son premier *date* avec Oliver, dans un pianobar de Williamsburg. Le pianiste avait interprété l'intégralité du répertoire de Buckley. Lorsqu'il avait entamé *Hallelujah*, Oliver avait délicatement caressé sa cuisse. Ce soir-là, ils avaient fait l'amour pour la première fois.

Dix-sept ans plus tard, elle écoutait Buckley seule, pendant que son mari se démenait pour les ors du pouvoir et le corps d'une jeune femme dont il n'avait plus l'exclusivité. La directrice technique n'offrait plus à Oliver qu'un temps partiel. Leurs rapports sexuels se limitaient à leurs voyages d'affaires. « Je suis géographiquement fidèle », clamait la jeune femme, dont la relation avec le directeur de la rédaction avait pris une tournure officielle. L'entrepreneur se contentait de leurs escapades en Floride, surfant sur une vague qui ne tarderait pas à s'échouer sur le récif de la maternité. Les mains baladeuses avaient cessé et l'usage du préservatif avait été restauré.

53

Le travail acharné qu'elle avait accompli pendant près de six semaines avait porté ses fruits, Théa venait de terminer son scénario. Elle tergiversait néanmoins sur l'opportunité de l'envoyer à Joachim. Après trois jours d'atermoiements, Myriam parvint à la convaincre. « Si tu ne le fais pas, c'est moi qui m'en chargerai ! » lui dit-elle. Le document tout juste réceptionné, Joachim la rappela. « Allons célébrer la fin de votre abstinence sociale ! s'exclama-t-il, plein d'entrain. Myriam et moi avons prévu de nous retrouver dans un *speakeasy* de Bushwick, ce soir, à vingt heures. Venez ! » Décontenancée par cette invitation qui contrastait crûment avec la routine ascétique dans laquelle elle s'était murée, Théa hésita. « Le lieu s'appelle le Yeti Ice Bar, précisa-t-il. Un nom pareil, ça ne se refuse pas. Je vous envoie l'adresse ! »

Le Yeti Ice Bar était un bar au décor kitsch dont les tons alternaient entre le blanc et le bleu piscine. Situé sur Covert Street à l'angle de Wilson Avenue, l'établissement était installé au rez-de-chaussée d'une ancienne manufacture. Sur sa façade en brique était peint un gigantesque iceberg. Les murs du bar étaient couverts de carrelage blanc jusqu'à mi-hauteur. Au-dessus était dessinée la banquise sur laquelle on trouvait quelques manchots qui toisaient des cormorans perchés sur des rochers. Les hipsters qui fréquentaient l'établissement s'entassaient dans des alcôves surannées. Leur présence au milieu de ce mobilier de seconde main créait une atmosphère conviviale. Sur les tabourets du comptoir, des coussins en peluche synthétique râpée promettaient une assise poussiéreuse, mais confortable. Lorsque Théa arriva, Myriam et Joachim sirotaient un cocktail au bar. « Ah, vous voilà enfin ! » s'exclama Joachim en l'apercevant. Derrière le comptoir, une serveuse au costume de yéti aguicheur faisait du charme à Joachim. Elle ne cessait de leur offrir des cocktails au gin et au pamplemousse. « C'est bon pour ta santé ! » martelait-elle au réalisateur. Lorsque, après plusieurs verres, il refusa qu'elle le resserve, elle fit une grimace si prononcée qu'on eût dit qu'elle allait pleurer. Sentant qu'il était temps de se soustraire à la labile boudeuse, Joachim se leva et enjoignit à Myriam et Théa de le suivre. Il se dirigea vers le fond de la pièce où se trouvait une cabine téléphonique à laquelle était adossé un ours polaire empaillé. La cabine était dissimulée dans un renfoncement, illuminé d'un néon bleuté qui ajoutait à son incongruité. « Entrez dans la cabine et composez le code que je vais vous donner », intima Joachim à Théa. Elle s'exécuta, un clic se fit entendre et la porte située à la droite de la cabine s'ouvrit.

Le décor du night-club dans lequel ils pénétrèrent contrastait singulièrement avec l'ambiance kitsch et détendue du bar. La pièce au plan asymétrique était de taille modeste, mais pourvue d'un plafond haut de plusieurs étages. Sur les canapés Art déco disposés le long des murs, les tenues les plus avant-gardistes côtoyaient des corps élancés à peine habillés. Des serveuses aux ailes d'ange distribuaient des coupes de champagne à une clientèle accoutumée à la volupté. Au-dessus de la piste de danse se balançait un trapèze sur lequel se contorsionnait un ange doré. Les ailes du désir planaient, comme des ombres, sur les corps endiablés. L'atmosphère était hypnotique. Les corps des clubbeurs se frôlaient, s'effleuraient, s'apprivoisaient au rythme des paroles de Nick Cave. La DJ, une jeune femme brune à la chevelure rebelle, dominait la scène. Elle portait une mini-robe en jean blanc sans bretelles qui mettait en valeur un ras du cou en perles très sophistiqué. Le bijou contrastait avec son style grunge et ses formes d'une rondeur suave. Elle lançait des clins d'œil appuyés à un couple de lesbiennes accortes qui se mouvaient lascivement au milieu de la piste.

Un homme au style androgyne et aux yeux charbonneux s'approcha de Joachim auquel il donna une chaleureuse accolade. Après avoir salué Myriam et Théa, il leur fit signe de le suivre. À sa table étaient installés des mannequins, des réalisateurs, des acteurs et des actrices que Théa, pour la plupart, reconnaissait. Certains visages étaient éminemment connus, d'autres familiers, mais d'une familiarité trop vague pour qu'elle les identifiât. Myriam, qui n'était pas une cinéphile avertie, s'ébaudissait de cet environnement d'une étrangeté enivrante.

Après avoir dégusté une coupe de champagne, Joachim entraîna Théa et Myriam sur la piste de danse. Théa avançait d'un pas indécis. Percevant sa pusillanimité, Joachim prit sa main. Ensemble, ils se mirent à danser, rejoints aussitôt par la joyeuse tablée de célébrités. L'oxygène diffusé dans la pièce répandait une fragrance envoûtante. La lumière du stroboscope figeait les regards. Comme des automates, les corps s'éteignaient et s'illuminaient au rythme des projecteurs. S'abandonnant à l'ivresse de l'atmosphère dans laquelle lentement elle se fondait, Théa laissait son corps onduler sous les battements gracieux de l'ange. Ses gestes étaient gauches, mais elle s'en moquait. La DJ enchaînait les remix : *Where is My Mind?* des Pixies, *Obvs* de Jamie XX, *American Dream…* Au son de LCD Soundsystem, un sourire se dessina sur ses lèvres. Théa regardait Myriam gambiller à côté d'elle, Joachim chuchoter à l'oreille d'une actrice, qui portait maintenant un bonnet de yéti. Tous se regardaient, souriaient, s'interpellaient, certains s'éloignaient, d'autres se rapprochaient. Au milieu de ce ballet, la vision de Théa se floutait, elle n'entendait plus rien, mais elle sentait la main de Joachim lever la sienne vers le ciel et elle humait le parfum rassurant de Myriam qui se répandait autour d'elle. Agrippée à son *American dream*, elle se sentait bien.

54

Théa se réveilla sur les coups de onze heures. Son corps était courbaturé. Jamais elle n'avait autant dansé. Elle s'étira longuement puis ausculta sa peau. L'œil aux aguets, elle commença par inspecter ses bras. À la moindre marque de drap, elle grattait convulsivement la zone épidermique striée. Elle procrastinait, les draps entortillés autour de ses jambes, lorsque son téléphone sonna.

« Bien dormi ? » lui dit Joachim. Théa acquiesça, un peu gênée, tout en tentant de se remémorer la fin de leur soirée et la raison pour laquelle le bonnet de yéti gisait maintenant au pied de son lit. « J'ai lu ton scénario, poursuivit-il. La virtuosité de ta plume m'a impressionné comme ta connaissance des mondes virtuels, ton analyse de la démocratie et des dynamiques géopolitiques. Tout est plausible dans ton histoire. L'écriture est incarnée et les dialogues sont captivants. C'est vivant et percutant. Je vais l'envoyer à mon producteur. Je te tiens au courant dès que j'ai du nouveau. »

Théa était sidérée par la réaction de Joachim qui subitement transformait sa folie, celle d'avoir cru à la fiction, en une réalité portée à l'écran. Lorsqu'ils eurent raccroché, elle se leva et se dirigea vers le salon. Dévorée par la soif, elle saisit la bouteille d'eau posée sur la table et en but la moitié d'un trait. Un monticule de lettres qui n'avaient pas été décachetées gisait à côté. Du bout des doigts, elle les dispersa. Au milieu du tas était glissé un courrier en provenance de Marfa. Elle le décacheta et en sortit un cliché sombre sur lequel deux points lumineux dansaient à l'horizon. Au dos était apposée la signature de l'écrivain déclamateur. Elle sourit avec nostalgie en revoyant Gary, les yeux enjôleurs, lui confier qu'il venait de Marfa. Comme elle eût aimé lui annoncer que son scénario avait retenu l'attention de l'un des meilleurs réalisateurs, comme elle eût voulu partager la joie d'un tel accomplissement, entendre dans sa voix la fierté et l'admiration. Après tout, une telle prouesse ne pouvait-elle pas ébranler cet implacable silence qui les tenait à distance ? Mais sa raison, malgré elle, martelait comme un leitmotiv ses derniers mots : « Il est préférable que nous gardions nos distances quelque temps. »

Gabriel rentra à cet instant. Théa chassa l'amertume du souvenir et embrassa tendrement son fils. « Je suis heureuse que tu sois de retour ! lui dit-elle, avec un large sourire. Laisse-moi te regarder, on dirait que tu as changé. » Gabriel fronça les sourcils, surpris par la gaieté inhabituelle de sa mère. À l'engourdissement niais de l'adolescent se mêlait un certain amusement.

« Bon, allez, file prendre une douche et allons déjeuner pour fêter ton retour ! s'exclama Théa. Je meurs d'envie de manger un bon burger, pas toi ?

— Non… maman… s'il te plaît…, maugréa Gabriel. Je viens de rentrer… Je voulais juste traîner dans ma chambre et jouer à *Minecraft.* »

Théa insista tant que Gabriel obtempéra.

Le *burger-joint* du quartier venait juste de réaménager sa terrasse, installée sur le trottoir le long de la devanture. Théa et Gabriel s'y installèrent. À peine commandés, deux hamburgers richement garnis leur furent servis. L'emmental fondu dégoulinait entre les rondelles d'oignon caramélisées. La viande était légèrement trop cuite et le pain trop sec, mais Théa avala le sandwich en quelques bouchées, sous le regard éberlué de son fils.

« Maman, tu es vraiment étrange aujourd'hui, mais je suis content de te voir », lui dit-il, d'un air angélique.

Théa ne dévoila pas à son fils la raison de son enthousiasme, préférant attendre la décision du producteur, mais elle se délecta de sa perplexité.

Leur repas terminé, il l'abandonna pour s'acheter des chewing-gums au distributeur du bar.

« Mademoiselle ! dit l'homme de la table voisine à la serveuse. Ma femme ne viendra pas. Vous pouvez retirer son assiette et prendre la commande, s'il vous plaît ? »

À ces mots, Théa se retourna. L'homme dînait avec ses deux enfants, une fille et un garçon. L'aînée devait avoir dix-huit ans, le garçon, à peine dix.

« Pourquoi elle ne vient pas, maman ? demanda-t-il.

— Elle est fatiguée, lui répondit son père.

— Mais elle a dit qu'elle viendrait… et elle est toujours fatiguée…, lui opposa le petit.

— Ça ne fait rien, fiston. On va passer un bon dîner et on ramènera à maman son cheesecake préféré. »

Le gamin soupira et leva les yeux vers Théa, qui eut envie de se jeter sur lui pour le consoler. Au lieu de ça, elle détourna le regard et avala les cornichons aigres-doux auxquels Gabriel n'avait pas touché.

L'adolescent revint avec les poches remplies de chewing-gums.

« Allons manger une glace ! » lui dit Théa en se levant promptement et en saisissant le bras de son fils. Ils marchèrent silencieusement sur la 74e Rue. Au moment où ils obliquaient sur la Deuxième Avenue, Théa s'arrêta. « Si la situation en Argentine s'améliore, nous irons fêter la nouvelle année à Buenos Aires ! » s'exclama-t-elle.

55

Après soixante-seize jours d'affrontements, l'Argentine concéda l'île des États à l'envahisseur chinois contre un investissement massif de Pékin en Terre de Feu. L'économie était entrée dans une phase critique. Quarante pour cent des habitants de la région vivaient désormais sous le seuil de pauvreté. À la suite des événements politiques, le tourisme avait cessé et ce taux avait grimpé. Buenos Aires avait brandi l'étendard financier, annoncé l'agrandissement de la zone franche et l'extension des avantages fiscaux de la province aux entreprises d'armement. La Chine promettait l'implantation de plusieurs d'entre elles, ainsi que celle d'usines de téléphonie mobile. Cent trente ans après sa création, Ushuaïa, la ville des bannis, restait fidèle aux bandits.

Aux États-Unis, on ne manifestait plus contre la hausse des prix. Les républicains avaient consolidé leurs positions et attendaient maintenant de remporter l'élection. Dans l'intervalle, tous les esprits étaient tournés vers Lady Gaga qui venait de lancer sa première gamme de jouets sexuels non genrés. On s'arrachait les vibromasseurs sans phtalate, les lubrifiants naturels et les préservatifs végans. Les baiseurs éthiques s'étaient jetés sur les bagues d'humeur sexuelle, proposées en édition limitée. Exit la performativité, Gaga l'avait prédit : l'orientation sexuelle n'était plus qu'une question de température. De ce point de vue, on pouvait s'attendre à ce que le réchauffement climatique devienne orgasmique.

Chez RAM, l'état de grâce des premiers mois avait laissé place à une atmosphère tendue. La gestion rigoureuse de Gary provoquait des remous. Quatre des meilleurs ingénieurs du département d'intelligence artificielle, qu'il avait recrutés et formés, avaient démissionné pour créer leur société. Gary avait ressenti ce départ comme un camouflet. Les actionnaires étaient de plus en plus hostiles à son management jupitérien. Son pouvoir attisait les jalousies et cristallisait les rancœurs. Dans les couloirs, on louvoyait en attendant un faux pas.

Gary et Tatiana avaient quitté leur appartement de Marylebone. La Colombienne désirait s'installer à Mayfair. Ses goûts s'étaient affirmés. La petite émigrée de Barbosa s'était embourgeoisée. Grâce à son nouveau salaire, Gary avait fait l'acquisition d'un luxueux logement à Berkeley Square. Tatiana était ravie de ce déménagement que Gary déplorait. Il sonnait le glas de ses soirées au bar de Jack auxquelles il repensait avec nostalgie.

Le grand patron était particulièrement sous pression depuis que l'un des membres de son conseil d'administration avait divulgué à la presse sa volonté d'acquérir une jeune entreprise spécialisée dans l'Internet des objets. L'enjeu était de taille. Gary bataillait pour mener à bien cet achat. Les synergies étaient fortes, mais le prix à payer bien trop élevé, selon l'actionnaire principal du groupe, qui s'y opposait fermement et tentait par tous les moyens de reprendre la main. Sa résistance faisait enrager Gary et instillait en lui un doute qui le minait.

Un soir, alors que son chauffeur le ramenait chez lui, il lui intima d'opérer un demi-tour et de le déposer au Chiltern Firehouse. L'idée de revoir Jack le mit immédiatement en joie.

Lorsqu'il entra dans le bar, il trouva un jeune inconnu à la place autrefois occupée par le vieux Gallois.

« Où est le barman qui est là d'habitude ? l'interpella-t-il.

— Je ne sais pas, monsieur. C'est moi qui suis là d'habitude.

— Vous ! rétorqua Gary. Depuis combien de temps ?

— Depuis deux mois, monsieur.

— Mais Jack ? Où est-il ? insista-t-il.

— Je ne connais pas de Jack, monsieur, je suis désolé. »

Dépité, Gary se dirigea vers le hall de l'hôtel. Il voulut s'adresser au concierge, mais un couple l'accaparait. Il trépigna quelques minutes, puis sortit. Dans la voiture qui le ramenait chez lui, il ressentit un vide inexorable et le besoin pressant d'entendre la voix de Théa. Pétri d'une solitude qu'il savait Tatiana incapable d'apaiser, il composa son numéro.

En pleine séance de travail, Théa, Joachim et son producteur peaufinaient le budget de leur film. Le téléphone de la scénariste était posé sur la table du réalisateur en mode silencieux.

« Théa, ton téléphone sonne, lui dit ce dernier.

— Tu peux me dire qui c'est ? répondit-elle, les yeux rivés sur l'écran de l'ordinateur.

— Gary… Un numéro anglais… Ton copain du bar à sushi. »

Elle leva brusquement les yeux.

« Laisse sonner. »

Lorsque Gary rentra chez lui, l'appartement était plongé dans l'obscurité. Tatiana et sa fille dormaient à poings fermés. Il s'allongea sur le canapé et repensa à sa journée, à tous ces incendies qu'il avait dû étouffer. Son assistante avait passé des heures en larmes après que le directeur financier l'avait rabrouée pour avoir oublié de nourrir sa tortue d'Hermann. Il l'avait retrouvée sèche comme un citron sans jus sur la petite île de son terrarium. Dans le département d'intelligence artificielle, le nouveau directeur avait fait un malaise. Son médecin avait diagnostiqué un burn-out. L'ingénieur venait de devenir père et d'enterrer le sien. Gary, qui n'avait jamais pris le temps d'aborder sa situation personnelle, l'avait surchargé de dossiers afin de pallier les départs récents. Le grand patron réalisait qu'en dépit de tous les efforts qu'il fournissait pour se rapprocher de son personnel, il échouait. Ses subordonnés le craignaient, mais ne l'appréciaient guère. Les jérémiades des uns et des autres le fatiguaient. Gary regrettait le temps où il se contentait de programmer. Il aurait voulu faire table rase, se délester de cet appartement coûteux et de cette charge professionnelle démesurée dont il avait écopé. Il désirait redevenir un homme libre, mais pour la première fois de sa vie, il comprit que le temps de la liberté était révolu, qu'il faudrait assumer, qu'il serait nécessaire d'aller jusqu'au bout de son mandat, de son emprunt et de l'éducation de sa fille. Gary prenait conscience qu'il avait laissé s'échapper la seule personne qui avait vraiment compté et qu'il avait librement aimée. Il mesurait à quel point réaliser ses ambitions sans elle n'avait pas la même saveur. Théa faisait de lui un homme meilleur. L'amour qu'elle lui portait l'élevait, la confiance qu'elle lui témoignait le grandissait, sa fidélité le rassurait. Gary avait laissé Théa accéder à une intimité qu'à nulle autre il n'avait dévoilée. Le spleen l'empoigna lorsqu'il réalisa ce qu'il avait sacrifié.

56

Le salon de Joachim était devenu le point de chute de l'équipe. Théa et Joachim s'épanouissaient dans une relation de travail qui, par moments, rappelait à Théa sa complicité d'antan avec Ivan. Joachim la séduisait par ses mots d'esprit et son sens aigu de la mise en scène. Chacun de ses récits prenait un tour cinématographique, en particulier les anecdotes de ses tournages dont Théa se délectait : « Sur le biopic de Sören, j'avais embauché une productrice technique française. Elle s'appelait Valérie. Elle était sympathique et expérimentée, mais toujours en train de se plaindre. Tous les soirs après le tournage, elle se jetait sur moi comme un dévot sur le mur des Lamentations. C'était sa manière à elle de me faire l'amour. Le dernier soir, j'étais épuisé alors, pour échapper à son réquisitoire, je lui ai demandé de sabrer le champagne pendant qu'on finissait de ranger le matériel. On était contents du tournage et on se réjouissait de pouvoir enfin souffler. Valérie était dans la cuisine quand on l'a entendue pousser un cri tonitruant. Fatigué, je me suis énervé. Je lui ai crié sèchement un "Valérie, merde ! Pas ce soir !" Elle venait de se sectionner le tendon du poignet. »

Joachim essaimait ses mémoires chaque fois qu'il cherchait à raviver l'attention de son équipe. Depuis plusieurs jours, c'était la représentation à l'écran du monde virtuel imaginé par Théa qui les occupait. Le réalisateur impliquait sa scénariste dans toutes les discussions, des effets spéciaux aux repérages. Son expérience de *rigger*, sa connaissance pointue du cinéma et son regard esthétique étaient des atouts supplémentaires dont il n'aurait eu aucune raison de se priver.

Au-delà de leur collaboration, Joachim aimait passer du temps avec Théa. Ils allaient régulièrement voir un film ou dîner ensemble. Pendant des heures, ils discutaient de cinéma, de philosophie ou de politique. Un soir, alors qu'ils s'asseyaient à la table d'un restaurant, Théa lui tendit un livre.

« Qu'est-ce que c'est ? lui demanda Joachim.

— Une lecture qui va te plaire. *Colère et Temps* de Peter Sloterdijk.

— De quoi ça parle ?

— C'est un essai dans lequel le philosophe analyse la situation post-communiste et la manière dont la colère a été le moteur de la politique. Pour Sloterdijk, la colère est une alliance subtile entre ressentiment et intelligence. Structurée sous forme de banque, la colère devait servir à maintenir un désir de vengeance sans cesse ajourné. L'Église chrétienne et l'Internationale communiste ont été les deux grandes banques historiques de la colère. Au XXIe siècle, cette colère a disparu et le capitalisme a imposé une dynamique de l'avidité. »

Joachim et Théa étaient tant absorbés par leur conversation que, leur dîner terminé, ils ne virent pas que le restaurant s'apprêtait à fermer. Une serveuse leur apporta l'addition afin de les inviter à quitter les lieux. Lorsqu'elle déposa la note sur la table, son poignet vrilla, dévoilant un tatouage épuré en forme d'œil dont les cils étaient semblables à des pics acérés. La pupille était large, son intérieur était gravé de la lettre S.

« Votre tatouage est bien original, lui dit Joachim, feignant à peine l'ironie. Qu'est-ce que ce S signifie ?

— *Survivor !* » clama-t-elle fièrement.

« C'est l'un des emblèmes de Respek, expliqua Joachim à Théa lorsque la serveuse se fut éloignée. Ils n'ont rien trouvé de mieux que de se faire tatouer leur vulnérabilité. L'intérieur de la pupille informe de la catégorie à laquelle le respeker appartient. La pupille vide signifie qu'il est en phase de soin, le S entérine la sortie du trauma. Les membres sont classés par groupes d'affinités. Pour obtenir le statut de "survivant", il faut effectuer un programme de rétablissement de plusieurs semaines dans un groupe de parole. C'est assez semblable au fonctionnement des Alcooliques Anonymes. »

Le traumatisme n'échappait pas à la dynamique capitaliste. Les respekers avaient trouvé une façon pérenne de le rentabiliser.

Dehors, la nuit était tombée. Théa embrassa Joachim et rentra à pied. Entre les néons surpuissants, les sirènes assourdissantes et les klaxons impétueux, elle marchait la tête haute, ses pas rythmés par les paroles de la star aux yeux vairons qu'elle écoutait à plein volume.

57

Neuf mois plus tard

« Nous avons décidé de nommer un nouveau P-DG, dit le président du conseil d'administration à Gary. Nous vous remercions pour vos services. Nous vous prions de bien vouloir signer ce document. »

Depuis des mois, la menace d'un limogeage pesait sur les épaules de l'ingénieur. L'actionnaire principal du groupe avait obtenu gain de cause. À sa demande, le conseil d'administration avait finalement décidé de se séparer de son meilleur dirigeant. Jupiter capitulait sous la pression des frileux et des envieux. Sans surprise, le grand capital préférait le convenable au courageux. Gary savait que la stratégie de croissance qu'il avait élaborée apporterait prospérité et rentabilité à la société, mais dans les couloirs du pouvoir on n'avait cure d'une vision à long terme. Conformisme et court-termisme tenaient fermement le haut du pavé.

Lorsque la réunion fut terminée, Gary sortit, soulagé. Les mois à batailler contre le conseil d'administration l'avaient épuisé. L'ingénieur, enfin libre, n'avait aucune envie de rentrer chez lui. « Déposez-moi à la gare de Saint-Pancras », dit-il à son chauffeur.

L'horloge affichait dix-sept heures dix quand le train de Gary entra en gare du Nord. La température extérieure à Paris était de trente-quatre degrés. L'atmosphère saturée était irrespirable. L'ancien patron suffoquait dans son costume. Le taxi qui le transporta à son hôtel ne lui offrit aucun répit. Sa climatisation en panne, l'homme roulait les fenêtres ouvertes. Le volume de son auto-radio était particulièrement élevé, mais Gary n'avait pas la force de lui demander de le couper. La chaîne d'information diffusait l'annonce par Oliver Wright, porte-parole de la Maison-Blanche, de la nomination de Joseph Santos au poste de secrétaire à l'Éducation des États-Unis. Le nouveau président américain, ancien gouverneur de l'État de Floride, avait créé la surprise en rappelant aux plus hautes fonctions l'imposteur le plus légendaire de l'histoire du pays.

Le réceptionniste du palace qui accueillit Gary sembla surpris de voir arriver un homme d'affaires sans bagage, mais il fit preuve de réserve, se contentant de lui jeter quelques regards facétieux. Gary ne dit mot, se délectant de la curiosité du préposé. Après lui avoir remis la clé de sa chambre, le réceptionniste lui signifia que sa table avait bien été réservée pour le dîner. « Nous avons reçu votre demande tardivement, lui dit-il, mais vous avez été chanceux. Le restaurant vient de rappeler le concierge pour lui confirmer votre réservation à vingt heures au 11 quai de Conti. Je crois savoir que vous connaissez la maison. »

Gary le remercia et ressortit aussitôt. En dépit de la touffeur ambiante, il marcha plus de deux heures dans les rues de Paris. La chaleur se dissipa progressivement, laissant place à une tiédeur estivale qui lui rappelait les nuits de Marfa. Lorsqu'il arriva devant le Louvre, il aperçut une affiche annonçant l'exposition du Caravage. En lisant le nom du maître italien, il repensa à Théa et au *Narcisse* dont elle lui avait parlé avec tant de vivacité. Leurs conversations, son humour et son exubérance lui manquaient. Ce soir-là, sur le parvis du musée, son absence lui parut étourdissante. Il ressentit un vertige angoissant, nourri de la fatigue des mois passés à la direction de RAM. À l'idée de l'avoir perdue, il prit son smartphone et photographia l'affiche, qu'il lui adressa sans plus d'explications. Son cliché envoyé, il s'éloigna du Louvre, traversa le pont des Arts et longea les boîtes des bouquinistes sur le quai de Conti. Au dernier d'entre eux, il acheta la traduction française des *Carnets du sous-sol* de Dostoïevski. Son livre en poche, il entra au numéro 11 du quai, dans le bâtiment de la Monnaie, et monta au premier étage de l'aile ouest. Une hôtesse l'accueillit et l'installa dans un salon d'où il pouvait apercevoir l'Institut de France.

L'araignée de mer ouvrit une farandole culinaire qui conquit Gary. Alors qu'il dégustait son crustacé, il aperçut une devise sur le fronton de la porte du salon dans lequel il dînait. *Le restaurant est le dernier lieu civilisé de la planète.* À sa lecture, il jeta un regard furtif aux autres tables. À sa droite, un groupe d'hommes d'affaires compassés s'entretenait avec un sérieux qui confinait au ridicule. Un peu plus loin, deux amoureux, aux manières moins aristocratiques, s'ébaudissaient à chaque bouchée. Leur spontanéité fit sourire Gary que la nostalgie rattrapait.

Lorsque l'entremets au chocolat arriva, le sommelier déposa un verre de cognac sur la table. « Je vous propose maintenant d'accompagner ce dessert *purement chocolat comme une tarte* d'un verre de cognac Frapin, cuvée Rabelais, lui dit-il. Très bonne dégustation, monsieur. » Le sommelier et le serveur se retirèrent sous le regard ébahi de Gary.

Il laissa fondre lentement une bouchée de l'entremets sur sa langue. Le chocolat avait une texture croquante qu'une fine note de yuzu magnifiait. Cette première fourchetée éveilla la gourmandise de Gary, mais au lieu de se laisser aller à cette douce ambroisie, il prit une gorgée de cognac. Londres, Jack et Théa carambolèrent dans son esprit pendant que le spiritueux tournoyait contre la voûte de son palais. Il repensa à la photographie qu'il avait adressée à Théa et à laquelle elle n'avait pas réagi. Il héla le maître d'hôtel et le pressa de lui apporter l'addition.

Sorti du restaurant, il retourna sur le pont des Arts sur lequel ne flânaient plus que quelques badauds. Légèrement grisé, il s'appuya contre la balustrade et pencha sa tête en avant. Son regard se perdit dans l'ondoiement des vaguelettes de la Seine. Il s'imaginait plonger dans le fleuve comme Boudu et être sauvé des eaux par Renoir qui l'emporterait sur sa péniche. Ensemble, ils remonteraient les canaux jusqu'au Havre. Là, ils pourraient se jeter dans l'eau turbide de la Manche, prendre le large vers le nord, portés par le raz Blanchard. Gary se demandait ce qui l'avait amené ici quand il aurait suffi d'un peu de courage pour larguer les amarres. Il sentait que c'était elle qui l'avait retenu. Plus il pensait à elle, plus son image semblait se dessiner devant lui. L'Atlantique et la Seine se confondaient dans son esprit. Les cheveux de Théa flottaient au vent tandis qu'elle marchait sur Wiborg Beach. Il tendit le bras pour les caresser. Sa tête était lourde, son cou tendu par l'inconfort de sa position. Il se releva subitement. Le Pont-Neuf le toisait à la manière de son cousin Wallace, le regard plein d'audace. Des larmes roulèrent sur ses joues. Il fallait qu'il la voie !

Pendant que Gary luttait contre ses démons, Joachim remerciait l'équipe du film qu'il avait réunie chez lui. Autour de la table communale, on fêtait la fin du montage. Joachim taquinait Théa en pleine discussion avec son producteur. Lorsqu'elle aperçut le message de Gary, elle tressaillit. Ce n'était pas tant la photographie qui la troublait que le fait d'être encore bouleversée par lui. Joachim, qui servait le vin, s'approcha d'elle.

« Je vois que la discussion bat son plein, dit-il à son producteur, en caressant affectueusement l'épaule de Théa.

— On parlait d'Alcatraz, lui rétorqua celui-ci.

— Excellent sujet ! s'exclama Gary. Théa est fascinée par les lieux de bannis. »

Le réalisateur continua son tour de table. Lorsqu'il eut terminé, il fit tinter son verre et requit le silence. « J'ai une annonce à vous faire », leur dit-il sur un ton solennel. Les bavardages cessèrent. « *Les Larmes de Narcisse* seront... » Le téléphone de Théa sonna et l'interrompit, provoquant un charivari. « Coupez ! » s'écria un cameraman. Les rires redoublèrent. « Mesdames et messieurs, merci de bien vouloir éteindre vos téléphones portables. La projection du film va bientôt commencer», ajouta le producteur, avec un accent québécois qu'on ne lui connaissait pas. «Hou… Hou…», répétèrent les autres en cœur en tambourinant sur la table. Théa, qui aurait dû refuser l'appel, appuya sur le bouton vert comme si une autre main que la sienne avait guidé son geste. Gary apparut sur l'écran. S'excusant auprès de Joachim d'une grimace gênée, elle sortit en trombe sur la terrasse.

«Théa, ma Théa, lui dit Gary. Ça fait si longtemps… je suis à Paris. Il y a une exposition du Caravage…

— Que fais-tu à Paris, Gary?» le coupa-t-elle, décontenancée.

Théa n'entendit pas la réponse de Gary. Derrière la baie vitrée, Joachim gesticulait comme une marionnette, une feuille de papier entre les mains. Toute l'équipe du film l'entourait. Le producteur lui fit signe d'approcher. Elle s'avança vers la vitre. Gary la regardait alors qu'elle tentait de déchiffrer le papier. La réverbération du soleil la gênait. Elle plissa les yeux. Sur ses lèvres, Gary aurait pu lire :

Les Larmes de Narcisse
en compétition
à la Mostra de Venise

Comme un schibboleth, elle répéta ces mots à mi-voix. Réalisant ce qui lui arrivait, elle écarquilla les yeux et ouvrit la bouche de stupeur.

«Qu'est-ce qui se passe, Théa?» lui demanda Gary, les yeux rougis.

Elle le fixa, puis détourna le regard vers Joachim qui

cherchait à susciter son hilarité. Devant ses pitreries, elle éclata de rire, provoquant la panique de Gary.

« Isabella ! Isabella ! Regarde-moi ! » l'implora-t-il.

Théa ne voyait plus rien, ni lui ni Joachim. Le soleil couchant l'aveuglait. Elle s'accroupit, posa le téléphone sur le sol et, de ses deux mains, couvrit ses yeux emplis de larmes.

L’éveil surgit dans le miroir de la fiction.
Quiconque croit en elle ne sera point confus.

REMERCIEMENTS

Je tiens à remercier mon éditeur, Jean-Marie Laclavetine, d'avoir soutenu ce livre.

Qu'il me soit également permis d'exprimer ma plus sincère reconnaissance à Antoine Gallimard.

Composition : Soft Office
Achevé d'imprimer
par Dupliprint à Domont (95)
en décembre 2023.
Dépôt légal : janvier 2024
Numéro d'imprimeur : 2023121383

ISBN 978-2-07-303868-5 / Imprimé en France

615212